UWE GARDEIN

Die Stunde des Königs

HOCHVERRAT Frühjahr 1886. Die bayerische Regierung entscheidet sich endgültig, mit aller Härte gegen König Ludwig II. vorzugehen. Nach langem Suchen hat der Ministerpräsident in dem Irrenarzt Gudden einen Mann gefunden, der die Verantwortung für das Urteil gegen den König auf sich nehmen will. Es lautet: König Ludwig ist geisteskrank.

Nach der Verhaftung des Königs kommt es bei Neuschwanstein fast zu einer bewaffneten Auseinandersetzung; der Widerstand bricht jedoch schnell zusammen. Aber es bleibt ein Problem: Der lebende Ludwig würde so lange König sein, bis er stirbt – so sieht es die Verfassung vor. Zudem gibt es bereits laute Äußerungen, die an der »Wahrheit« Guddens zweifeln lassen. Und die Regierung hat sich des Hochverrates schuldig gemacht …

Uwe Gardein lebt in Unterhaching. Er ist Autor von Büchern, Drehbüchern, Theaterstücken und Zeitungsartikeln. 1989 erhielt er das Förderstipendium für Literatur der Landeshauptstadt München. Er hält regelmäßig Vorträge über bayerische Geschichte und ist Literaturrezensent der Reihe »Reden über Bücher«.

Bisherige Veröffentlichungen im Gmeiner-Verlag:
Die letzte Hexe – Maria Anna Schwegelin (2008)

UWE GARDEIN

Die Stunde des Königs

Historischer Roman

Original

GMEINER

Besuchen Sie uns im Internet:
www.gmeiner-verlag.de

Im Ehnried 5, 88605 Meßkirch
Telefon 07575/2095-0
info@gmeiner-verlag.de

1. Auflage 2009

Lektorat: Claudia Senghaas, Kirchardt
Herstellung: Katja Ernst
Umschlaggestaltung: U.O.R.G. Lutz Eberle, Stuttgart
unter Verwendung des Bildes Ludwig II. als Georgiritter (Bildpostkarte)
Quelle: www.zeno.org
Druck: Fuldaer Verlagsanstalt, Fulda
Printed in Germany
ISBN 978-3-89977-789-5

1

1886

Noch einmal im Frühsommer 1886, in den ersten warmen Tagen, geriet der König in Begeisterung und es wurde geflüstert, dass es wieder so weit wäre und Seine Majestät den See wieder durchschwimmen wolle. Wenn in der Finsternis der Mond hinter den Wolken Verstecken spielte, gab der König sein Signal an den Grafen Dürckheim und seinen Diener Mader, damit sie sich bereithielten. Es war tiefste Nacht, still und auch ein wenig unheimlich, wenn man sich auf den Weg zum See machte. Bei dieser Gelegenheit war der König wie ausgetauscht und ließ die Kutsche den Berg hinab in das Tal rasen, sodass ihm seine zwei Begleiter kaum folgen konnten. Am Ufer angekommen, wagte er den Sprung in die kühlen Fluten des Alpsees. Niemand sollte etwas von diesem Ausflug wissen und keiner je davon erfahren. Der König war ein ausgezeichneter Schwimmer. Lautlos und dennoch mit kräftigen Zügen zog er seine Bahn und war bald in die schwarze Nacht entschwunden. Graf Dürckheim stellte eine kleine Öllampe an das Ufer, damit sich der König orientieren konnte. Wohl war ihm bei der Sache ganz und gar nicht, denn die Bergseen waren gefährlich. Nicht auszudenken, wenn Seiner Majestät etwas zustoßen sollte. Mader musste sich im Schatten Graf Dürckheims bewegen. Er durfte nicht in Sichtweite kommen. Also konzentrierte er seine Augen auf die Dunkelheit und lauschte aufmerksam. Aber es rührte sich nichts. Bis auf die Geräusche aus den Wäldern und in den nahen Sträuchern war es ganz ruhig. Die Nacht gibt der Seele Frieden, dachte Mader. Nein, jetzt wollte er nicht an die Zornesausbrüche seines Königs denken, die sich in den letzten Monaten gehäuft hatten. Schuld daran waren diese Lumpenhunde in München, die Seine Majestät auf die schlimmste Art und Weise quälten. Schluss mit diesen Gedanken. Als er neben einem starken Baum stand, stellte er sich die herrlichen Wege ins Gebirge vor, die mitunter so gefährlich waren, dass es ihn schauerte. Aber es war ein herrliches Land, das ihn für ewig faszinieren würde. Dort oben die mächtigen Felsen, daneben gleich tiefe Schluchten und dunkle Wälder. Er hatte keine Erklärung dafür, weshalb er sich plötzlich bekreuzigte und ein stilles Gebet für seinen König sprach. Wollte er die dunklen Gedanken vertreiben, die wie unheimliche Gespenster in seinem Kopf nisteten?

Wo blieb der König nur? Graf Dürckheim wurde stetig unruhiger.

Kaum hatte er sich seine Ängstlichkeit verboten, hörte er die Geräusche eines auftauchenden Schwimmers. Wie befohlen drehte Dürckheim sich mit dem Rücken zum See und wartete, bis der König ihn ansprach.

»Zuweilen war ich der Meinung, dass kühle Hände an meinen Beinen ziehen. Da war so ein starker Wunsch nach einem weißen Himmel, dass es mich schwindelte. Es ist ein Trost, dass wir Menschen so häufig nur unser eigenes Echo sind. Wir könnten die Wahrheit des Lebens doch nicht ertragen.«

Mit diesen Worten kleidete sich der König allein an, was er sonst nie tat.

Graf Dürckheim stellte die Schuhe auf den Boden und half ihm in die Kutsche.

»Sonderbar. Es wirkte fast enttäuschend auf mich,

unbehelligt aus dem See zu steigen, gleichzeitig fühlte ich mich so wohl wie lange nicht mehr.«

Graf Dürckheim verstand sie nicht, diese kryptischen Worte seines Königs. Er drückte seinen Körper gegen das Pferd und folgte dem Wagen. Am Ende der Welt grüßte der Mond und goss silberne Fäden über den Himmel. Das Trio musste sich beeilen, um dem Leuchten der letzten Sterne zu entgehen. Seine Majestät mochte es nicht, wenn die erste Helligkeit des Tages neben dem Mond aussah wie eine Hydra.

»Wir sollten uns in die Felsen zurückziehen und leben wie die Heiligen vom Berge. Nur Gebete und der Gesang der Wälder.«

Graf Dürckheim schwieg. Er wusste keine Antwort. Wenn er doch nur endlich aussprechen könnte, was ihn bedrückte, aber er wagte es nicht. Noch nicht.

Mader führte die Pferde in die Stallungen der Burg Neuschwanstein. Die Tiere des Königs waren verschwitzt und erschöpft. Das mächtige Tempo Seiner Majestät hatte ihnen arg zugesetzt. Jetzt durften sie ruhen und konnten sich erholen. Eine solche Ausfahrt würde es bald nicht mehr geben. Mader kleidete sich um und begab sich zu seinem Platz auf dem Flur, vor die Gemächer des Königs. Er setzte sich auf den Stuhl und fiel sofort in einen leichten Schlummer. Diese Art zu schlafen war ihm in Fleisch und Blut übergegangen. Er schlief, ohne zu schlafen, hörte auch das kleinste Geräusch aus den Gemächern Seiner Majestät und war dann sofort zur Stelle.

Der König stand am Fenster und starrte in die Nacht. Kaum hatte er sich in die Welt zurück begeben, verflog seine gute Stimmung. Als hätte er eine Wand durchschritten – von seiner Welt in jene dieser Kretins und Wichtigtuer oder schlimmer: vom Himmel in die Hölle, so fühlte er sich.

»Wem kann ich in München noch trauen?«

Graf Dürckheim blieb an der Tür stehen und senkte seinen Kopf, was sein König nicht sehen konnte, und schwieg. Er legte die Hände übereinander. Es war seine Art, Verlegenheit auszudrücken.

»Niemandem.« Der König zog einen Stuhl an das Fenster und setzte sich.

»Ihre Eide sind nichts wert. Beim ersten Hahnenschrei werden sie ihren Herrn verraten. Ich sollte sie zum Teufel jagen.«

Graf Dürckheim zuckte zusammen. Das konnte er seinem König auf keinen Fall raten. Die Regierung in München war schon lange nicht mehr loyal. Das war Seiner Majestät doch bewusst.

»Treue und Ergebenheit, das haben sie geschworen.«

Es entstand eine beklemmende Pause, ehe der König weitersprach.

»Abschied. Wenn der große Steuermann seine Weisungen gibt, hat man sich zu fügen. Das Gewesene trägt nicht mehr. Ich stieg in den See, das Ufer blieb zurück, das war ein leichtes Abschiednehmen. Menschliches Sein ist kein Haus des Wohllebens. Von den vertrauten Bildern und Geschichten bleibt nichts. Was erwartet man von mir? Dass ich die Schuld auf mich nehme wie unser Herr Jesus, und mich durch die Gassen prügeln lasse bis an das Kreuz? Sie werden mich für ein paar Silberlinge verraten, weil sie ihre kleinen billigen Existenzen für unersetzlich halten. Ich habe sie werden lassen. Was wäre dieser Lutz ohne mich? Er darf sich Staatsminister nennen, weil ich es ihm erlaube. Kein Zweifel, Heilige sind nicht unter uns. Dieses ewige Gezeter und ihre niederträchtige Tücke. Wenn ihnen unser Bayern so am Herzen liegt, dann sollen die Herren Minister ministrieren, ihre eigenen Vermögen in die Waagschale werfen und dem Land dienen. Die Wahrheit ist, dass sie sich schamlos bereichert haben und es auch weiterhin tun wollen.«

Erneut entstand eine längere Pause.

»Ich werde der Kaiserin von Österreich einen Brief schreiben. Meine große Freundin wird mich verstehen. Es ist zu erwägen, ob der König von Bayern sein Erbe nicht an das Kaiserhaus der Habsburger zu treuen Händen übergibt.«

Es war an der Zeit, dass er sich zurückzog. Graf Dürckheim öffnete die Tür und schloss sie leise hinter sich. Mader sprang von seinem Stuhl hoch.

»Die Küche soll Seiner Majestät das Essen bereiten«, befahl Graf Dürckheim.

Er konnte nicht schlafen. Was sollte er nur tun? Bisher hatte er dem König verschwiegen, dass sämtliche seiner Bewegungen überwacht wurden, und das galt sowohl für Depeschen als auch für jeglichen Briefwechsel. Er brauchte also einen Boten, dem er absolut vertrauen konnte, und da kannte er in Neuschwanstein nur einen: sich selbst. Nur er würde einen Brief Seiner Majestät der Kaiserin Elisabeth ungelesen vorlegen können. Was das Erbe betraf, darüber wollte er gar nicht erst nachdenken. Niemals würde das preußische Gesindel in Berlin tatenlos zusehen, wenn Bayern und Österreich zusammenkämen. Ein solches Ansinnen bedeutete bereits Krieg. Diese slawischen Barbaren kannten nichts anderes als Gewalt. Östlich der Elbe gab es keine Kultur. Man wusste, woher die Pruzzen kamen. Was konnte man also anderes erwarten als Barbarei.

Graf Dürckheim wälzte sich in seinem Bett und er begann heftig zu schwitzen.

Der König blieb still sitzen und erwartete den Tag. Er sollte die Papiere lesen. Doch wozu? Sie beleidigten ihn mit Belanglosigkeiten und behaupteten, er interessiere sich nicht für die Staatsgeschäfte. Hoffnungen und Wünsche. Erinnern und vergessen. Und er selbst, in all seiner Scheu, blieb ungeliebt sein Leben lang. Wie traurig das war. Angelogen hatte man ihn, immer angelogen. Nichts war so wahr wie das Gebirge vor ihm. Der König hob seinen Kopf und schaute zum Fenster hinaus. Der neue Tag war da und die Berge kamen aus der Nacht und stellten sich in Pose. Nicht prätentiös, eher bescheiden und gottgefällig.

Über den Wäldern kreiste ein großer, schwerer Vogel, ohne Furcht vor den Menschen. Der Gesang der Natur.

Der König öffnete das kleine Fenster. Wind strich um sein Gesicht. Wie lange noch würde er das alles aushalten können?

2

»Ich sehe den Tod.«

Die Wahrsagerin nahm ein schwarzes Tuch vom Tisch und legte es sich über den Kopf.

»Gehen Sie.«

Auf dem Tisch brannten zwei Kerzen, sonst gab es kein Licht in dem Raum.

»So gehen Sie doch endlich.«

Vogl floh in das Treppenhaus. Es war schäbig und es stank nach Kohl. Er hieß nicht nur Vogl, er sah auch so aus. Dürr, mit einer Hakennase wie ein Geier und einem ausgelaugten Körper, so war er vom Schicksal bestraft worden. Er hatte keine Zeit mehr. Es pressierte. Er wurde in der Asamkirche erwartet. Er dachte an den Tod und er dachte an seine Frau. Ohne die drei Kinder wäre sie längst tot gewesen. Er hätte sie umgebracht. Wegen der Kinder konnte er es nicht tun. Er brachte es nicht fertig. Aber jetzt hatte es die Wahrsagerin wieder gesagt. Bei ihm war der Tod. Vor 20 Jahren hatte er ihn gesehen, den Tod, im Krieg gegen die Preußen. Dort hatte er auch den Michl kennen gelernt, den er gleich in der Asamkirche treffen würde. Er würde dem Michl zwei Namen sagen. Die Herren Gülz und Streptow waren frisch eingetroffene Spione der Berliner Regierung. Michl war Österreicher. Sie standen gemeinsam an der Front gegen Preußen, deshalb verriet er die Spione. Michl würde ihm Geld geben.

Das hatte er ihm beim gemeinsamen Treffen zugesagt.

Er konnte es gut brauchen.

Er lief schnell, und schon stand er wieder auf der Straße. Vogl rannte zum Präsidium und meldete sich zur Stelle. Was dann mit ihm geschah, das nahm er wie in Trance wahr. Sein Vorgesetzter Fürst saß auf einem Stuhl und winkte ihn zu sich. Dann wurde er von einem Schneider vermessen und durfte sich einen schönen Stoff für einen Anzug auswählen.

Noch nie in seinem Leben hatte er einen Stoff in der Hand gehabt, der nicht kratzte. Als er wieder hinausdurfte, war er wie benommen. Er hatte innerlich gezittert, denn seine Angst, entdeckt zu werden, war groß gewesen. Nun ging er ins Tal hinüber und kaufte sich eine gute Zigarre von dem Geld, das Michl ihm gegeben hatte. Er blieb stehen und schaute zum Isartor hinüber. Er sollte in sein Heimatdorf fahren und dort die Augen aufhalten, aber nicht mit der Gendarmerie darüber sprechen, wenn ihm etwas auffiel. Vom Häusel seiner Mutter konnte er hinaufschauen zur Burg Neuschwanstein, in der König Ludwig residierte. Vogl konnte sich auf die Angelegenheit keinen Reim machen und freute sich auf eine kostenlose Heimreise, nebst einem feschen neuen Anzug.

Es war ein schöner Tag. Das richtige Wetter, um sich eine Maß zu gönnen. Der Himmel über München war hell und trug ein paar Striche Taubenblau mit sich. Aber er war nicht dazu da, ein Guck-in-die-Luft zu sein. Mit energischen Schritten betrat er ein kleines Hotel in einer Seitengasse, holte das Gästebuch vom Tresen und stürmte die schmale Stiege hinauf. Er klopfte dreimal an eine Tür und riss sie dann auf. So machte er es immer. Es waren nur drei Zimmer belegt. Im ersten traf er einen Herrn an, der in seinem Posamentenkoffer wühlte. Gleich daneben logierte ein Ehepaar aus Augsburg, das aber nicht anwesend war. Vogl durchsuchte alle Zimmer, auch die nicht belegten. Am Ende des Flurs öffnete er schwungvoll eine Tür und starrte auf eine Frau, die tränenüberströmt am Boden lag. Vogl hob sie hoch und setzte sie auf einen Stuhl. Sie hielt ein Foto, auf dem zwei junge Männer abgebildet waren, in der Hand. Ihre schwarze Kleidung ließ sie wie eine Witwe wirken. In ihren Papieren las er den Namen Effie van Webber aus Utrecht. Die Burschen auf dem Foto sahen aus wie junge Russen. Vogl wurde misstrauisch. Er hatte eine Nase für gefälschte Lebensläufe, deshalb hielt sein Vorgesetzter Fürst auch so große Stücke auf ihn.

»Was ist das für ein Name?«

Die Frau hob ihr kreidebleiches Gesicht und sprach ohne jeden Akzent.

»Mein Mann ist Holländer.«

»Was ist der Grund Ihrer Reise?«

Die Frau strich sich leicht über das hochgesteckte Haar und schaute auf den Boden.

»Mein Mann besucht die Lokomotivenfabrik von ›Krauss-Maffei‹ im Auftrag der niederländischen Eisenbahnen.«

Vogl glaubte ihr kein Wort. Die Antwort kam zu geübt und war absolut perfekt.

»Sie sprechen nach der Schrift.«

»Meine Mutter ist in Hannover gebürtig.«

Vogl drehte sich um und verließ wortlos das Zimmer. Der Portier wartete mit hochrotem Kopf hinter seinem Pult auf das Ergebnis der Untersuchung.

»Sie haben Ihre Gäste nicht pflichtgemäß bei der Polizei gemeldet, Herr Bösl. Das lasse ich Ihnen nicht durchgehen.«

Der Dicke wischte sich den Schweiß von der Stirn.

»Aber Herr Polizeipräsident, wie soll ich das denn schaffen? Ich bin allein hier im Haus und darf meinen Platz nicht verlassen. In einer Stunde kommt der Herr Chef, dann bringe ich die Meldezettel sofort zur Wache.«

Vogl winkte ab und ging zurück zur Gasse. Schräg gegenüber befand sich der ›Weiße Schwan‹. Dort konnte er zwei Fliegen mit einer Klappe schlagen. Er würde sich ein richtiges Bier gönnen und gleichzeitig den Eingang der Pension im Auge behalten können. Er war sich absolut sicher, dass die Frau so schnell es ging das Haus verlassen würde.

Als er die Gaststube betrat, erhoben sich einige Männer und verließen das Lokal. Das waren Fuhrleute und Pferdeknechte. Vogl kannte sie ganz genau. Das waren jene Sozialdemokraten, auf die sich ein Teil der polizeilichen Überwachung konzentrierte. Er ließ sich ein Bier bringen und zündete sich genüsslich die mitgebrachte Zigarre an. Am Stammtisch hielt der Oberlehrer Liebl seine allbekannten Volksreden.

Vogl blieb angespannt. Sein im Krieg verwundetes Bein schmerzte. Das tat es immer, wenn ihm etwas Ungewöhnliches bevorstand. Er würdigte die Anwesenden keines Blickes. Sie wussten, dass er wusste, wer unsägliche Reden hielt und wer nicht. Liebl war ein Königstreuer, aber für die meisten anderen hier würde er dafür seine Hand nicht ins Feuer legen. In München zerriss man sich gerne das Maul, auch über Seine Majestät, das war amtsbekannt. In der letzten Zeit verstärkte sich sein Eindruck, dass die hiesige Obrigkeit dagegen gleichgültig geworden war.

Vogl zwickte die alte Narbe an seinem Bein. Vor 20 Jahren, ein junger Bursche war er noch, da hatten ihn die verfluchten Preußen erwischt. Acht aus seiner Gruppe waren tot, nur er und einer aus Garmisch hatten überlebt. Er hatte es seinem König zunächst übel genommen, dass der gegen den Krieg gewesen war, aber als sie ihn vom Schlachtfeld schleppten, da war er geläutert gewesen.

Am Fenster hatte sich etwas bewegt. Oder hatte er

sich getäuscht? Doch, da war ein Gesicht. Vogl nahm einen kräftigen Schluck und konzentrierte sich. Das Gesicht war schon wieder verschwunden.

»Die Tiroler sind unsere Brüder«, brüllte der Oberlehrer. Wer will denn das sein, was die in Berlin die Deutschen nennen? Was soll denn das sein, die Deutschen? Sie wollen sich so nennen, um ihre Herkunft zu verstecken. Verdammte Slawen sind sie, die Preußen. Ein Bayer ist ein Bayer, ein Schwabe ist ein Schwabe. Die Württemberger kennen wir und die Badener kennen wir auch. Deutsche kennen wir nicht. Es lebe unser Heiliges Königreich Bayern!«

Man hob die Krüge und prostete sich grölend zu. Der Oberlehrer war mit seinem Vortrag noch nicht zu Ende.

»Die Hohenzollern haben sie sich nach Berlin geholt, weil sie nichts anzubieten hatten. Wer sind denn schon die Hohenzollern? Ein krummes Geschlecht von Raubrittern. Aber wir Bayern, wir haben unsere Wittelsbacher, die gibt es schon 1.000 Jahre und die wird es noch in 1.000 Jahren geben.«

Vogl sprang auf. Er hatte einen Fehler begangen. Der Mann am Fenster bewies es ihm. Das Zimmer dieser angeblichen Holländerin lag zum Hof, also konnte er es von seinem Platz aus gar nicht sehen. Wie konnte ihm das passieren? Ohne das Bier zu bezahlen, rannte er auf die Straße. Schnell stand er erneut vor dem Portier, der erschreckt die Hände hob. Diesmal würde er sich von dieser zerbrechlichen Person nicht beeindrucken lassen und sie mit zur Wache nehmen. Mit großen Sätzen sprang er die Stiege hinauf und visierte die Tür am Ende des Flurs an.

Er wollte einen Besen fressen, wenn die Papiere der Frau ihre Richtigkeit hätten. Sein Bein begann zu schmerzen. Er blieb im Flur stehen und atmete tief durch. Die Verletzung machte ihm wieder zu schaffen. Plötzlich musste er an seine Frau denken. Sollte sie am Abend wieder zum Tanzen gegangen sein und die Kinder der Nachbarin überlassen haben, würde er zum Tanzsaal gehen und sie durch die Gasse prügeln. Das musste endlich aufhören. Vogl schlug mit der Faust gegen die Tür.

»Öffnen Sie. Hier ist die Polizei.«

3

Sie lief über die Blumenwiese zu dem kleinen Bächlein hin. Auf der anderen Seite des Wassers breitete sich ein Birkenwäldchen aus, in dem sie sich immer gerne vor ihren Brüdern versteckte. Die schlanken Bäume riefen ihr Entzücken hervor und sie begann, an ihrer Haut zu riechen.

Tiefer als sonst drang sie in das Wäldchen ein, bis sie die Furcht, sich zu verirren, überkam und sie den Rückweg suchte. Es dauerte einige Zeit, bis sie den schmalen Pfad wiederfand. Hinter einigen hochgewachsenen Sträuchern getarnt schaute sie hinüber zu ihrem Dorf. Kosaken des Zaren tauchten urplötzlich auf. Lärm erfüllte die Gassen und die Schreie der Bewohner waren zu hören. Sie musste mitansehen, wie sie ihren Bruder Dimitri an einen Baum hängten und ihrer flehenden Mutter den Kopf abschlugen. Schreien wollte sie, aber ihr Hals war wie zugeschnürt.

Stunden später wagte sie sich zurück in das Dorf. Die Kosaken hatten ihre gesamte Familie umgebracht, weil ihr Vater eine liberale Zeitung unterstützt hatte. Amanda lebte fortan bei ihrem ältesten Bruder, der in Moskau studierte. Von da an gab es in ihr nur noch den Wunsch, ihre Schmerzen an den weiterzugeben, der die ihren verschuldet hatte. Wenn sie ihre tote Mutter sah, ihren erhängten Bruder und den Vater, den man an die Holztür des Hauses genagelt hatte, dann wollte sie dieses Schlangennest ausräuchern, das daran die Schuld trug. Tod dem Zaren und seiner Brut.

Kein Jahr später trug sie die Bombe zu dem Attentäter, der den Fürsten Alexandrow mitsamt seiner Kutsche in die Luft sprengte.

Sie war in Gedanken bei ihrer Familie, als dieser Polizist in ihr Zimmer eindrang. Tränen waren ihr über das Gesicht gelaufen und hatten sie vor der Verhaftung gerettet. Immer häufiger musste sie die Bilder des Massakers an ihrer Familie bemühen, weil sie mit der Sache aufhören wollte. Sie hatte keine Kraft mehr. Alles schien ihr so sinnlos geworden zu sein. Er hatte ihr nicht geglaubt, dass sie Effie van Webber hieß. Warum hatte er sie nicht verhaftet? Viele Anarchisten waren verhaftet oder umgebracht worden. Einmal noch wollte sie zum Geburtshaus ihrer Mutter reisen, die als Hermine von Strehlow in der Uckermark geboren worden war und den russischen Lehrer Barenkow heiratete, der ihr Vater wurde. Nun waren sie alle schon lange tot.

Amanda Barenkowa war dem Polizisten heimlich gefolgt und als sie sah, dass der in einem Wirtshaus verschwand, betrat sie die Nebengasse und floh über den Marienplatz in Richtung Englischer Garten. Sie lief mit kleinen, trippelnden Schritten, so wie es die anderen Frauen auch taten, um nicht aufzufallen. Ihr langes

Kleid und ihr Hut mit dem Schleier, alles in Tiefschwarz gehalten, ließen sie als Trauernde erscheinen, so wie es ihre Absicht war. Sie war sehr schlank und wirkte auf den ersten Blick wie ein junges Mädchen, dabei hatte sie inzwischen ihr 30. Lebensjahr überschritten. Jetzt ertappte sie sich dabei, wie sie neidvoll auf die Frauen schaute, die sich zu ihren Wohnungen begaben, um dort für ihre Familien das Essen zu kochen. Für sie gab es kein privates Leben. Bei der Universität hielt sie Ausschau nach Studenten, die in Gruppen zusammenstanden. Amanda ging an ihnen vorbei und flüsterte: »Es lebe der König.«

Die Burschen schauten ihr nach und lachten. Aus einer dieser Gruppen löste sich ein schlaksiger, unbeholfen wirkender jüngerer Mann. Sein Kinn zeigte einen schütteren Bart und seine Augen wirkten dumpf, als hätte er soeben ein starkes Fieber überlebt. Er eilte hinter Amanda her. Unter seinem Umhang trug er ein scharfes Messer. Als er auf gleicher Höhe mit ihr war, schnalzte er mit der Zunge, und als Amanda ihn daraufhin ansah, blieb er stehen.

»Tod den Tyrannen«, sagte der junge Mann.

Amanda, in ihre Gedanken versunken, erschrak und hielt abwehrend die Hände hoch. Dann begriff sie und antwortete.

»Es lebe die Freiheit!«

Sie sah das Messer in seiner Hand. Als Spitzel oder Polizeiagent, ohne die richtige Losung, wäre sie jetzt tot. Der Mann lief vor ihr her und sie folgte ihm. Als sie dann neben ihm in einem Hinterhof stand und diesen gekrümmten, alten Mann aus einer Werkstatt kommen sah, da fragte sie sich, wie die Revolution mit Menschen wie diesem nervösen Studenten und jenem buckligen Alten gewonnen werden sollte. Der Student verschwand und der Alte führte sie durch seine Werkstatt in ein Hinterzimmer. Zu ihrer völligen Verblüffung saß Lew in einem Fauteuil. Er lächelte, aber nur mit dem Mund. Seine Augen blieben kalt. Lew hatte zu einer Gruppe gehört, die einen zaristischen Polizeioffizier, der wegen seiner sadistischen Verhöre berüchtigt gewesen war, getötet hatte.

Die gesamte Gruppe war von der zaristischen Geheimpolizei ermordet worden. Nur Lew konnte sich retten, was ihn verdächtig gemacht hatte. In der Schweiz hatte er einen Agenten mit einem Strick erwürgt, als der ihre Gruppe entdeckt hatte. Gemeinsam hatten sie den Toten in die Rhône geworfen.

»Dana, schön dich zu sehen«, sagte Lew.

Amanda bedeutete ›die Liebenswerte‹. Lew nannte sie Dana, weil Amanda für ihn kein Name einer Revolutionärin war. Sie blieb an der Tür stehen. Amanda traute Lew nicht. Eigentlich traute sie niemandem mehr. Überhaupt war es so, dass das gegenseitige Misstrauen überwog. Würde sie Lew sagen, dass sie müde war und endlich damit aufhören wollte, wäre sie tot. Lew hatte sich gekleidet wie ein reicher Kaufmann. Sie wusste, dass er in Paris lebte und nur auf Reisen ging, wenn eine große Sache geplant war. Da saß er vor ihr und nippte an seinem heißen Tee.

»König Ludwig muss sterben«, sagte Lew.

4

Zu dieser Stunde war es weder hell noch dunkel. Mader blieb immer wieder stehen, um die Luft auf seiner Haut zu spüren, und seine Seele schien in diesem herrlichen Landstrich aufzuleben. Er streckte und dehnte sich, die Freude, nach der er sich verzehrt hatte, war wieder da. So war das Leben schön. Er verließ den Weg und lief quer über die Wiese. Gleich würde er den Bauern Mahr begrüßen und mit ihm einen freundlichen Ratsch abhalten. Graf Dürckheim hatte ihn wieder einmal hinausgeschickt. Er sollte sich umhören und die Augen aufhalten. Das tat er nur zu gerne, denn so viel Freiheit wie an diesen Tagen gab es sonst nicht für ihn. Wenn seine Augen durch den Zauber der Berge und den Liebreiz der Landschaft gesättigt waren, dann war er dankbar dafür, dass er hier sein durfte. Wenn er an seine im Elend lebende Familie dachte, dann konnte das auch nicht anders sein. Doch seine Fröhlichkeit wurde getrübt durch den Anblick der Reiter, die in einiger Entfernung über die Landstraße ritten.

Mahr begrüßte ihn wie immer auf seine grummelnde Art und ließ ihn gleich beim Heumachen mitarbeiten. Seine Tochter stand bei den Gänsen und die Söhne trugen schwere Eimer mit Wasser vom nahen Bach zum Haus. Der Bauer spitzte die Lippen und pfiff, weil der Hofhund zu knurren begann.

»Seltsam ist das schon«, sagte Mahr, als er sah, wohin Mader schaute. »Früher kam kaum ein Gendarm bei mir vorbei und jetzt sind es gleich vier. Der Feilner vom Gässerhof hat erzählt, dass zwei von denen Schwaben sind, einer ist Oberpfälzer und der mit dem dunklen Ross ist Franke. Als hätten wir keine bayerischen Gendarmen mehr.«

Mader schwieg. Die Uniformen waren neu, das sah er auch aus der Distanz. Neue Gewehre trugen sie auch. Das würde den Grafen interessieren.

Die Bäuerin trat vor das Haus und brachte den Käse. Deshalb war Mader zum Mahrhof gekommen. Der König schätzte den würzigen Geschmack.

»Wo gehst du jetzt hin?«, fragte der Bauer.

»Dorthin und hinüber«, antwortete der königliche Diener ausweichend.

Der Bauer spuckte ins Gras.

»Dann mach einen Bogen und meide das Gut von der Fürstin. Die alte Fuchtel hat einen Gast. Mit ihr ist nicht gut Kirschen essen, wenn sie sich belästigt fühlt.«

Genau das aber reizte Mader. Wer kehrte denn freiwillig bei dieser alten Vettel ein? Noch schlimmer als sie war ihr Hofmann Stauder. Der hetzte seine Hunde auf jeden, den er für belästigend hielt. Das große Gut lag auf einem Hügel und war frontal nicht einsehbar. Schon allein wegen der scharfen Hunde schlug Mader einen Bogen und schaute aus der sicheren Distanz eines Hügels zum Gut hinab. Das schlossähnliche Haus lag still da. Bei den Ställen bewegte sich auch nichts. Die große Scheune blieb ebenfalls geschlossen. Zwischen den Obstbäumen, die entlang des Weges zur Straße standen, bewegte sich eine Person. Sie schien sich die Bäume einzuprägen. Es war eine kleine, schlanke Frau, und Mader spürte, wie sich seine Neugier in Interesse wandelte. Ausgeschlossen, dass er mit einer solchen Dame Kontakt aufnehmen durfte, aber in seinem Kopf spielte das keine Rolle. Sein Zugeständnis war der Wunsch, ihr dienen zu dürfen. Er würde ihr im Winter die heiße Schokolade in den Salon bringen oder bei Regen auf dem Kutschbock warten, wenn sie bei einer Soiree zu Gast war. Ihr untertänigster Diener würde er sein, davon träumte er.

Die Fürstin rauschte heran. In ihrem Gefolge zwei

Mägde mit Obstschalen und zwei Jagdhunden. Mader machte, dass er davonkam, bevor die Tiere Witterung aufnahmen.

Graf Dürckheim ließ Mader auf der Treppe flüsternd berichten, zog sich dann in seine Räumlichkeiten zurück und schaute noch einmal seine Notizen durch. Dabei wanderten seine Augen immer wieder zu dem in Samt eingeschlagenen Brief. Der König hatte sich in seine Gemächer zurückgezogen und wollte niemanden sehen. Dürckheim konnte nicht nach Wien reisen, weil die Regierung rund um das Schloss bereits einen Kordon aus bewaffneten Reitern eingesetzt hatte. Es war bezeichnend für diese Clique in München, dass sie fremder Gendarmen bedurfte. Offenbar glaubte sie, die hätten gegen den König weniger Skrupel. In ihm reifte eine Idee. Wenn er direkt in die Berge reiten würde, dann käme er nach Tirol. Dort würde sich dann schon ein Vertrauter finden, der den Brief seiner Majestät an Kaiserin Elisabeth übergeben konnte. Nur eines machte ihm Sorgen. Diesen Ritt konnte er unmöglich allein wagen. Es gab nur einen, dem er vertraute, und der stand draußen an der Treppe und wartete. Er hatte Mader präzise nach den Gewehren der Gendarmen befragt und war sich sicher, dass es sich um die allerneuesten Modelle des Typus M 71/84 handelte, die soeben erst die Fabrik in Amberg verlassen hatten. Sie wollten also tatsächlich ihren eigenen König belagern. Natürlich war es unter diesen Umständen klar, dass sie bereits die Post kontrollierten. Es gab keinen anderen Weg, als allen Mut zusammenzunehmen und durch das Gebirge zu reiten. Graf Dürckheim war fest dazu entschlossen. Da fiel ihm ein, dass der Wiener General Lehner in Reutte ein Anwesen besaß. Einen treueren Boten konnte er kaum finden. Er musste die Landstraße benutzen, um an den Lech zu kommen, an dessen Ufer er hinaufreiten konnte. Die Gefahr, von den bewaffneten Reitern entdeckt zu werden, war auf den Wegen von Neuschwanstein an den Lech besonders groß. Kräftige und schnelle Pferde waren vonnöten. Er rief Mader zu sich und schickte ihn zum Stallmeister. Es galt, keine Zeit mehr zu verlieren.

Dürckheim kleidete sich in robusten Stoff und steckte nur eine Pistole ein. Er wollte beweglich sein und dem Pferd nicht zu viel Gewicht aufladen. Den Brief steckte er unter das Hemd. Welche Absichten Majestät mit den Zeilen an die Kaiserin wohl verband? Auf keinen Fall konnte er damit rechnen, dass Österreich sich für König Ludwig in die Bresche warf.

Er verbot sich, weiterzudenken. Der König konnte sich auf ihn verlassen; darüber nachdenken brauchte niemand, der eine Ehre im Leib hatte.

Mader stand neben dem riesigen Pferd und ließ sich vom Stallmeister auslachen. Er war ein ungeübter Reiter und schaffte es nicht in den Sattel. Kräftig genug war er, nur stellte er sich sehr ungeschickt an und das Pferd wollte lieber in den Stall zurück. Als er endlich aufsaß, da trabte das Pferd ruhig bis zur Mauer und schabte ihn heftig an der Wand entlang. Schon landete er auf dem Boden und rieb sich den Arm. Der Stallmeister lief, um sich auszulachen, schnell in den Pferdestall, damit es niemand hörte. Wehe ihm, Majestät würde sich durch ihn gestört fühlen.

Ich bin ein Diener, sinnierte Mader, kein Chevauleger. Er versuchte es wieder und wieder, denn es musste ihm gelingen. Eine Magd trug einen Leinensack mit

Esswaren und wollte ihn Mader reichen, als der gerade wieder im Sattel saß. Irritiert stieg das Pferd mit den Hinterbeinen hoch und Mader rutschte hinab und fiel direkt auf die Magd.

So liegend fand sie Graf Dürckheim, als er von der Treppe kommend in den Hof trat und nach seinem Pferd rief. Er beachtete diese Szene jedoch überhaupt nicht, schwang sich in den Sattel und ritt den Berg hinab. Mader war wieder aufgestiegen und zu seiner völligen Verblüffung folgte sein Tier dem Grafen vor ihm und ließ seinen Reiter in Ruhe. Was Mader nicht wusste: Der Graf hatte seinem Leittier eine Stute an die Seite gestellt, die in braver Ergebenheit ihrem Hengst überallhin folgen würde. Dürckheim wusste, dass der königliche Diener kein versierter Reiter war.

Graf Dürckheim hatte genug mit seinen Gedanken zu tun. Außerdem interessierte es ihn auch nicht, in welchen Verhältnissen das Gesinde zueinander stand. Er hatte im Vorübergehen erwähnt, dass er mit Mader zur Königin Marie eilen würde, um ihr eine königliche Botschaft zu übermitteln. Neben dem Stallmeister, seinen Gehilfen, den Schmieden und Futterknechten, hatten es sicher genügend kleine Spitzel vernommen, die für ein paar Silberlinge Geschichten aus dem Schloss an die Agenten der Regierung verrieten, die sich rund um Neuschwanstein in den Dörfern herumtrieben.

Königin Marie hatte sich nach Elbigenalp in Tirol zurückgezogen. Wie unerträglich musste es für sie gewesen sein, dass man ihr angeblich krankes Hohenzollernblut für die Ursache der Eigenheiten ihrer Söhne hielt? Ganz abgesehen von den Münchner Gerüchten, sie habe ihre Kinder nicht von König Maximilian empfangen.

Wie konnte man sich ungestraft erlauben, eine bayerische Königin derart zu beleidigen?

Elbingenalp lag einige Reitstunden hinter Reutte, was sich daher für eine kleine Finte eignete. Allerdings glaubte der Graf nicht, dass man sich lange ins Bockshorn jagen ließ. Ein Graf Dürckheim, persönlicher Adjutant Seiner Majestät, war schließlich kein gewöhnlicher Postreiter.

Die Sonne stand hoch im Westen und Graf Dürckheim ritt auf sie zu. Er sah eine frische Hufspur vor sich. Das Tier musste frisch beschlagen worden sein, denn gleich daneben befanden sich Spuren eines anderen Pferdes. Zwei Reiter also, die vor noch nicht allzu langer Zeit diesen Weg genommen hatten. Er vermutete eine Patrouille der Gendarmen. Spontan ritt er in ein kleines Waldstück. Mader zuckte zusammen, als sein Pferd abrupt in den Wald abbog. Er war ganz in seine Bilder versunken gewesen, die ihm jene schöne Frau unter den Apfelbäumen gezeigt hatte. Die Dame hatte ihren Kopf sinken lassen und nicht eben glücklich ausgesehen. Natürlich hatte sie nicht zu ihm hingeschaut, dafür war sie zu vornehm.

Graf Dürckheim erreichte den Lech und nahm die Zügel in die Hand. Die Grenze war nicht mehr fern und die Tiroler Berge waren nahe. Immer höher wuchsen die Felsen in den hellen Himmel, deren Anblick dazu reizte, sich an die Schönheit dieser Natur zu verlieren. Schnee lag noch reichlich unter den Gipfeln, die Winde frischten auf und schienen von allen Seiten zu kommen.

Mader hatte für die Natur keinen Blick. Der stramme Ritt des Grafen hatte sein Pferd veranlasst, es ihm gleichzutun, sodass er fürchterlich durchgerüttelt worden war. Sein Körper schmerzte und er befürchtete, vor Mattigkeit und wegen der Beschwerden augenblicklich vom Pferd zu stürzen. Vergebens hoffte er auf eine kleine Rast. Nie mehr in seinem Leben wollte er ein Pferd besteigen.

Graf Dürckheim ritt unter einem Felsbogen durch, der aussah, als hätten ihn Menschen aus dem Gebirge geschlagen. Vor ihm breitete sich ein weiter Moosteppich aus und an einem Waldstück sah er ein frisch gestapeltes Holzlager. Als sein Pferd einen Moment scheute, beachtete er das nicht weiter. Da er keinen Umweg reiten wollte, musste er sich einen Augenblick lang orientieren. Sollte er jetzt eine falsche Entscheidung fällen, würden sie sich in der kommenden Dunkelheit verirren. So mancher Reiter hatte sich in dieser Gegend das Genick gebrochen. Sobald der Graf einen Entschluss gefasst hatte, ließ er sein Pferd antraben. Er visierte einen unscheinbaren Pfad an, hinter dem er das Ufer des Lechs vermutete. Die Luft trug den Duft frischen Wassers der Schneeschmelze herüber. Graf Dürckheim sah das nervöse Spiel der Ohren seines Pferdes. Das Tier gehorchte ihm nur noch, weil es ihm absolut vertraute. Plötzlich ließ er sich aus dem Sattel gleiten und hing an der Seite seines Pferdes.

Mader stand das Entsetzen im Gesicht. Hinter dem Holzstapel sah er ein Gewehr, das auf ihn zielte. Vor ihm machte das Pferd des Grafen einen mächtigen Satz und verschwand in einen schmalen Pfad zwischen den Bäumen. Als der Schuss einen Schwarm Vögel aus den Bäumen trieb, war es zu spät. Graf Dürckheim warf einen schnellen Blick zurück und sah, wie Maders Pferd zu Boden stürzte.

Der Gendarm löste sich aus seinem Hinterhalt und schaute vorsichtig am Holzstapel vorbei auf die Mooswiese.

5

Der Bankier Feuchtwanger führte seine Gäste vom Salon in sein Arbeitszimmer, wo er persönlich den Rheinwein in prächtige Kelche goss und seinen Besuchern schwere Sessel anbot. Er selbst bevorzugte zwar das Münchner Bier, seine Besuche im Hofbräuhaus waren legendär, aber heute gab es eben köstlichen Wein, weil seine Besucher diesen dem Bier vorzogen. Graf Fugger war es, der ihm den Wein nach einem guten Geschäft geschenkt hatte. Da konnte also mit der Güte des Tropfens nichts schiefgehen. Feuchtwanger schloss die Türen und begab sich hinter seinen Schreibtisch. Der Grund des Besuchs von Professor Miller und dem Fürst von Kast galt der Planung und Finanzierung eines neuen Krankenhauses für die Residenzstadt München. Ein Projekt, das schon lange überfällig war und wegen der Kosten bisher nicht verwirklicht worden war. Inzwischen war man allerdings bei einem Thema angekommen, das keine Zuhörer erlaubte, und daher begleitete der Bankier seine Gäste in sein Arbeitszimmer. Der Fürst saß quasi am Schreibtisch der Regierenden, wenn er dort auch keinerlei Funktion bekleidete. Von Kast führte einen aufwendigen Lebensstil und war daher gezwungen, den Bankier Feuchtwanger um die eine oder andere finanzielle Gefälligkeit zu bitten. Er war ein strammes Mannsbild mit hoher Stirn und herausfordernden Augen. Neben ihm wirkte Professor Miller wie ein gütiger, alter Grandseigneur. Seine langen, schmalen Hände faszinierten den Bankier, der selbst nicht zu den ranksten Zeitgenossen gehörte.

»Wenn man seit dem Februar plant, gegen den König vorzugehen, wird man das nicht mehr lange geheim halten können.« Feuchtwanger schüttelte den Kopf. »Die Gründe, lassen Sie mich das sagen, sind leider völlig absurd. Majestät tun das, was sie immer getan haben.«

Der Fürst hob die Hände und ließ sie wieder sinken.

»Denken Sie nicht, dass ich mich an derlei Dingen beteilige. Es gibt andere, die sich davon etwas versprechen.«

Feuchtwanger sagte dazu nichts. Als Bankier mit seinen Beziehungen wusste er selbstverständlich, wer in Bayern finanziell von Berlin aus unterstützt wurde. So etwas durfte der König selbstverständlich nicht erfahren, auch wenn sogar er Geld von Bismarck bekommen hatte.

»Was mich völlig entsetzt, ist der Weg«, sagte der Professor. »Habe ich das richtig verstanden, dass man den Geisteszustand unseres Monarchen mit einer Ferndiagnose bestimmen will? Wer übernimmt denn für solche Machenschaften die Verantwortung?«

Der Fürst hielt seinen goldgelben Wein gegen das Licht.

»Man sagte, anders wird es keinen Weg geben. Der König wird sich wohl kaum mit den Nervenärzten an einen Tisch setzen.«

»Es geht also um die zerrütteten Staatsfinanzen?«, fragte der Mediziner.

Feuchtwanger lachte laut auf.

»Liebe Freunde, zeigt mir ein Reich, in dem die Staatskasse überquillt. Mein Haus arbeitet eng mit der Rothschildbank in Wien und Frankfurt zusammen. Ich weiß, wovon ich spreche.«

Der Professor war ein belesener Mann.

»Verrückt soll er sein, der König, so pfeifen es die Spatzen in den Münchner Gassen von den Dächern. Leider müsste man dann feststellen, dass das Desinteresse an den Staatsgeschäften bei den meisten Monarchen sehr ausgeprägt war. Denken wir an den armen Ludwig XVI. von Frankreich, der als leidenschaftlicher Uhrmacher lebte.«

»Der Pöbel hat ihm den Kopf abgehackt!», rief der Fürst dazwischen.

Wegen der groben Worte sah man pikiert in die Runde. Es entstand eine Pause, die von Feuchtwanger endlich aufgehoben wurde.

»Der Bayer ist zwar hitzig, doch noch lange kein Franzose. Einen toten König wird es bei uns nicht geben.«

Professor Miller war der gleichen Meinung.

»Schon«, sagte er, »aber vergessen wir nicht, das Königreich Hannover wurde zur preußischen Provinz, weil es sich im Krieg 1866 gegen Berlin stellte, genau wie Bayern. Man hat mit Georg V. einen blinden König aus dem Land gejagt, sein gesamtes Vermögen konfisziert, und niemand in seinem Land ist dagegen aufgestanden.«

»Das war in Bayern nicht nötig», antwortete der Fürst. »Bayern ist, wenn auch zähneknirschend, dem Deutschen Reich beigetreten. Ich habe 1870 im Krieg gegen Frankreich gekämpft.«

Feuchtwanger enthielt sich momentan der Stimme. Er wusste, dass dieser Bismarck ein riesiges Vermögen in Hannover vorgefunden hatte und damit Politik machte. Ohne das Geld aus dem Welfenfond hätte er den bayerischen König niemals umstimmen können.

»Wen interessiert denn in Bayern das Reich? Diese Deutschtümler werden doch verlacht. Andererseits muss ich zugeben, dass es kein deutsches, sondern ein preußisches Reich geworden ist, in dem Hannover oder Württemberg, Sachsen nicht zu vergessen, nur noch Provinzen sind. Mit dem Ende unseres Königreiches droht uns Selbiges«, sagte der Professor. »Das kann ich nicht gutheißen. Bayern hat mit den Stämmen nördlich der Donau absolut nichts gemein.«

»Das ist so, verehrter Professor, aber glauben Sie, dass die Franken aus dem Reich austreten würden? Niemals. Eher noch riefen sie nach preußischen Soldaten und entschieden sich gegen das Königreich Bayern.«

Feuchtwanger wollte die tiefernste Debatte etwas auflockern.

»Eines Tages wird man die Bayern noch zu Germanen erklären, um ihnen das Reich schmackhaft zu machen.«

Herzliches Gelächter lockerte die ernste Stimmung etwas auf.

»Gleichwohl frage ich, was die Regierung eigentlich will?«

Feuchtwanger schaute ihn direkt an.

»Sollten sie den König absetzen, müssen sie seinem Bruder huldigen. Der Mann ist seit Jahren krank.«

Der Fürst hatte ein, zwei Gläser Rheinwein zu viel getrunken und eine lockere Zunge bekommen.

»Es wäre doch möglich, jemandem aus der Familie die Vormundschaft zu übergeben und ihn als stellvertretenden Regenten einzusetzen.«

Miller und Feuchtwanger staunten nicht schlecht über diese perfide Idee.

»Dafür wird sich bei den Wittelsbachern niemand finden«, sagte der Professor im Brustton seiner tiefsten Überzeugung.

Der Bankier war sich da nicht so sicher. Feuchtwanger öffnete noch eine Flasche Wein.

»Wie stellt man sich das denn vor? Freiwillig wird der König nicht aufgeben, und es gibt genug Männer im Land, die ihn mit der Waffe in der Hand verteidigen werden.«

»Ein Bruderkrieg?« Der Professor war empört. »Das wird die Regierung nicht wagen. Sie haben ihrem König die Treue geschworen und machen doch schon jetzt, was sie wollen.« Feuchtwanger wollte die Debatte beenden. Sie führte zu nichts und von Kast war inzwischen sichtlich bemüht, nichts Aufklärendes mehr von sich zu geben.

»Jetzt sind wir völlig vom Thema abgekommen«, sagte der Bankier.

Aber eine Frage brannte ihm noch auf der Zunge. »Was wurde eigentlich aus der Forderung des Königs an Bismarck, Bayern einen entsprechenden Anteil an den exorbitanten Reparationszahlungen Frankreichs zu gewähren? Es ging um fünf Milliarden Francs. Da hielt Preußen seine Schatulle offenbar verschlossen.«

Von Kast sagte kein Wort mehr und Professor Miller dachte an sein ungebautes Krankenhaus. Nachdem die Herren sein Haus verlassen hatten, überkam Feuchtwanger ein heftiges Unwohlsein. Das Gespräch löste in ihm eine eigenartige Wirkung aus. Schweißperlen traten ihm auf die Stirn und seine Vorfreude auf die Sommerfrische am Würmsee bei Starnberg war völlig dahin. Dabei ging es ihm gar nicht um die Erinnerung an die

Bankpleiten von vor ein paar Jahren. Er mochte keine Veränderungen, denn die hatten den jüdischen Gemeinden nie Gutes gebracht. Unter den Wittelsbachern war es ihnen gut gegangen, warum wollte man das nun mit aller Macht ändern? Nun gut, der König lebte seine Eigenheiten rigide aus, aber er schadete damit nicht. Was man bei der Kritik an ihm geflissentlich übersah, war die Tatsache, dass es durch die Bautätigkeiten des Königs im ganzen Land viel gut bezahlte Arbeit gegeben hatte, von der nicht wenige prächtig profitiert hatten. Von den vielerorts eingereichten und völlig überhöhten Rechnungen wollte er gar nicht reden. Und nun? Nein, da musste etwas anderes dahinterstecken, dass man seinen eigenen König davonjagen wollte wie einen räudigen Hund. Wenn dabei etwas schiefging, würde der Pöbel wieder sie als Schuldige ausmachen, die Juden. Deshalb schwitzte Feuchtwanger und aus diesem Grunde war es ihm übel geworden. Bevor er zu seiner Familie an den See fuhr, besuchte er eilig seine Bank und zog seinen engsten Vertrauten Meiersohn auf die Seite.

»Auf ein Wort, Gerold, wie hoch sind die Schulden Seiner Majestät?«

Meiersohn, ein älterer Herr mit Spinnwebfäden statt Haaren auf dem Kopf, sah seinen Direktor staunend an.

»Kolportiert werden 20 Millionen.«

Feuchtwanger rieb sich das Kinn.

»Wie kann das sein? Zuletzt hörte ich von acht Millionen.«

Meiersohn tränten wie immer die Augen.

»Man munkelt seit Januar, dass Majestät sein Kabinett hinauswerfen will, wenn es untätig bleibt.«

Das war es also. Die Minister mussten jeden Tag mit ihrer Demission rechnen. Er oder sie, das war also die Frage.

Der Bankier Feuchtwanger ließ sich an der Würm entlang in Richtung Starnberg chauffieren. Das Flüsschen suchte unspektakulär und brav seinen Weg. Es war ein heller, mit weißen Wolken beflaggter Tag, als er im Juni 1886 diese Chaussee hinter dem Dörfchen Pasing entlangfuhr. Die meiste Zeit rollte der Wagen ein wenig schwankend dahin, dann ging es auch schon einmal holpriger voran. Nichts war hier zu spüren von den unsicheren Zeiten. Neben einem Waldstück entdeckte er einen Landsitz. Doch der interessierte ihn nicht. Es berührte ihn tief, was mit dem König geschah. Er hatte nie begriffen, was der Pöbel an den Liebhabereien Seiner Majestät auszusetzen hatte. Nur weil er die Opern Wagners liebte, den das Volk nicht begriff, und sich an die Kunst verlor, war er doch kein Verrückter. Sollte er Gassenhauer zum Besten geben?

Feuchtwanger erinnerte sich an die Worte seines Vaters. ›Wenn alle Goi einen Helm tragen, trage ihn auch. Und wenn alle rote Hosen tragen, trage sie erst recht.‹

Der Bankier wurde traurig. Er würde sich in Zukunft davor hüten müssen, die Straßenköter zu reizen.

6

Als Graf Dürckheim sich auf den paar Stufen zur neuen Eingangshalle niederließ, fühlte er seine geprellte Rippe. Nun war er schon über zwei Stunden im Anwesen des Generals und vom Hausherrn war nichts zu sehen. Er hatte doch wahrhaftig keine Sekunde zu verlieren.

Ein paar flüchtige Gedanken – und er war weit fort, nicht mehr in dieser Umgebung, so als wäre er nie hier gewesen. Er fragte sich, wo er am liebsten sein würde, und bekam keine Antwort. Den Kopf in eine Hand gestützt saß er da. In seinem Inneren bebte es zu stark, als dass ihn die friedvolle Welt der Berge besänftigen konnte. War nicht längst alles verloren?

Außerdem störte ihn diese Frau im Haus des Generals. Woher sollte er wissen, dass der Alte sich eine so junge Frau genommen hatte? Sie wirkte frivol auf ihn, was ihm nicht gefiel. Natürlich war es unhöflich, ihrer Einladung in das Haus nicht zu folgen, aber das war ihm gleichgültig.

Morgen würde er sie bereits vergessen haben.

»Endlich mal wieder ein vernünftiger Mensch!», rief der General, als er aus seinem Einspänner stieg. Er lachte und kam freundlich auf Dürckheim zu. Dann sah er in das Gesicht seines Gastes und seine Miene wurde ernst.

»Schlechte Nachrichten?«, fragte er.

Der Graf zog den Brief hervor und hielt ihn fest.

»Eine höchst wichtige Botschaft Seiner Majestät an die Kaiserin. Ich benötige dringend vertrauenswürdige, treue Freunde, die den Brief auf schnellstem Wege nach Wien bringen. Eile ist geboten, denn Seine Majestät befinden sich in einer äußerst misslichen Lage.«

General Lehner wollte Dürckheim in sein Haus geleiten, doch der wehrte ab. »Verzeiht meine Unhöflichkeit, Herr General, aber ich muss zurück. Ich bin bereits viel zu lange abwesend. Als der König mich mit diesem Schreiben beauftragte, da dachte ich sofort an Reutte und an Sie. Der Weg nach Wien, quer durch Bayern, wäre unter den momentanen Umständen nicht zu schaffen gewesen.«

Der General begleitete Dürckheim zu den Stallungen auf der anderen Seite seines Anwesens.

»Verlassen Sie sich auf mich, Graf. Zwei meiner Leute werden ihn auf der Stelle nach Innsbruck bringen. Von dort aus ist es dann kein Problem mehr. Ich weiß, dass die Kaiserin in der Nähe von Salzburg zur Kur weilt.«

Der General lächelte. Keine Spur mehr von der Härte, die er früher gezeigt hatte. Inzwischen musste er deutlich über 60 Jahre alt sein. Dürckheim steckte seine Reitgerte in den Stiefel.

»Majestät werden erfreut sein, zu hören, dass er in Österreich treue Freunde hat.«

In diesem Moment war General Lehner froh, dass sein Gegenüber keine Gedanken lesen konnte. Würde man seinen Rat einholen, dann würde er dem bayerischen König das Exil empfehlen, so wie es sein Großvater, König Ludwig I., erhobenen Hauptes angetreten hatte. Denn eines war klar: Österreich war völlig unfähig, dem bayerischen König zur Seite zu stehen. Aber das sprach er natürlich nicht aus.

»Wie ich hörte, soll man in Erwägung gezogen haben, für die Gläubiger seiner Majestät Herrenchiemsee und Linderhof zu beschlagnahmen. Was sind denn das für Gerichte, die so etwas erlauben?« Der General schnaufte verächtlich. »Über eine königlich-bayerische Regierung äußere ich mich seit dem Beitritt zum Deutschen Reich und dem Krieg gegen Frankreich nicht mehr.«

Graf Dürckheim erwiderte nichts dazu, sondern sagte:

»Majestät waren über das Ansinnen einer Beschlagnahmung auch sehr ungehalten. Er sprach davon, dass Minister und Beamte die öffentliche Meinung fürchten wie alte Weiber und nicht wie königstreue Untertanen.«

Der General lachte und schlug die Hände zusammen.

»Trefflich formuliert. Wenn man sich mit der wankenden Masse Mensch einlässt, wird aus allem Edlen gewöhnlicher Straßendreck werden. Euer König tut recht daran, seine Kunst für sich zu behalten, von der Masse wird nur alles mit Schmutz zugedeckt. Leider hat unser Adel versagt, mein lieber Graf. Statt sich auf den Hosenboden zu setzen, hat man diese Emporkömmlinge und bürgerlichen Schwätzer an die Tröge gelassen. Nun müssen wir die versalzene Suppe auslöffeln.«

Graf Dürckheim wollte sich keine Predigt anhören und stieg auf sein Ross, das der Pferdeknecht gestriegelt und gut gefüttert hatte.

»Aber nicht doch!», rief General Lehner. »Unter keinen Umständen lasse ich Sie allein in die Dunkelheit reiten. Kerle, hierher.«

Zwei üble Figuren tauchten hinter den Stallungen auf. Massive Körper mit verschlagenen Augen in pockennarbigen Gesichtern. Graf Dürckheim hob die Augenbrauen. Auf keinen Fall würde er sich von diesen Gaunern begleiten lassen.

Der General lachte laut auf.

»Euer Gesicht, Herr Graf, spricht zu mir. Nein, keine unnötigen Sorgen. Die Burschen haben zwar bei mir gewildert und müssen den Schaden abarbeiten, aber sie finden keine besseren Fährtengänger im Gebirge als die Brüder Kolomatzek. Selbstverständlich reite ich neben Ihnen.«

Der Graf wollte sich verweigern, konnte den General andererseits nicht kränken. Ungeniert begann der sich umzuziehen, nachdem er in den Stall eingetreten war. Dürckheim trat ebenfalls in die Stallungen und traute seinen Augen nicht. Im Hintergrund standen links und rechts jeweils vier Pferde, an der rechten Wandseite weitere drei edle Tiere, die der Graf gerne in seinem Stall gesehen hätte. Was ihn mehr als verblüffte, das war der Bereich an der Wand links neben der schweren Eingangstür. Dort hingen Seidenstoffe an den Wänden, Gemälde von edlen Pferden gehörten ebenso dazu wie schwere Sessel und eine türkische Wasserpfeife.

»Es gibt Menschen, lieber Graf, und es gibt Pferde. Ich habe mich für die intelligenteren Wesen entschieden.«

Der General lachte sein herbes Lachen und schnallte sich den Säbel um.

»Sie werden staunen, wie schnell Sie bayerischen Boden erreichen.«

Zunächst aber stellte er fest, dass die beiden Schlitzohren verschwunden waren. Da der General dazu nichts sagte und zügig anritt, was ihm offensichtlich sehr viel Freude machte, schwieg Dürckheim und ließ sein Pferd laufen.

Der Graf schaute sich um. Welch ein herrlicher Landstrich! An keiner anderen Stelle der Erde würde er solch eine Herrlichkeit genießen dürfen, so völlig abseits vom Getriebe der alltäglichen Welt. Seine Familie nannte das Gebirge die rechte Welt für Misanthropen. Sie liebte ihre städtische Geschwätzigkeit und diese Oberflächlichkeiten in den Salons.

Dürckheim vermied es, darüber weiter nachzudenken. Der General hatte sich inzwischen einen gehörigen Vorsprung verschafft und der Graf nahm ein schärferes Tempo auf. Ungern würde er im Gebirge durch die Nacht reiten. Es war nicht mehr weit bis zum Übergang nach Bayern, als der General den Arm hob und sie nebeneinander anhielten. Er zeigte mit dem Arm nach oben und Dürckheim schaute in die Richtung: Auf einer Felsennase saß einer der Wilderer und machte ein Zeichen. Der Graf war verblüfft, dass sie es so schnell bis an diese Stelle geschafft hatten, denn sie besaßen keine Pferde. Kurz darauf erschien der andere Wilderer neben dem General, flüsterte ihm etwas zu und verschwand sofort wieder.

»Wir müssen rasten«, sagte der General.

Dürckheim war damit absolut nicht einverstanden und blieb auf seinem Pferd sitzen.

»Hinter den Sträuchern am Lechufer hockt ein Fangkommando. Offenbar ist Euer Ausritt bestimmten Herrschaften nicht verborgen geblieben.«

Dem Graf fiel zunächst Mader ein. War er nach seiner Festnahme während einer harten Befragung zusammengebrochen? Aber diesen Gedanken verwarf Dürckheim schnell wieder. Mader war schlau und würde auf Teufel komm raus lügen. Nein, er war es nicht. Die Wahrheit würde sein, dass ein kleiner Spitzel aus dem Schloss ihren Abmarsch verraten hatte.

»Nun denn, warten wir?«

Der General schüttelte den Kopf und streichelte sein Pferd.

»Ihr müsst den Lech meiden und über den Berg gehen.«

Graf Dürckheim streckte sich und dachte, dass er genau das nicht tun würde. Doch der Gedanke, sich von diesem Fangkommando fesseln und abführen zu lassen, war ihm unerträglich. Sie würden es nicht wagen, den Adjutanten des Königs und tapferen Soldaten des letzten Krieges in Stricke zu legen. Er schaute in das Gesicht des Generals. Dort konnte er die bittere Wahrheit lesen. Sie würden es tun.

»Ich gehe nur mit einem der Brüder«, sagte er.

General Lehner holte ein Messer unter seinem Umhang hervor und reichte es dem Grafen.

»Behaltet es sichtbar in der Faust, davor haben sie Respekt. Ich werde Euch den Älteren mitgeben, der ist besonnener und hängt an seinem Leben. Genug der Rede. Euer Pferd steht morgen wieder in Eurem Stall.«

Vorher war das Licht des Mondes noch heller gewesen. Rein leuchtete der Schnee von den Bergspitzen. Eine prächtige Wolke öffnete langsam ihren Mund. Daneben hob eine andere ihre Augen. Der Himmel zeichnete wundersame Figuren. Er schaute gerne hinauf. Würde ihn sein Kiefer nicht schmerzen, er hätte sich wohl gefühlt. Der Offizier hatte ihm eine mächtige Watsche verpasst, weil er geschossen hatte. Er wusste, dass sie nicht schießen durften. Er hatte es doch nicht absichtlich getan. Das Gewehr war neu und er kannte sich damit nicht aus. Der Schuss war ihm einfach passiert. Nun mussten sie hinter den Büschen warten und die Kameraden waren böse auf ihn, weil sie wahrscheinlich die ganze Nacht hier draußen verbringen mussten. Drei von ihnen hatte der Offizier in den Berg geschickt, damit niemand über den Schmugglerpfad durchschlüpfen konnte. Er lag lieber im Moos und hörte dem Wasser des Lechs zu.

Graf Dürckheim stieg einige Meter hinter dem Wilddieb den Berg hinauf. Er staunte über den Kerl, der wie eine Gams klettern konnte. Vorsicht war bei jedem Fußtritt geboten. Wie lange würde es dauern, wenn er hinabstürzen würde? Keine unnötigen Gedanken, befahl er sich selbst und sah, wie der Wilddieb hinter einem bärengroßen Felsen in die Hocke ging. Als beugte er sich in die Knie und lugte über die Steine. Dann sah er den Grund für die Reaktion des Wilddiebs. Unter ihnen stiegen drei Uniformierte über einen schmalen Pfad herauf. Dort musste also bereits Bayern sein. Offensichtlich hatten sie es nicht eilig. Einer schritt vor, dann ging er in Deckung und ließ die anderen zwei herankommen. Dann tat es ihm ein Weiterer nach.

Der Wilderer winkte ihm. Vorsichtig näherte sich Dürckheim, ohne dabei das scharfe Messer aus der Hand zu lassen. Er konnte den stinkenden Kerl nicht verstehen. Was sagte er? Mit seinen schmutzigen Fingern versuchte er etwas in die Luft zu zeichnen und wies dann heftig auf den Weg hin. Der Graf versuchte von den Lippen zu lesen, schaute dabei in einen von schwarzen Zahnstummeln verunstalteten Mund und entdeckte, dass man dem Kerl die Zungenspitze abgeschnitten hatte. Kein Wunder also, dass er nichts verstand. Doch dann konnte er sich erklären, worum es ihm ging. Der Weg hier kreuzte sich in kurzer Entfernung. Dort drüben führte ein Pfad hinab, auf dem die Uniformierten heraufkamen, und ein weiterer musste dann um den Berg herum die Richtung des rechten Weges vorgeben. Der Wilderer kroch in einen Felsspalt und hing fast halsbrecherisch am Hang, damit der Graf vorbeigehen konnte. In geduckter Haltung schlich er weiter und fand tatsächlich die beschriebene Weggabelung. Wobei allerdings von einem Weg nicht die Rede sein konnte. Er musste sich an den Felsen pressen und sich dann seitlich, Schritt für Schritt, an dem schmalen Pfad entlangtasten. Das kostete Mut und der Graf verharrte. Dabei konnte er zuschauen, wie die Gendarmen langsam aber stetig auf die Gabelung zukamen. Der Wilderer gab ihm ein Zeichen und trat dann einige Gesteinsbrocken los, die von den Uniformierten gesehen wurden und sie in die Deckung zwangen. Als der Erste sich wieder erhob, traf ihn ein Stein aus der Hand des Wilderers, der kurz danach spurlos verschwand. Graf Dürckheim war nun auf sich allein gestellt. Vorsichtig schob er sich an der Felswand entlang. Vom Weg der Gendarmen aus war er mit Bestimmtheit nicht mehr zu sehen. Er zweifelte auch daran, dass sie diesen Pfad betreten würden, aber das half ihm überhaupt nicht aus seiner prekären Situation. Die Steine waren feucht, und er konnte sich nicht richtig festhalten. Was würde er tun, wenn es nach der nächsten Biegung steil nach unten ging?

7

Mader träumte. Er musste träumen, denn sie beugte sich soeben über ihn, und das konnte doch nur ein Traum sein. Was mit ihm geschehen war, daran erinnerte er sich nicht. Er roch ihren Duft und hörte ihre sanfte Stimme. Sie war eine zierliche Person und in ihrem Rücken stand ein älterer Herr inmitten einer Hundeschar, die brav dasaß und auf einen Befehl wartete. Mader schloss schnell wieder die Augen.

»Wie unerquicklich«, sagte Fürst zu Wehen und wiederholte sich, denn das hatte er bereits gesagt, als sie den Mann zwischen Graben und Waldrand hatten liegen sehen. Das hatte er nun davon, dass er die junge Dame mitgenommen hatte, obwohl er doch immer allein mit seinen Hunden ausfuhr. Allerdings musste er sich insgeheim eingestehen, dass er die junge Dame inzwischen sympathisch fand, was in München absolut nicht der Fall gewesen war, als seine Frau sie in ihre Kutsche geschoben hatte. Nie in seinem Leben würde er begreifen können, aus welchen Gründen seine Gemahlin zu einer glühenden Verehrerin der französischen Revolution wurde und immer wieder solche seltsamen Menschen in ihr Haus brachte, von denen er lieber nicht wissen wollte, was sie so alles mit ihrer Zeit anfingen. Wenn er seine Frau darauf ansprach, dann antwortete sie ihm lediglich: »Unsere Zeit ist abgelaufen, mein Fürst.»

»Ist er tot?«. Sie sprach leise, als würde ihre Stimme den Liegenden aufwecken können.

Fürst zu Wehen nickte und schüttelte gleichzeitig den Kopf.

»Solcherlei Affären gehen uns nichts an«, sagte er. »Immerhin trägt er die Hosen der Lakaien des Königs von Bayern. Aber weshalb liegt er dann im Wald und ist voller Blut? Zeiten sind das.«

Damit war der Fürst am Ende mit seiner Geduld und er bestieg den Zweispänner.

»Kommen Sie, Effie, die Fürstin erwartet, dass sie

ihr den Nachmittag mit einer weiteren Vorlesestunde versüßen.«

Mader stemmte sich hoch und sah dem abfahrenden Wagen hinterher.

Jetzt wusste er sogar, wie sie hieß: Effie. Mit vorsichtigem Tasten berührte er die Beule an seinem Kopf. Es gelang ihm nicht, auf die Beine zu kommen. Vorsichtig schob er sich tiefer in den Wald hinein, damit ihn die Patrouillen der Gendarmen nicht entdecken konnten. Er versuchte sich an einem Baum hochzuziehen. Es wurde ihm sofort schwarz vor Augen und er fiel wieder zurück auf den weichen Waldboden. Mader musste sich erbrechen und sein ganzer Körper begann zu zittern.

Fürst zu Wehen hatte die kleine Episode am Waldrand bereits vergessen. In hohem Tempo fuhr er über die Wege, damit seine Hunde sich richtig verausgaben mussten. Erst kürzlich war das Hundehaus fertig geworden und er wohnte jetzt quasi dort. Die Fürstin quälte ihn ständig mit ihren Büchern und er wollte sie nicht lesen. Wozu auch? Er lebte für die Jagd in seinen Wäldern und hatte seine Hunde dementsprechend abzurichten. Für anderes war keine Zeit. Erst gestern kam sie wieder mit einem gewissen Diderot und dessen Zitat: ›Kein Mensch hat von der Natur das Recht erhalten, den anderen zu gebieten.‹ Was für ein Unsinn! Er war schnell zu seinen Hunden geeilt und hatte sich eingesperrt. Nicht, dass er seine Gattin ablehnte, so war es keineswegs, aber er saß lieber zu Pferde, wenn er ihr begegnete, und das nicht nur, weil sie größer war als er. Man hatte sie innerhalb ihrer Familien ausgewählt und verheiratet. So war eine beachtliche Landwirtschaft zu einem noch beachtlicheren Waldbesitz gekommen. Er hatte sich nie beklagt. Das lag inzwischen einige Jahrzehnte zurück und sie lebten gut zusammen, bis auf ihre Schrulle mit diesen Umstürzlern und Banditen.

Die Felder lagen gut im Ertrag, jedenfalls soweit er das beurteilen konnte.

Seine Leute arbeiteten und dieser Kerl, dieser Stauder, den die Fürstin als Hofmann beschäftigte, hielt strenge Zucht. Der Fürst hatte nicht schlecht Lust darauf, seine Gattin mit ihrem Widerspruch zu konfrontieren. Sie hatte dem Stauder das Recht gegeben, über die Mägde und Knechte zu gebieten. Aber sie war zu klug, als dass er beim Disputieren eine Chance hätte. Sie würde ihn in Grund und Boden argumentieren, mit all ihren französischen Wörtern, die er nicht verstand.

Und zur Strafe bekäme er zur fortgeschrittenen Abendstunde auch seinen geliebten Rotwein nicht mehr.

Der Fürst zog die Zügel an. Wie unhöflich er doch war. Da saß dieses hübsche Kind neben ihm und er verlor sich in seinen Gedanken.

»Was lesen wir denn heute?«, fragte er, um ein Gespräch zu beginnen.

Amanda saß etwas hilflos neben dem Fürsten und dachte an Lew, der sich für die frühen Abendstunden angekündigt hatte.

»Confessions«, sagte sie auf Französisch. »Jean-Jaques Rousseaus Bekenntnisse.«

»Soso.«

Warum konnte man in seinem Haus nicht bayerisch reden und über Hunde sprechen? Als er sich vorstellte, dass dieses hübsche Wesen dem Adel an die Gurgel wollte, war sein Bedarf an einem Gespräch mit ihr am

Ende. Vielleicht heckte sie mit diesem Stauder bereits aus, wie sie ihm sein Haus über dem Kopf anzünden konnten? Er musste noch einmal mit der Fürstin reden. Natürlich ahnte er bereits jetzt, dass der Abend wieder Gespräche mit seinen Hunden bringen würde und nicht mit der Gemahlin. Er hielt sich lieber an seine alte Devise, dass Mut häufig die Vorstufe zu einer großen Dummheit war.

Wie an fast jedem Abend wanderte Amanda zwischen den Bäumen hindurch zur kleinen Kapelle am Ende des fürstlichen Anwesens. Das winzige Gotteshaus war in Erinnerung an Fürst Georg zu Wehen errichtet worden, der im 70er-Krieg bei Sedan geblieben war. Sie traf Lew dort. Er hielt sich in der Nähe des Ortes Füssen versteckt. In ihr war keinerlei Freude, als sie ihn sah.

»Der König verlässt Schloss Neuschwanstein nicht«, antwortete sie auf seine Frage. Sie erzählte ihm von dem Ereignis am Nachmittag.

»Es wäre gut, wenn wir einen Lakaien vom Schloss als Informanten hätten«, sagte Lew. Als er sie umarmen wollte, wehrte sie ihn ab.

»Die Fürstin betrachtet mich als Gesellschafterin. Dennoch werde ich nicht auf ewig hier bleiben können.«

»Mir gefällt nicht, wie du sprichst«, sagte Lew und verschwand in der Dunkelheit.

Amanda wanderte sehr langsam zum Gutshaus zurück. Sie wusste längst, dass sie sich an einem Attentat auf den König nicht beteiligen wollte. Sie wusste aber auch, dass man ihr eine Wahl nicht erlauben würde. Gleich morgen früh wollte sie nach dem Körper schauen, der dort drüben am Waldsaum lag. Man muss einen

Toten doch beerdigen, überlegte sie. Obwohl sie wusste, dass weder die Fürstin noch der Fürst Verständnis dafür aufbringen würden, wollte sie sich davon nicht abbringen lassen. Sie vermehren sich ohne Unterlass, hatte der Fürst über seine Mägde und Knechte geäußert, dabei haben sie kaum ein Auskommen für sich selbst. Das war auch nur ein Lakai, der drüben am Wald lag.

Wie der Fürst, so hörte auch Amanda, dass die Fürstin bei offenen Fenstern Klavier übte. Amanda verschwand in ihrer Kammer, die im Gegensatz zur Pracht dieses Herrenhauses eher einer Mönchsklause glich, was ihr aber mehr entsprach als das Interieur des Fürstenhauses.

Der Fürst saß zwischen seinen Hunden und befürchtete, dass seine Gemahlin sich auch noch zu einer Gesangseinlage hinreißen ließ. Als es passierte, stimmten seine Hunde mit ein, und so blieb ihm nur die Flucht vor dem Wolfsgeheule in den nahen Wald.

Die Wirkung seiner Übelkeit hatte noch nicht nachgelassen, als Mader die Dunkelheit nutzte und über die leeren Wege stolperte. Seine Stimmung blieb niedergeschlagen. Inzwischen erinnerte er sich, dass er in hohem Bogen in den Wald geschleudert worden war, als das Pferd unter ihm tödlich getroffen zusammengebrochen war. Nun kam er ohne das wertvolle Tier zurück. Mit diesen Gedanken wandte er sich wieder dem Weg zu, den er erst vor wenigen Augenblicken erkannt hatte. Jetzt konnte er sicher sein, dass er nach einigen Kilometern den Berganstieg zum Schloss finden würde. Der Blutverlust hatte eine befremdende Wirkung. Er begann unvermittelt zu kichern und wurde regelrecht albern. Heiter wie ein leicht Betrunkener tauchte er vor dem Schlosstor auf und erschreckte die Nachtwache mit seiner guten Laune. Man führte ihn in die Räume der Lakaien, wo ihn erschrockene Blicke zu einem Lachanfall verführten und er, wie von der Axt getroffen, zu Boden fiel. Man schüttete einen Eimer Wasser über ihn aus, aber Mader kam nicht zu sich. Betretenes Schweigen war die Folge, denn man wusste ja, dass er mit dem Grafen Dürckheim Neuschwanstein verlassen hatte, und der war noch nicht wieder in das Schloss zurückgekehrt. Es herrschte eine bedrückte Stimmung, weil der König übellaunig war und jeder zu vermeiden versuchte, in seine Nähe zu kommen. Sein persönlicher Friseur, der ihn mit heftigstem Klatsch und Tratsch versorgte, schüttelte auch nur noch den Kopf.

»Majestät saß am Fenster und hat die ganze Nacht Schiller gelesen«, klagte er. »Nicht einmal ankleiden lassen mag sich Seine Majestät.«

Mader wurde auf einen Wagen geladen und zu einer Bäuerin am Fuße von Neuschwanstein gebracht, die sich mit Kräutern und allerlei Zaubereien auskannte. Mehr konnte man nicht tun.

8

Das Bild in seinem Kopf war noch nicht vollendet. Als er sein Haus auf dem Land betrat, kauerte ein dunkelhaariger junger Mann auf dem Klavierhocker und schaute ihn keck an. Seine Töchter saßen auf dem Kanapee, während seine Gattin gackernd umherlief. Wie sollte das fertige Bild aussehen? Galt der Besuch des jungen Unbekannten einer seiner Töchter, hätte sich seine Gemahlin einem Fehlverhalten schuldig gemacht. Und sie selbst? Nein, das war nicht möglich. Ein so junger Mann und sie, diese hässliche Henne. Natürlich hatte er den Kerl sofort hinausgeworfen. Sehr zur Empörung der Weiblichkeit, aber etwas anderes als diese Antwort zu geben, hätten sie womöglich falsch verstanden. Man sprach daraufhin kein Wort mehr mit ihm und er war von Herzen froh, als er mit dem letzten Eisenbahnzug zurück in die Residenzstadt München fuhr. Er zerbrach sich den Kopf über die finanzielle Misere der Familie und die Damen hatten nichts anderes im Sinn, als ihre Zeit mit Belanglosigkeiten zu vergeuden.

Am Hauptbahnhof trug ein krummbeiniger Gepäckträger die Koffer zu seinem wartenden Wagen. Fürst von Kast warf sich in die Polster und ließ sich ziellos durch die Stadt kutschieren. Das Geld der Feuchtwanger Bank hatte er für das Landgut verbraucht, was nun die Frage aufwarf, woher er den nächsten Kredit bekommen konnte. Wie unverschämt das Bauernvolk auf dem Land inzwischen geworden war! Es hatte nicht viel gefehlt und er hätte ihnen mit der Reitpeitsche Manieren eingebläut. Ja, er müsste sich mehr um den Landbesitz kümmern, aber er war längst zu einem Stadtmenschen geworden, dem das öde Landleben absolut nichts mehr gab. Er ließ seinen Kutscher umlenken und sich in den Englischen Garten fahren. Alles, was er sah, wurde Licht. Vögel flogen umher und schwangen sich auf die Spitzen der Bäume. Dem Himmel so nah, still war die Luft, fühlte er sich ohne Absicht und Pflichten. Einfach nur da sein, wie die Natur, so voller Grazie und Unsterblichkeit. Er hörte das Mahlen der Räder. Ein flacher Schlummer überkam ihn, während das helle Licht strahlende Kreise auf den menschenleeren Seitenweg warf. Eine Wolke flog dahin wie ein weißer Schwan. Nur in der Natur gab es Vollendung. Der Fürst ließ wenden und befahl dem Kutscher, die Prachtstraße König Maximilians anzusteuern. Vielleicht ergab sich eine zufällige Begegnung, die ihm aus seiner Aussichtslosigkeit helfen würde. Er erinnerte sich an den Leichenzug, als man König Maximilian durch die Münchener Straßen gefahren hatte. Mit seinem Vater, inzwischen auch schon in der Familiengruft bestattet, hatten sie sich den vornehmen Trauernden angeschlossen. Man bestaunte den jungen König und seine angeborene Noblesse.

»Ludwig ist zu intelligent für all diese windigen Hofschranzen und pedantischen Beamten. Sie werden ihm solange zusetzen, bis ihm die Laune am Regieren vergeht«, hatte der Vater zu ihm gesagt.

Und noch etwas hatte er hinzugefügt. »Unser König Maximilian, der Herr sei seiner Seele gnädig, hat einmal gesagt: Man liebt sein Volk, aber in gehöriger Distanz.«

Diese Distanz war lange schon verloren gegangen. Inzwischen gierten die Bürgerlichen nach Pöstchen, die ihnen den Adelstitel in Aussicht stellten. Doch edel ist man von Geburt, nicht durch Ernennung. Man hätte die Abdankung König Ludwigs I. verhindern müssen, dann wären diese Kreaturen schon wieder zu Kreuze gekrochen. Fürst von Kast wollte sich nicht echauffieren, das lag ihm nicht. Eiferer gab es bereits zur Genüge. Da fiel ihm jene Szene von vor ein paar Tagen wieder ein, als man sich zu einer Gesellschaft getroffen hatte und er sich, neben einer halb geöffneten Tür stehend, gezwungen sah, ein Gespräch aus dem Nebenraum zu belauschen. Er hatte zunächst arglos, dann aber mit zunehmender Neugier zugehört. Zwei Herren flüsterten miteinander. Es ging um das Ansinnen der Ultramontanen, den König von Bayern entmündigen zu lassen. Wäre der Fürst gesellschaftlich und finanziell in einer anderen Lage gewesen, er hätte die Verräter zum Duell gefordert, so sie denn überhaupt satisfaktionsfähig wären. Selbstverständlich würde er sich nicht mit irgendwelchen bürgerlichen Halunken schlagen können. Es gab ihm allerdings einiges zu denken, dass ein solches Gespräch im Rahmen einer öffentlichen Gesellschaft stattfand und nicht in irgendeiner dunklen Gasse in der Au. Es gab Viertel in der Stadt, in die man sich nach Anbruch der Dunkelheit besser nicht begab. Auf dem Weg nach Hause meinte er sogar, eine der Männerstimmen erkannt zu haben. Man redete also bereits ganz offen über Treuebruch und Verrat.

Er ließ den Kutscher am Denkmal König Max I. Joseph wenden und fuhr die Maximilianstraße nun in entgegengesetzter Richtung zur Isar hinauf.

Man stelle sich diese Stadt ohne die Architektur der Majestäten vor. Und wie viele dieser besorgten Münzenzähler hatten vor dem Untergang gewarnt, wenn man baute. Es gäbe keine Bauten, die einer wahren Residenzstadt entsprechen würden, wenn sich die Herrscher nicht über diese kläffenden Hündchen hinweggesetzt hätten. Es waren die gleichen Kreaturen, die ihm weiteres Geld verweigerten und damit eine alte Familie in den Ruin trieben. Längst hielt er das für Methode. Man wollte den Adelsstand vernichten, um ihren Platz einzunehmen.

Der Fürst ließ den Kutscher den Weg an der Isar nehmen. Er hatte genug von den Menschen und wollte für sich sein. Wenn er keinen Ausweg fand, musste er noch einmal mit Feuchtwanger reden.

An der Gartenwirtschaft ›Tivoli‹ ließ er anhalten und vertrat sich ein wenig die Beine. Da er als guter Katholik nicht an Zufälle glaubte, tat er das auch nicht, als der bei einer Brotzeit sitzende Professor Miller ihm Lord Montgomery Halcombe vorstellte. Letzterer gehörte zu den ständig reisenden Engländern, die durch alle Herren Länder fuhren und sich dennoch weigerten, eine andere Sprache zu sprechen als die ihre. Lord Halcombe war ungewöhnlich jung für einen Voyageur. Fürst von Kast konnte ihn nicht verstehen, denn in seinem Haus sprach man französisch oder bayerisch. Der Lord hatte eine außergewöhnlich helle Haut und trug gutes englisches Tuch. Ohne einen direkten Anlass erzählte der Professor Lord Halcombe von der Sammlung im Hause des Fürsten, die aus der Zeit der Türkenkriege stammte und die seine Vorfahren zusammengetragen hatten. Der Fürst erkannte in Lord Halcombe sofort den fanatischen Sammler. Leidenschaftliche Sammler waren immer eine Mischung aus kühlen Kopfmenschen und entflammten Hasardeuren. Halcombe ließ Miller nicht einmal fertig essen und drängte zum Aufbruch.

Das Haus des Fürsten befand sich nur wenige Straßen entfernt. Außer der Frau seines Kutschers, die in der Küche tätig war, gab es nur noch den alten Diener Franz. Mehr Bedienstete konnte sich der Fürst nicht mehr leisten. Um diesbezügliche Peinlichkeiten zu vermeiden, schritt Fürst von Kast direkt zur Tat und öffnete seine private Ruhmeshalle. Er hatte kaum die Tür geöffnet, als der junge Engländer in einer Vitrine jenes Zulfikar erblickte, das der Prophet Mohammed seinem Schwiegersohn Ali vererbt hatte. Das zweischneidige Krummschwert war eine Nachbildung und gehörte während der Belagerung Wiens Kara Mustafa Pascha, dem Großwesir des osmanischen Reiches, aber der Lord, äußerlich noch sehr beherrscht, bekam einen roten Kopf. Der große Raum war voller Kriegsbeute aus mehreren Jahrhunderten, und genau dieses Schwert wollte der Fürst eigentlich nicht hergeben. Der Gemütsäußerung von Lord Halcombe folgte ein geflüstertes Angebot. Das abzulehnen konnte sich von Kast absolut nicht leisten. Um gegenüber seinen Ahnen das Gesicht nicht zu verlieren, wies der Fürst auf einen Umhang hin, den er loswerden wollte. Es nutzte nichts, der Lord nickte auch dazu und erhöhte sein Angebot. Fürst von Kast machte eine Verbeugung und das Geschäft war beschlossene Sache. Kurz danach ließ sich Lord Halcombe zu einer Bank fahren.

Professor Miller stand bei den an der Wand hängenden Schwertern. Ihm war die Angelegenheit ein wenig unangenehm. Zwar verstand er den Fürsten, weil ihm dessen pekuniäre Situation nicht unbekannt war, aber er fühlte sich auch für den jungen Engländer verantwortlich, der nun in jugendlichem Überschwang eine exorbitante Geldsumme auszugeben bereit war, die seiner Ansicht nach den vertretbaren Rahmen sprengte. Aber er hatte sich weder dem Fürsten gegenüber belehrend zu äußern, noch sich in die Angelegenheiten seiner Lordschaft einzumischen. Daraus resultierte ein peinliches Schweigen.

»Lord Halcombe hat sich in Ägypten eine unangenehme Infektion zugezogen, die er freundlicherweise durch mich behandeln lässt. Seine Mutter war vor Jahren einmal bei mir«, erklärte Professor Miller.

Der Fürst nickte stumm, weil ihm die Notwendigkeit dieser Worte nicht recht einleuchten wollte. Es war ihm zu privat. Daher war es ihm ganz recht, als Franz eintrat und ihm die Karte des Grafen Rott zu Turrig auf einem Silbertablett reichte.

»Er möchte die Verzögerung entschuldigen und bitte im Salon warten«, sagte der Fürst zu Franz, der sich lautlos zurückzog.

»Ich empfände es als keineswegs unhöflich, wenn Sie sich dem neuen Gast zuwenden, Fürst«, sagte Miller. »Wenn Sie erlauben, dann vertreibe ich mir die Zeit mit ihren Folianten, bis mein englischer Gast zurückkehrt.«

Von Kast öffnete den Bücherschrank und wollte dieser gewissen Peinlichkeit wegen des Geldes etwas entgegnen, indem er eine Einladung aussprach.

»Es wäre mir eine Ehre, wenn Sie und ihre Lordschaft meiner Familie und mir auf unserem Landsitz einen Besuch abstatten würden.«

Was tat er da? Im gleichen Augenblick hätte er seine Einladung gerne wieder zurückgenommen, aber es war zu spät.

»Gerne. Ich denke, dass Lord Halcombe zustimmen wird.«

Er wollte diese Gäste absolut nicht in seinem ramponierten Landsitz sehen und kam sich alles andere als besonders gescheit vor. Er grübelte darüber nach, was er alles für Geld tun würde, als er die Salontür öffnete und den Grafen Rott zu Turrig an der Tür zu seinem Arbeitszimmer stehen sah. Sofort überkam ihn der Verdacht, dass der werte Herr unbefugt in seinem Arbeitszimmer gewesen war und sich nun versteifte, um keinen Verdacht zu erwecken. Der Graf gehörte zu den Vertrauten der Regierung und war einer ihrer Verbindungsmänner zu den bayerischen Abgeordneten in Berlin. Eigentlich pflegte er mit solchen Herren keinen Umgang.

»Herr Graf, Sie mussten warten und ich habe mich zu entschuldigen. Ein englischer Bekannter, Sie verstehen«, gab sich der Fürst jovial freundlich. »Was verschafft mir die Ehre Ihres Besuches?«

Sein Gegenüber war etwas klein geraten, trug einen frisch rasierten Schnurrbart und einen neuen Anzug. Der Fürst mochte ihn nicht.

»Ich hätte Sie nicht belästigt, lieber Fürst, aber wir brauchen Ihre zustimmende Unterstützung. Es ist, natürlich nicht auf Ihrem Land, in den letzten Monaten zu einigen schändlichen Räubereien gekommen und wir würden gerne bei den Eichen neben dem Sommerreitstall auf Ihrem Besitz einige Gendarmen zu Pferde einrichten, damit die Angelegenheit schnellstens bereinigt werden kann.«

Der kennt sich aber bestens aus auf meinem Land, dachte der Fürst zornig und glaubte kein Wort. Von Räubern oder Ähnlichem hätte er längst Kenntnis bekommen, und so war er neugierig zu erfahren, worum es in Wahrheit ging. Gerne hätte er auch gefragt, weshalb sich eine Person wie der Graf mit niederen Polizeiaufgaben abgab.

»Aber darüber verlieren wir kein Wort mehr. Nehmt in Besitz, was benötigt wird!», rief der Fürst völlig übertrieben und trat dabei an das Fenster zur Straße. Vor seinem Haus standen ein halbes Dutzend berittene Uniformierte und eine große Überlandkutsche. Er war nicht nur überrascht, denn mit innerer Empörung nahm er an, dass man eine Ablehnung gar nicht in Betracht gezogen hatte.

»Wir haben einen modernen Wagen genommen, damit sie es besonders bequem haben«, sagte der Graf und grinste frech.

»Ach, die Reise beginnt sogleich und ich bin Ihr Begleiter. Was für eine nette Überraschung. Ich darf mich nur noch eiligst von meinen Gästen verabschieden.«

So eine Frechheit war ihm noch niemals untergekommen. Aber er wollte kontern und er wusste auch, wie ihm das gelingen würde.

Die Tage wurden spürbar wärmer, und der Himmel erhob sich in den bayerischen Farben, als wollte er die königlichen Untertanen jovial grüßen. Nur dem Grafen schien der Frost das Gesicht zu versteinern, als Fürst von Kast den jungen Gentleman präsentierte und ihn sanft in die Kutsche schob.

»Ich hatte Lord Halcombe bereits eingeladen und Sie werden verstehen, dass ich dies unmöglich zurücknehmen kann.«

Professor Miller stand über einen Folianten gebeugt am Lesepult, während Halcombe, inzwischen in Begleitung zurückgekehrt, fast zärtlich das Schwert in eine mit kostbarem Tuch ausgeschlagene Truhe legte.

»Man stelle sich vor, seine Lordschaft hat einen Londoner Kaufmann gefunden, der ihm die Fracht sogleich mit nach England nimmt.«

Während der junge Lord dem Fürsten die Bestätigung seiner Bonität von der Bank übergab, hob der die Hände.

»Meine Herren, Sie sehen mich in Eile, wir müssen rasch aufbrechen.«

Miller verstand kein Wort, während zwei Männer die Kiste hinaustrugen und der Lord sehnsüchtig hinter seiner Neuerwerbung hersah.

»Die Einladung in mein Landhaus. Sie haben zugestimmt, Herr Professor.«

Miller war natürlich völlig überrumpelt.

»Was denn, jetzt auf der Stelle?«

»Aber ja doch. Sagen Sie Lord Halcombe, einer meiner Araberhengste wartet auf ihn.«

Der Plan ging auf. Während der junge Lord sofort begeistert zustimmte, musste sich Professor Miller entschuldigen. Genau so war es die Absicht des Fürsten gewesen.

Es wurde nun noch wärmer und der Himmel zeigte erste Andeutungen eines kommenden Gewitters, als wollte er den Reisenden seine königliche Gunst entziehen. Nur der Graf schien wie erstarrt zu sein, als ihm der Fürst den jungen Lord präsentierte.

»Meine Einladung an seine Lordschaft wäre ohne einen Gesichtsverlust nicht zurückzunehmen«, sagte der Fürst und schob den jungen Mann sanft auf die samtenen Polster.

Der hatte sich begeistert gezeigt über den Achtspänner, während der Fürst den beiden Kutschern winkte und der Graf vor sich hingrummelte.

Die Landstraße in Richtung Regensburg war schnell erreicht und die acht Pferde rissen die Kutsche geradezu über die Bahn. Lord Halcombe jauchzte vor Vergnügen und redete ohne Unterlass, obwohl keiner der

Herren auch nur ein Wort verstand. Der Fürst fragte sich allerdings, aus welchem Grund man dieses Tempo anschlug. Verglichen mit seiner sonstigen Art zu reisen, kam ihm das nun höchst unvernünftig vor. Die Weiler und Dörfer flogen nur so an ihnen vorbei und die Menschen auf den Äckern bekreuzigten sich. Es wird eine Frage der Zeit sein, wann wir umstürzen, überlegte der Fürst. Doch seine Gedanken nahmen schnell eine andere Richtung. Wie konnte dieser Graf es sich erlauben, dermaßen stilwidrig mit ihm umzugehen? Der war nicht Manns genug, sich ein solches Verhalten zu erlauben, ohne dass ihm höhere Mächte den Rücken stärkten. Was also steckte hinter dieser Aktion? Man sollte mit solchen Kreaturen keinen Umgang haben müssen.

Die Fahrt war entsetzlich. Zunächst war der Fürst nur froh, als die Kutsche in den Seitenweg zu seinem Landgut abbiegen musste und die Geschwindigkeit drastisch verringerte. Der Graf war stumm geblieben und atmete schwer, als er ausstieg. Fürst von Kast lehnte wachsbleich am Gatter und stellte zu seinem Erstaunen fest, dass sämtliche seiner Pferde aus dem Sommerstall entfernt worden waren. Stattdessen zählte er fast 40 Uniformierte mitsamt ihren Tieren, die es sich bereits in den Stallungen bequem gemacht hatten. Stimmengewirr drang an sein Ohr, doch es war kein bayerisches Idiom zu hören.

Der Fürst war empört. Augenscheinlich hielt man ihn für einen ausgemachten Trottel, dem man jede Räuberpistole auftischen konnte.

Niemals galt dieser Aufwand ein paar Strolchen, die sowieso längst von den aufmüpfigen Bauern zur Strecke gebracht worden wären, so sie denn überhaupt existiert hatten. Er winkte den jungen Lord an seine Seite und spazierte wort- und grußlos davon. Die zornigen Blicke des Grafen in seinem Rücken belästigten ihn nicht. Erstaunter war er darüber, dass Lord Halcombe dieses ungewöhnliche Treiben nicht zur Kenntnis nahm, sondern frisch neben ihm ausschritt, um das in gut zwei Kilometern entfernt liegende Herrenhaus zu erreichen, das sich hinter dichten Bäumen verbarg. Beim Näherkommen entdeckte der Fürst seine besten Tiere beim Südflügel seines Hauses. Dort hatte er eine neue Tränke bauen lassen und besondere Stallungen für diese kostbaren Pferde. Zwei seiner Knechte standen am Trog und gossen Wasser nach.

Lord Halcombe zeigte sich entzückt. Offenbar sah er sich bereits auf dem Rücken eines dieser Tiere und ritt querfeldein. Der Fürst lächelte und dachte, dass das nicht geschehen würde. Innerhalb der Gatter vielleicht, aber die Tiere waren viel zu kostbar, um sie einem jungen Heißsporn zu überlassen.

Das Heute und das Morgen. Es wird Nacht sein und wieder Licht. Der Wind wird den Staub verwirbeln und die Landschaft wird die Landschaft bleiben. Nichts würde sich ändern. Trotzdem bekam der Fürst eine merkwürdig gereizte Stimmung. Es würde etwas geschehen und er befürchtete, dass danach alles in seinem Leben anders sein würde.

Er überließ Lord Halcombe den Seitenflügel, in dem er sonst residierte, wenn er auf dem Lande weilte. Ein großes Zimmer mit angeschlossenem Schlafraum, dazu alle erdenklichen Bequemlichkeiten und die Magd Josepha als Dienerin. Der junge Gentleman war durchaus zufrieden und wollte sogleich zurück zu den Pferden. Doch diesen Weg verwehrte ihm die Gattin des Fürsten, die den jungen Mann unverhohlen anhimmelte.

Was war das? Fürst von Kast räusperte sich, aber seine Gemahlin sah und hörte ihn gar nicht. Offenbar kannte man sich. Die Fürstin lud den Gast zu einer Erfrischung ein, und so vernahm der Fürst höchst erstaunt, dass man sich im Rahmen einer Festlichkeit auf der Burg Trausnitz bei Landshut vorgestellt worden war. Warum wusste er davon nichts? Dieser Überraschung folgte sogleich eine weitere, denn die jungen Damen traten aus dem Vestibül in den Salon. Zwar hatte der Fürst die 50 bereits hinter sich gelassen, doch das machte ihn nicht zu einem ahnungslosen Mann. Einmal davon abgesehen, dass die jungen Damen den Raum nicht zu betreten hatten, wenn er sie nicht rief. Sorgen machte ihm das verklärte Lächeln seiner ältesten Tochter, die sonst schon bei nichtigsten Gründen eine Regung zeigte. Was ihn bedenklich stimmte, war, dass seine jüngere Tochter nicht lächelte, sondern verlegen zu Boden schaute. Da der junge Mann ähnlich reagierte, war der Fürst höchst unerfreut über diese Begegnung.

Die Dorfkirche schlug an und ein Pferd wieherte. Warum aber sollte ihn das beruhigen? Er grinste vor sich hin, machte ungeschickte Versuche, eine Unterhaltung zu beginnen und starrte dabei eigentlich nur seine jüngste Tochter an. Er fühlte sich unbehaglich und war nicht in der Lage, sich in einem dümmlichen Geschwätz wiederzufinden. Es wurde hoffnungslos und er erstarrte noch mehr. Das mit seiner jüngsten Tochter und dem englischen Lord hatte ihm gerade noch gefehlt.

Warum hatte seine Gemahlin nicht jede Art von Nähe unterbunden? Überhaupt, was hatte sie mit seinen Töchtern in Landshut zu suchen, wenn er nicht dabei war? Seine Abneigung gegen seine Frau wurde nicht geringer durch dieses Ereignis. Jetzt wollte er den Engländer so schnell es ging wieder loswerden. Aber wie? Schließlich hatte er ihn selbst in das Haus gebracht.

9

In der tiefsten Nacht hob ein einsamer Windstoß ein Blatt hoch und ließ es wieder fallen. Überall lebten Schatten. Im Traum flog eine Seele wie ein Menetekel durch die Luft. Duftend wie die Nacht lag der Acker im Land unter den Sternen. Es war die Zeit nach Mitternacht. Die Engel öffneten die Gartentür und schlüpften hinüber in die andere Welt.

Mader schüttelte sich wach. Erneut war er urplötzlich umgefallen und musste eine lange Zeit dagelegen haben. Rein äußerlich hatte sich sein Zustand normalisiert, nur diese Stürze erlaubten es nicht, dass er seinen Dienst im Schloss wieder aufnahm. Das heißt, er hätte schon gerne wieder gewollt, aber man hatte ihn fortgeschickt. An den Stall, in dem man ihm das Heu aufgeschüttet hatte, konnte er sich nicht gewöhnen. Er wurde gut gepflegt, das schon, aber es war eben kein Vergleich zum Schloss. Nur sie und dass er Zeit für sie hatte, spendeten ihm Trost. Inzwischen hatte er sich ihr so weit genähert, dass sie ihn bereits wahrgenommen hatte. Bereits mehrfach hatte sie den Kopf gehoben und zu ihm hinübergesehen, wenn er am Grundstück des

Fürsten zu Wehen vorbeigegangen war. Natürlich gab es von ihrer Seite keine Reaktion. Wer war er schon, dass sie auf ihn reagieren würde? Doch ihm genügte es schon, wenn sie ihn bemerkte. Diesmal allerdings war er bei der Kapelle umgefallen und das war unangenehm. So nahe durfte er ihr nicht kommen.

Aber es gab noch etwas. Seit einigen Tagen spazierte ein auffällig unauffälliger Städter in der Gegend herum. Manche hielten ihn für einfältig, er hatte aber herausgebracht, dass es ein Herr Vogl aus München war, der bei seiner Mutter logierte. Die alte Seiler hatte es ihm geflüstert, auch dass er ein Polizeiagent war, sie wusste es von der Mutter Vogl. Gestern traf er den Grafen Dürckheim, der ihn ziemlich kühl behandelt hatte. Der hatte sich bei einem Sturz das Bein verletzt und humpelte. Doch als er die Geschichte von diesem Vogl erzählte, da hatte ihm der Graf die Hand auf die Schulter gelegt.

Mader lief den alten Weg hinüber zur Chaussee. Er musste sich sputen, denn der Graf hatte für morgen in aller Frühe seine Ausritte angesetzt, um seine Pferde abzuhärten. Da wollte er dabei sein und zeigen, dass er auf das Schloss zurückkonnte. So sehr er sich auch bemühte, er schwankte noch immer umher wie ein Betrunkener. Mader konnte sich das nicht erklären und betastete seinen Kopf. Wo vormals die dicke Beule gewesen war, schmerzte es ihn noch immer. Hinter der Hütte der alten Seiler steckte er den Kopf in einen Eimer Wasser, um den Schmerz zu betäuben. So auf den Knien liegend, das Hinterteil in die Höhe gestreckt und statt des Kopfes einen Kübel zwischen den Schultern, sah ihn Fürst zu Wehen, der mit seinem Einspänner die alte Straße entlangfuhr. Sehr früh am Morgen hatte er fluchtartig das Haus verlassen. Langsam verlor er seiner Frau gegenüber die Contenance, die ihm mit ihrem Gerede über die Freiheit der Menschen auf die Nerven fiel. Von was sollten sie leben, wenn niemand mehr auf den Feldern arbeitete? Die Dame des Hauses würde sich wundern, wenn sie nicht mehr in ihren Büchern stöbern, sich an ihrem Klavier vergnügen oder mit obskuren Gästen plaudern konnte, weil es kein Unten und kein Oben mehr gab. Was sollte denn der Pöbel mit seiner Freiheit anfangen? Etwa den Kopf in einen Zuber stecken, wie es dieser Tölpel dort drüben tat?

Graf Dürckheim kehrte soeben von seinem ersten scharfen Ausritt zurück, als der Fürst auf das freie Flurstück einbog und seinen Wagen anhielt. Es war nicht zu übersehen, dass der Graf keinen weiteren Ritt wagen würde. Er humpelte stark und zog ein Bein nach. Man kannte sich, ohne vertraut miteinander zu sein.

»Was ist Ihnen widerfahren, Herr Graf? Kommen Sie, erholen Sie sich in meinen Polstern!», rief Fürst zu Wehen.

Dürckheim nahm das Angebot an, ohne den Grund seiner Schwäche zu nennen. Er ahnte, dass der Fürst nicht unabsichtlich den Weg zu seiner Reitbahn genommen hatte.

»Es ist schön, Seine Majestät in der Nähe zu wissen«, äußerte der Fürst und schaute Dürckheim neugierig an. »Man hört zu viel unschönes Geflüster.«

Graf Dürckheim setzte sich aufrecht hin und wandte ihm das Gesicht zu.

»Man versucht, Seiner Majestät die Luft zum Atmen zu nehmen«, sagte er und wies auf den Trupp Gendarmen hin, die in einiger Entfernung die Reitübungen beobachteten.

»Ich bin ein alter Mann, Herr Graf, aber ich war und bin ein bayerischer Patriot. Meine Familie hat den Wittelsbachern alles zu verdanken. Sollte es nötig sein, dann verfügen Sie über mich. Es ist kein Problem, in meinen Dörfern 30 bis 40 Männer aufzustellen und zu bewaffnen.«

Graf Dürckheim gab darauf keine Antwort, aber er nahm es zur Kenntnis.

»Ich habe in den letzten Wochen einige Blätter aus dem Reich zu Gesicht bekommen, in denen über Seine Majestät in einer Art geschrieben wurde, mit denen sich die Gerichte zu beschäftigen hätten. Warum geschieht das nicht?«

Graf Dürckheim wusste nur zu genau, worauf der Fürst anspielte, aber er wusste auch, dass er sich mit Äußerungen zurückhalten musste.

»Dann wird es Ihrer Aufmerksamkeit nicht entgangen sein, dass manche Information aus Kreisen stammen muss, die sich in direkter Nähe zu unserer Majestät aufhalten.«

Der Fürst war empört.

»Man plappert über die Kabinettskasse und lässt sich über den Geisteszustand des Königs aus. Wer das auch immer in die Welt gebracht hat, Herr Graf, es ist Hochverrat. Ich weiß sehr wohl, dass der Verräter mächtige Verbündete braucht und ich weiß auch, was der grundanständige Bayer von der zwangsweisen Eingliederung seiner Heimat in dieses Deutsche Reich hält. Der König braucht nur ein Wort zu sagen.«

Auch darauf erwiderte Graf Dürckheim nichts.

»Ich hoffe, Sie halten mich nicht für töricht. Mir ist durchaus bekannt, dass diese Kanaille Bismarck unserer Majestät mit dem Einmarsch seiner Truppen gedroht hat, wenn man sich weigern würde, diesen Schwachkopf Wilhelm als Kaiser anzuerkennen. Es ist noch Zeit, mit Wien und Paris Verbindung aufzunehmen. Die Franzosen werden verstehen, dass wir gezwungen waren, gegen sie in den Krieg zu ziehen. Manchmal muss man sich eben mit dem Feind verbünden, wenn man ihn nicht besiegen kann. Aber wenn jetzt nichts geschieht, Herr Graf, wird es unser Bayern bald nicht mehr geben.«

Der Fürst hatte sich mächtig in Rage geredet und zeigte ein rotes Gesicht. Er zog eine Ledermappe hervor, öffnete sie und reichte Dürckheim mehrere Zeitungen.

»Einige durchreisende Gäste meines Hauses brachten diese Blätter mit und fragten mich, wie es sein kann, dass man in Bayern seinen König beleidigen darf.«

Dürckheim straffte sich und blieb weiter stumm.

»Diese Nürnberger Zeitung findet es offenbar empörend, wenn Bayern die angeblichen Kalamitäten Seiner Majestät übernimmt und man empfiehlt den Abgeordneten, dem nicht zuzustimmen. Es kann doch nur von der Regierung kommen, wenn sogar konkrete Summen genannt werden.«

Der Graf betrachtete seine Reithandschuhe und antwortete:

»Man ist in München gekränkt, weil Seine Majestät nur seine Lakaien den Kontakt mit der Regierung pflegen lässt. Eine Zuspitzung der Situation, lieber Fürst, würde aller Wahrscheinlichkeit nach zu einer Abspaltung der Franken führen, die Bismarck und dem Reich in hündischer Ergebenheit zu Füßen liegen. Man würde dort preußische Truppen mit wehenden Fahnen begrüßen.«

Der Fürst schaute etwas pikiert. Nicht wegen der Franken, er empfand den Hinweis auf die hündische Ergebenheit als nicht passend.

»Meine Hunde haben Charakter, Herr Graf.«

Dürckheim hörte nicht zu.

»Die Regierung streut im gesamten Reich Gerüchte aus. Sie wollen Seine Majestät stürzen, ohne als Königsmörder zu gelten. Es wird offen darüber gesprochen, dass Seine Majestät eine Geisteskrankheit haben soll und deshalb abgesetzt werden muss.«

Nun hatte er es ausgesprochen und neben sich einen völlig verstörten Fürsten sitzen.

»Das ist das Ende der Monarchie«, brachte der Fürst gequält hervor. Dabei weilte er in Gedanken einen Moment bei seiner Gemahlin. Sie dachte an das gemeine Volk und äußerte diese Fantastereien von Freiheit und Gleichheit aller Menschen. Nun wollte eine Clique aus dem Bürgertum die Macht an sich reißen, und das war konkreter als die Bedrohung durch ein paar verrückte Anarchisten.

»Sie haben auf den Thron geschworen«, stöhnte der Fürst.

Dürckheim beobachtete die Reitübungen seiner Mannen und schaute auf den kräftigen Braunen, den er besonders schätzte. Er hätte den Fürsten auf die Lage Frankreichs aufmerksam machen können, das für lange Zeit nicht in der Lage war, für irgendjemanden in die Bresche zu springen.

Er tat es nicht.

Ein leichter Wind wirbelte den Staub der Reitbahn auf. Eine spürbare Kühle kam aus den Bergen. Noch war es nicht Sommer. Spatzen, die aus den Büschen aufflogen, stürzten auf den Pferdemist. Dürckheim hob seine Hand über die Augen, weil ihn die Sonne blendete.

»Die Verfassung sagt, der König ist das Oberhaupt des Staates, der in sich alle Rechte der Staatsgewalt vereinigt. Er kann nach seinem Willen den Landtag auflösen. Und Seine Majestät hat mir oft genug gesagt, dass sie ihn schon mit Beginn seiner Inthronisierung darum betrogen haben. Man hat ihm die wesentlichen Entscheidungen vorenthalten und ihn mit unwichtigem Plunder fernhalten wollen. Er sollte in der offenen Kutsche durch die Straßen rollen und dem Volk zuwinken. Als er das verweigerte, begannen sie, ihre Intrigen zu spinnen. Einem Gerücht folgte das nächste, bis es zu wirken begann. Jetzt glaubt der Pöbel alles, was über Seine Majestät in die Welt gesetzt wird.«

Graf Dürckheim war weit über das hinausgegangen, was er sagen wollte, aber auch er musste sich einmal Luft machen. Jetzt lagen die Karten auf dem Tisch.

Der Fürst nahm beklommen Abschied.

»Nehmen Sie mich bei meiner Ehre«, sagte zu Wehen zuletzt.

Graf Dürckheim grüßte militärisch und wandte sich wieder den Pferden zu.

Mader hatte einen Zuber nach dem anderen zu den Tieren getragen, die nach jedem Ritt mit trockenem Stroh abgerieben wurden und ihren mächtigen Durst löschen wollten. Für einen Augenblick hatte er geglaubt, der Fürst wollte sich wegen seiner ungebetenen Besuche in der Nähe seines Herrenhauses beim Grafen beschweren, aber so wichtig war er nicht, dass die Herrschaften sich mit ihm beschäftigten. Nun nahm er eine der schweren Pferdedecken und legte sie über den Braunen.

»Majestät fragten nach dir. Melde dich heute Abend bei mir«, sagte Dürckheim und Mader hätte am liebsten einen Luftsprung gemacht. Endlich durfte er wieder zurück an seinen Platz. Zunächst musste er zur alten Seiler zurück. Er wollte nicht undankbar sein und würde ihr den kleinen Stall noch in Ordnung bringen und das Dach flicken. Als er in die kleine Chaussee einbog, die zum hinteren Dorfrand führte, sah er sie mit einer älteren Dame bei einem Ackerrain stehen und die Arbeit der Mägde auf den Feldern beobachten. Mader hatte sich immer darüber gewundert, dass die feinen Damen so gerne und so weit spazieren gingen. Er hatte Tag und Nacht zu laufen und war daher glücklich, wenn er das nicht tun musste, aber sie taten es freiwillig und scheinbar so ohne jeden Sinn. Als er auf ihrer Höhe war, verbeugte er sich tief und lief eilig weiter. Er hatte sich nicht getäuscht, sie hatte ihn angesehen. Welch ein schöner Tag war das für ihn. Erst durfte er zurück auf das Schloss und nun auch noch dieser eine Blick von ihr.

»Voltaire«, sagte die Fürstin zu Wehen, »hatte recht. Unsere Pfaffen halten die Menschen für dumm. Sie sollten Voltaire lesen können und Mozart hören. Effie, Sie sind nicht bei der Sache, das ist nicht recht.«

Amanda lief neben der Fürstin her und wollte nur noch fort sein. Sie hatte im Dorf diesen Polizisten aus München wiedererkannt und noch schnell den großen Fächer vor ihr Gesicht gehalten, damit er sie nicht entdeckte. Was geschah aber, wenn er sie bereits bemerkt hatte, bevor sie ihn gesehen hatte? Lew musste dieses Problem lösen, aber der hatte sich schon lange nicht mehr blicken lassen, und sie lief noch immer jeden Abend brav hinüber zur kleinen Kapelle.

»Verzeihen Sie mir, Fürstin, mir ist nicht wohl.«

»Aber Kindchen, Sie werden mir doch nicht malade werden?«

»Oh nein, nur eine winzige Unpässlichkeit.«

Wie bestellt bog der Fürst, von einem Waldweg kommend, in die Chaussee ein. Hätte sie sich nicht so intensiv mit ihrer Patientin beschäftigt, ihr wäre womöglich die Frage in den Sinn gekommen, was der Fürst im hinteren Wald wohl zu suchen gehabt hatte. Dem wäre diese Frage mehr als unangenehm gewesen, denn er war bei seinem geheimen Waffenversteck und hatte sich dort vergewissert, dass noch alles an seinem Platz war.

»Wir brauchen den Wagen, Effie steht kurz vor einem Zusammenbruch.«

Die Fürstin rief es ihrem Gemahl entgegen und noch ehe der sich versah, stand er auf der Chaussee und seine Gattin hatte die Zügel in der Hand.

Besser so, als dass sie Fragen gestellt hätte, dachte er und betrachtete die Arbeiten auf den Feldern. Er hatte keinerlei Ahnung, was diese Menschen da verrichteten, aber dafür gab es den Hofmann Stauder und den Wigg, den er jetzt zu sich winkte. Mit dem Wigg zusammen hatte er in seiner Kindheit viel Blödsinn gemacht. Aber dann wurde er der Fürst und der Wigg blieb der Wigg. Der sah inzwischen aus wie der knorrige Arm einer starken Eiche, die so manchen Sturm überstanden hatte.

»Wigg, du musst heute Abend zu mir kommen. Gehe an der Pappel vorbei und klopf beim neuen Hundehaus an die seitliche Tür. Und sage dem Stauder, er soll den Männern zur Nacht ein Bier hinstellen.«

Der Fürst schritt einher, als lausche er dem Gesang der Vögel, dabei wusste er nur nicht, wie er sich zu Fuß bewegen sollte. Er lief niemals zu Fuß.

Der Wigg ging zurück zum Acker und wuchtete weiter die schweren Steine aus dem Boden. Es gab Krieg, davon war er fest überzeugt, sonst hätte ihn der Fürst nicht zu sich gerufen und dann auch noch ein Bier ausgegeben.

»Was wollte der Fürst von dir?«, fragte Stauder, der sich in letzter Zeit nur noch wunderte.

»Ich muss ihm bei den Hunden helfen und soll sagen, die Männer bekommen heute Abend ein Extrabier.«

Der Fürst saß auf einem Schemel bei seinen Hunden und steckte seine erhitzten Füße in eine Schüssel mit kaltem Brunnenwasser. Ohne die Gemahlin zu konsultieren, hatte er sich eine Flasche Rotwein genommen und trank ihn nun aus einem geschliffenen Glas. Er schaute aus dem kleinen Fenster zum Holzschuppen hinüber. Der Kater wartete dort bereits eine kleine Ewigkeit in vollkommener Bewegungslosigkeit vor einem Erdloch, bis die Maus herauskroch. Wäre die Maus klug, hätte sie an einer anderen Stelle einen Notausgang. Fürst zu Wehen schenkte sich soeben ein weiteres Gläschen ein, als der Kater eine Pfote zucken ließ und die Maus dann in seinem Maul davontrug. Er konnte von sich nicht sagen, dass er Katzen verehrte wie seine Gemahlin es tat, aber er zollte ihnen Respekt. Wenn er ehrlich zu sich war, dann musste er zugeben, dass er ihr Jagdverhalten übernommen hatte. Die schlechtesten Jäger waren jene voller Ungeduld. Er lächelte vor sich hin, machte nicht einmal den Versuch, mit seinen Hunden ins Gespräch zu kommen, ließ sich quasi mit sich selbst allein, denn ihm fehlten die originellen Gedanken zur vorgefundenen Situation und er hatte es noch niemals geschafft, seinem Leben eine Pointe zu geben. Er war eigentlich ein recht einfältiger Kerl, der das Glück gehabt hatte, in die richtige Wiege gelegt worden zu sein. Häufig schon hatte er darüber nachgedacht, was er wohl an Arbeit hätte verrichten können, wäre er woanders geboren worden. Dazu war ihm absolut nichts eingefallen.

Er tat einen Schritt vom Fenster zurück. Dieses spindeldürre Mädchen kam aus dem Herrenhaus und trat in den Garten. Was sind das nur für Menschen, die nie richtig essen und nichts Richtiges trinken? Der Fürst misstraute Wesen, denen das pralle Leben fremd war. Wenn man ihn als barocken Mensch bezeichnete, empfand er das ganz und gar nicht als Beleidigung.

10

Amanda hatte sich der Fürstin mit den Worten entzogen, sie benötige dringend frische Luft. Sie wusste, dass das der Fürstin nur recht war, denn die sehnte sich nach ihrem kleinen Schläfchen bei Tage. Sie tat so, als sei sie in ein Buch vertieft und ging langsam auf die Reihe der vorderen Obstbäume zu, von wo aus sie die kleine Kapelle sehen konnte. Aber da war niemand zu entdecken. Erst jetzt fiel ihr auf, dass sie eine Bibel in der Hand hielt. Würde sie damit entdeckt, wäre es leicht, sie zu überführen, denn sie konnte Latein weder lesen noch sprechen. In dem Buch lag ein Zettel, auf dem die

Fürstin ein von ihr übersetztes Zitat aus der Bibel notiert hatte: ›Über eure Brüder soll keiner herrschen mit Strenge. III. Buch Mose, XXV.‹

Als sie über die weiten Felder blickte, grübelte sie: Wie groß muss mein Hass sein, dass ich nun schon tagelang betrüge und dabei gar nicht auf Menschen gestoßen bin, die ich mit meinem Hass meinen könnte? Wem würden die Menschen auf den Feldern folgen, wenn sie die freie Wahl hätten? Sie schaute zu den ersten Häusern des Dorfes hinüber. Es waren immer noch dieselben niedrigen, vom Wind schief gewordenen Strohhütten, wie am ersten Tag ihrer Ankunft. Glaubte Lew noch daran, dass die Paläste brennen müssen, damit die Menschen frei sein können?

Frei sein, was bedeutete das? Sie hatte keine Antwort darauf und das quälte sie. War es nicht so, dass sie sich mit einem Nichts begnügte? Für sie stand nicht einmal eine solche Strohhütte bereit. Was würde aus ihr werden, wenn sie einfach von hier fortging? Auch darauf gab sie sich keine Antwort. Sie würde Lew folgen müssen und das wollte sie nicht. Nicht mehr. Und dann erkannte sie ihr wahres Problem. Effie van Webber wollte eine private Amanda werden. Sie grübelte nicht mehr über den Tod und die Qualen der erniedrigten Massen nach, sie dachte nur noch an sich selbst.

Sie schritt zwischen den Apfelbäumen entlang und wusste, sie würde nie mehr nach Russland gehen. Wohin also?

An der Peripherie der zwei letzten Dörfer lag der zersprungene Himmel. In jeder Atmung lag die Hoffnung auf einen Engel, der hinabstieg, um sie abzuholen. Es war nun genug. Es war längst schon genug.

Bei der Umzäunung an der kleinen Kapelle bewegte sich etwas. Sie hielt inne. Es musste Lew sein, also war er doch gekommen. Sie spürte eine innere Beklemmung. Sie hatte bisher zu einem Attentat auf den bayerischen König nichts beigetragen. Eher war das Gegenteil der Fall. Nicht einmal die kleinsten Hinweise auf die Gewohnheiten des Monarchen hatte sie sich eingeprägt. Es interessierte sie nicht.

Der Lakai stand plötzlich an der Kapellentür und starrte sie an. Amanda wollte schreien, aber ihre Kehle war wie ausgetrocknet. Plötzlich begann er mit dem Kopf zu wackeln, dann zitterte sein Körper und er schlug der Länge nach hin. Nach dem ersten Schrecken erkannte ihn Amanda. Es war einer der Diener vom Schloss, die vorher bei den Pferden tätig gewesen waren. An der Chaussee hatte er sie linkisch gegrüßt. Da lag er nun im Gras und rührte sich nicht. Sie musste gehen. Sollte sie jemand aus den Dörfern sehen und die Gendarmen rufen, was hätte sie für eine Erklärung? Auf keinen Fall durfte sie mit den Uniformierten in Kontakt kommen.

Sie stand direkt vor der schmalen Tür der Kapelle, als diese sich bedächtig zu öffnen begann. Ein Zeichen? War es nun möglich, dass sie zu einer wirklichen Entscheidung den Mut fand?

Sie sah erst die Hand, dann den Arm und bevor sie zur Besinnung kam, wurde sie kraftvoll in das Innere der kleinen Kirche gezerrt.

Mader kam zu sich und schaute sich um. Am Haaransatz über der Stirn fühlte er eine Blutverkrustung. Schon wieder war es passiert, er war gestürzt. Aber er erinnerte sich an sie, wie sie ihn angesehen hatte. Danach hörte er eine sehr hohe Kinderstimme singen. Er musste sich sputen. Vielleicht kam er bereits zu spät. Mit weit ausgreifenden Sprüngen rannte er quer über die Äcker und Wiesen. Er war darin geübt. Einer der Boten hatte ihm die Technik des richtigen Laufens beigebracht. Zu seinem Glück konnte er mit einem Transportwagen bis zum Schlosstor hinauffahren. Niemand nahm ihn zur Kenntnis, als er sich eine der Uniformen nahm. Nur einer der anderen Diener zischte ihm zu, »wasch dir dein Gesicht ab!« Danach lief er hinauf, stieg über die Seitentreppe der Diener in die Etage des Königs, und wartete auf dem Flur, so wie er es immer getan hatte.

Die Fürstin war untröstlich. Sofort musste der Fürst seine Hunde laufen lassen. Auch die Dienerschaft, Mägde und Knechte, mussten sich an der Suchaktion beteiligen. Aber nichts. Man fand die Tür der kleinen Kapelle aufgebrochen vor und auf der Rückseite einen Blutfleck. Das war alles. In den umliegenden Dörfern ließ die Fürstin ebenfalls nachfragen, aber auch von dort gab es keinerlei erfreuliche Nachrichten. Da der Fürst befürchtete, dass er nun an den kommenden Abenden den Vorleser und Conférencier geben musste, nahm er seine drei fähigsten Jagdhunde, bestieg seinen schnellen Wagen und raste davon. An einer Kreuzung fanden die Hunde sogar eine Fährte, die sich aber an der nächsten Straße wieder verlor. Einzig ein an den Rändern mit Häkeleien der Fürstin versehenes Schnupftuch fand sich an der Stelle, wo der Fürst Abdrücke einer leichten Kutsche entdeckte. Ganz offensichtlich hatte man die junge Dame verschleppt. Der Fürst warf das Schnupftuch in den nächsten Bach und rollte gemütlich zu seinem besten Jagdpartner in das übernächste Dorf. Seine Gemahlin würde sich schon wieder beruhigen. Allerdings war es besser für ihn, wenn er ihr in den nächsten Tagen nicht über den Weg lief.

Effie. Mader träumte stehend von ihr. Sie wirkte in ihren Bewegungen wie ein scheues Kitz auf ihn. Was mag sie wohl gedacht haben, als er direkt vor ihr plötzlich umfiel? Nichts wird sie gedacht haben. Wer war er schon. Wahrscheinlich hatte sie sich zu Tode erschreckt und war geflohen.

Graf Dürckheim öffnete die Tür ein wenig und winkte. Mader trat heran und durfte den Raum betreten. Es herrschte vollständige Dunkelheit. Der Graf reichte ihm einige Kleidungsstücke, die er auf beiden Armen hinaustragen sollte. Zwischen dem Grafen und dem König spannte sich ein schwerer Vorhang. Mader vermutete den König dahinter im Bett liegend. Er gewöhnte sich schnell an die Dunkelheit und wollte auf leisen Sohlen wieder hinaus.

»Wer ist da?«

Mader erkannte die Stimme und erstarrte.

»Mader, der Diener, Eure Majestät.«

»Fragen Sie ihn, was Sie mir bisher nicht beantwortet haben, Graf. Wenn ich mich recht erinnere, so ist der Diener Mader kein Strohkopf.«

Dürckheim sprach sehr leise.

»Majestät fragte, wen ein ägyptischer Pharao um die Finanzierung seiner Pyramiden bitten musste?«

Mader stotterte.

»Niemanden, weil er sein Geld selber gemacht hat.«

Hinter dem Vorhang gab es eine Reaktion, die wie ein verschlucktes Lachen klang.

»Und Ludwig XIV., der Sonnenkönig, als er das Schloss Versailles bauen ließ? Wen musste der fragen?«

Alle Bediensteten wussten, dass Majestät ein Bewunderer des französischen Königs war und man hatte sich dementsprechend präpariert. Auch wenn die Stimme des Königs sehr leise war, so hatte Mader die Frage doch verstanden.

»Auch niemanden, Majestät. Frankreichs König hatte die Bastille.«

»Seht Ihr, Graf, mein Volk versteht mich.«

Graf Dürckheim winkte Mader hinaus und schloss die Tür. Mader brachte die Kleidung zu zwei Mägden und kehrte an seinen Platz zurück. Der König hatte mit ihm gesprochen. Er streckte sich und wurde ein paar Zentimeter größer.

Dürckheim spürte noch immer den Unwillen des Königs gegen sich, weil er wegen des Briefes abwesend gewesen war. Er hätte es Majestät längst sagen müssen. Schloss Neuschwanstein war geradezu belagert und die Regierung ließ keine Nachrichtenverbindung mehr zu. Man konnte so in aller Ruhe Propaganda gegen den König machen und das Volk durfte sich wundern, dass Majestät darauf nicht reagierte. Immer wieder hob er an und brach wieder ab. Wie sollte er dem König von Bayern erklären, dass ihn seine eigene Regierung im Schloss Neuschwanstein in einer Art Hausarrest hielt? Also schwieg er weiter.

Der König ließ ihn wortlos stehen. Graf Dürckheim zog sich still zurück und setzte sich in seinen Räumen an einen Tisch. Es musste dringend etwas geschehen, aber es konnte nichts geschehen, wenn man den König nicht informierte. Er musste es tun, jetzt, sofort. Dürckheim stand auf und setzte sich wieder hin. Im April hatte sich Bismarck an den König gewandt und ihm geschrieben, dass der Landtag und das bayerische Volk die notwendigen Mittel bewilligen werden. Er erinnerte sich noch genau an die Worte. ›Es unterliegt nach meinem alleruntertänigsten Dafürhalten keinem Zweifel‹, hatte Bismarck geschrieben. Kein Zweifel an der Bewilligung des Geldes? Berlin wurde aus München bestens informiert. Entweder gab es diese Entscheidung oder Bismarck sagte nicht die Wahrheit. Er musste wissen, was in München geschah. Der Graf schrieb eine kurze Notiz. Der Fürst zu Wehen konnte ein unauffälliger Bote sein und die Nachricht unbeobachtet an den Fürst von Kast weiterleiten.

Es gab nur wenige, denen er vertraute, diese gehörten dazu. Er erinnerte sich an Mader, der das Briefchen hinuntertragen und dem Fürsten übergeben konnte. Es musste gegen Morgen geschehen, wenn der König sich zur Ruhe begeben hatte und der Vormittag zur Verfügung stand. Auch er hätte es dringend nötig gehabt, sich auszuruhen. Das Bein schmerzte noch immer vom Sturz über den Felsen. Inzwischen hatte der treue Freund Lehner das Pferd zurückbringen lassen. Er hatte es klugerweise einem Tiroler Weintransport übergeben, so dass es unauffällig auf das Schloss kommen konnte. Graf Dürckheim stützte den Kopf in die Hand und nickte ein.

Irgendwann überdauerte auch der Glaube daran nicht, dass die Wahrheit unsterblich sein würde. Der Schwur von Menschen war eine andere Form ihrer Gleichgültigkeit. So wie sie ihre Religion nicht als Glauben, sondern als Zeichen ihrer Mutlosigkeit bezeugten, so erklärten sie alles zum Mysterium, was sie nicht begreifen konnten. Die liebste Gewohnheit der Menschen war ihre Gleichgültigkeit. Er wusste bereits als junger Mann, dass er sie nicht mochte. Ihre Schande war, dass sie nicht lieben konnten. Würden sie es können, sie hätten die Musik geliebt, die Burgen, die Schlösser, die Geschichte ihres Stammes.

Der König zog den Vorhang zur Seite und griff nach der Weinkaraffe.

Jetzt lebte er wieder in der geteilten Nacht. In der Stille der Gedanken und später in der Ruhe seiner Träume. Er brauchte keinen Schlüssel zu den Dingen der Nacht. Der Tag gehörte den Schlachten und den alltäglichen Trümmerfeldern. Warum ließ er sich auf das Geschehen noch ein? Er sollte einfach gehen und sie mit sich allein lassen. Die Straße der Sterne, die leuchtenden Lichter, funkelnder Wein im Glas, ein Licht von blauer Farbe, fast schwarz, das sich an den Mond lehnte, der Weg in die Ewigkeit. Über dem kleinen See, den er nur erahnte, schwebte die zeitlose Schönheit. Nymphen, die ihre Augen niederlegten als Perlen. Das Schöne brauchte nicht viel. Das Schöne war in einem selbst.

Der König griff in der Dunkelheit nach einem Buch. Er wusste es zu finden, er hatte den Schiller vorher selbst aufgeschlagen.

›Wie trägt mich meine Kunst, die höchste unter allen, so nahe an des Himmels Zelt!‹

Ein Träumer im Mondlicht, im Rausch der Worte, vorbereitet auf das Ende. Dann so jung gestorben, vor gut 80 Jahren.

Der König legte das Buch zurück, erhob sich und ging zur Tür. Im Moment des Öffnens drehten sich die Diener mit dem Gesicht zur Wand, so wie es ihnen befohlen war. Warum sollte er sich in seinem kläglichen Zustand angaffen lassen? Für einen Moment hielt er inne, um sich an den Raum Dürckheims zu erinnern. Dann ging er die paar Schritte und trat ein.

Dürckheim sprang auf und nahm Haltung an.

»Es ist ein Jammertal. Sie wollen, dass ich nach München komme und meine Geldsache selber regele. Bin ich ein Korinthenzähler? Dieser Mensch schrieb: ›Majestät mögen in Zukunft sparsam sein und eine einfache Hofhaltung pflegen.‹ Ich werde also zu Fuß zum Hofbräu gehen und mich auf einen Humpen einladen lassen. Vielleicht beschenkt man mich noch mit einem schlichten Mahl dazu. Sollen Sie sich doch einen anderen König suchen, diese unverschämten Philister.«

»Aber Majestät.« Graf Dürckheim verlor ein wenig die Fassung.

»Nichts da. Ich lasse mich von diesem dreckigen Pack nicht länger herumstoßen. Sie haben vergessen, dass ein Minister ein Diener zu sein hat. Sie aber wollen die Herren sein. Wären Sie Männer, würde ich sie zum Duell fordern, aber sie sind nicht satisfaktionsfähig. Teilen Sie den Herrschaften mit, dass ich sie hinauswerfen werde, und der Landtag wird auch aufgelöst.«

Der König hatte sich in einen heftigen Zorn gesteigert und die Dienerschaft befürchtete, den Groll seiner Majestät sozusagen stellvertretend abzubekommen.

»Was ist mit Bismarck?« Der König nahm sich zurück und sprach sehr leise. Als Graf Dürckheim nicht antwortete, zog er selbst die Schlüsse.

»Er kann nette Briefe schreiben, der Herr Fürst von Wilhelms Gnaden.«

Graf Dürckheim konnte nichts erwidern. Hätte der König Bismarcks Brief gelesen, er wäre noch üblerer Laune.

»Dieses Bürgertum glaubt, ihnen gehöre das Land schon. Es war die gleiche Gesinnung, die Geld dafür ausgab, um die Türme der Frauenkirche so hoch zu bauen, damit der Bischof von Freising sie jeden Tag sehen musste. Dadurch wollten sie ihm ihre Macht des Mammons beweisen. Als die Österreicher kamen, haben sie mit ihnen Geschäfte gemacht. Als die Franzosen München besetzt hielten, haben sie mit denen Geschäfte gemacht. Nun machen sie ihre Geschäfte mit den Preußen, diese angeblichen Patrioten. Für Geld ist dieses Lumpenpack bereit, ganz Bayern zu verkaufen. Es ist überfällig, dass ich sie hinauswerfe. Holt mir den Kammerlakai Mayr, Graf, ich will etwas diktieren.«

Seine Majestät konnte das Ausmaß der Konsequenzen nicht abschätzen, wenn er ihnen den Fehdehandschuh hinwarf. »Ich muss ihm endlich die Wahrheit über die Situation im Land sagen«, dachte Dürckheim wieder einmal. Aber er tat es erneut nicht. Stattdessen ließ er den Kammerdiener Mayr holen, der dann eilig schlurfend über die Flure hastete.

Der König winkte Mader und kehrte in seine Gemächer zurück. Mader musste die Fenster verhängen und den Vorhang zuziehen.

»Der Mayr muss noch warten.«

Mader verbeugte sich und ging hinaus.

Das angezündete Licht störte den König, aber man konnte momentan nicht darauf verzichten. Die meisten Minister sollten gehen. Diese Patriotenpartei gehörte auf der Stelle verboten. Die Gedanken an diese Vorgänge ermüdeten den König. Er erinnerte sich an die Musik Wagners und an ihre andauernde Fragen: »Was kostet uns dieser Komponist?«

Das war alles, was dieses Pack am Leben interessierte: Was kostet es uns?

Den König fröstelte. Zwar war es am Tage warm, doch nachts kühlte es spürbar ab. Er wollte sich wieder einmal an einem hübschen Konzert erfreuen. Die Oper fehlte ihm sehr.

Wie viele Morgen würde er noch ertragen können? Er hatte Sehnsucht nach dem Land und seinen Gipfeln. So viel Schönheit. Diese Harmonie, in sich wandelnde Zärtlichkeit. Für immer vollkommen. Fast hätte er den Mayr vergessen. Was wollte er noch sagen? Auf keinen Fall würde er nach München reisen. Wie hieß diese Sängerin gleich wieder? Es war ihm entfallen. Er musste sich konzentrieren. Warum legte er sich nicht nieder?

Er sollte seine Bautätigkeit beenden. Nein, jetzt erst recht nicht. Er würde Herrn von Ziegler veranlassen müssen, diese sechs Millionen in die Kasse zu legen. »Die Hundlinge in der Kammer müssen hinausfliegen und durch Treuere ersetzt werden. Man will mir den Lebensfaden abschneiden, also geht es darum: ich oder die! Am 1. Juni müssen neue Minister da sein. Wenn es nicht anders geht, dann wie bei einem Staatsstreich. Hinweg mit dem ganzen Gesindel! Wir dürfen nur die Treuen informieren. Das Pack wird sich ansonsten etwas überlegen. Da muss man mit allem rechnen. Wir brauchen mutige und starke Recken!«, dachte der König bei sich.

Dann schlief er ein.

Mayr, der im Türrahmen hinter dem Vorhang gewartet hatte, zog sich zurück und ließ den Türschließer seines Amtes walten.

»Majestät ruhen«, sagte Mayr und Dürckheim las die lauten Gedanken des Königs, die Mayr getreulich aufnotiert hatte. »Sage dem Mader, dass ich ihn brauche, sofort.«

Mayr schlurfte davon und gab Mader ein Zeichen. Er war sich absolut nicht sicher, ob er recht gehandelt hatte, als er die königlichen Räume betreten und das Gesagte aufnotiert hatte. Aber schließlich hatte man ihn dazu gerufen. Er hatte nichts anderes getan als das, was man von ihm verlangt hatte. Dennoch, der Graf hatte ihn keines Blickes gewürdigt, nachdem er die Notizen gelesen hatte.

Dürckheim war es eiskalt den Rücken hinuntergelaufen. Dieser Lutz und seine Minister mussten doch schon lange ahnen, wie ihr Widerstand behandelt werden könnte. Bevor die sich auf ein Abenteuer einließen, würden sie alle Eventualitäten bedacht und sich gewappnet haben. Die vielen Gendarmen unterhalb des Schlossberges zeigten das bereits. Der König setzte darauf, dass das bayerische Volk treu an ihm festhielt.

Es ging nicht anders, man brauchte Informationen aus München und aus den Kreisen der Regierung. Danach musste er dann endlich mit seiner Majestät sprechen. Wenn man nur bessere Informationen aus Berlin hätte. Die Mutter des Königs war eine Prinzessin von Preußen, doch der dortige Hof hatte sie verspottet und wollte mit ihr nichts mehr zu schaffen haben, seit sie katholisch geworden war. Es gab praktisch keinerlei Verbindung.

Dürckheim hatte kein gutes Gefühl bei der Sache.

11

MADER HATTE BEMERKT, wie sich die Augen des Grafen verengten, weil er einen roten Kopf bekam und ein wenig stotterte, als Dürckheim ihn die genannte Adresse des Fürsten zu Wehen wiederholen ließ. Er hatte sofort an sie gedacht. Aber er war geübt und fing sich schnell wieder. Dürckheim ließ ihm sogar ein Pferd zuweisen, das er am Fuße des Berges finden sollte. So geschah es, und Mader, der sich den Weg genau eingeprägt hatte, stürmte davon.

Hätte nicht ein Hütehund angeschlagen, wäre er in die Falle geritten.

An einer Biegung warteten drei Gendarmen auf ihn, die offenbar über seinen Ausritt informiert worden waren. Er zog die Zügel an und versuchte, sich neben einem Heuschober zu verbergen. Aus einer Hecke hörte er einen leichten Pfiff. Das Gesicht eines Knaben schob sich hervor.

»Steig ab«, flüsterte der.

Mader zog das Pferd mit sich hinter die Büsche. Er sah den Hund, der vor einer armseligen Hütte stand und zu den Gendarmen hinüberschaute.

»Am Bach sieht dich niemand, der liegt tiefer als die Weide und hat am Ufer viele Bäume. Du gehst durch das Wasser und hinter unserem Hof gibt es eine Furt. Dahinter kannst du dann wieder aufsitzen.«

Mader nickte und machte das, was der Knabe ihm zugeflüstert hatte.

»Es lebe der König«, fügte der noch an und zeigte seine Zähne.

Die Furt führte zu einem moorigen Acker, aber gleich dahinter gab es einen schmalen Pfad, über den Mader so schnell ritt, wie er es konnte. Als er sich umdrehte und über die Schulter zu den Gendarmen schaute, da sah er, dass sie seine Finte bemerkt hatten und aufsaßen. Auf jeden Fall musste er den Brief des Grafen beim Fürst zu Wehen übergeben, bevor die Gendarmen ihn greifen würden. Aber das war nicht so einfach.

Die Gendarmen waren geübte Reiter und er hatte erhebliche Mühe, sich auf dem Tier zu halten. Also war es nicht verwunderlich, dass die Uniformierten immer näher kamen. Das Vollblut unter ihm spürte seine Unsicherheit und begann sich offensichtlich eigene Gedanken über den Weg zu machen. Die Gefahr, in der er schwebte, ging nun von einem ziemlich widerborstigen Pferd aus, das ihn abwerfen wollte. Während Mader sich Mut zusprach, sprang das Tier über einen Graben und er krallte sich in der Mähne des Pferdes fest, um nicht zu stürzen. Ich darf dem Pferd meine Angst nicht zeigen, dachte Mader, und preschte im gestreckten Galopp davon. Bei diesem Tempo dürften ihm sämtliche Gendarmen gestohlen bleiben. Er hatte von der Niederträchtigkeit dieser Uniformierten gehört, die sich einen Spaß daraus machten, unschuldige Männer wie Strauchdiebe zu behandeln und schwer zu verprügeln. Sein armer Kopf bereitete ihm noch immer Schmerzen und er wollte sich keinen weiteren Zusammenstößen aussetzen. Wahrscheinlich würden sie ihm alle Knochen im Leib brechen, bevor sie den Brief finden würden. Das Pferd drosselte das Tempo und lief in scharfem Trab auf die Allee zu, die zum Herrenhaus des Fürsten zu Wehen führte. Ein Blick zurück zeigte ihm, dass die Gendarmen das Tempo nicht hatten halten können.

Da er sich nun wieder sicher fühlte, träumte er von ihr, Effie. Mader wünschte sich, sie möge neben dem Fürsten aus dem Haus treten und ihm einen Blick schenken. Mehr wollte er nicht. Ach, Effie!

Der Fürst sah den Reiter kommen, weil er neben dem Hundehaus an der Wasserpumpe stand. Er erkannte an der Uniform den Diener des Königs und zögerte. Die Uniform konnte auch eine Falle sein. Neben den Trögen hatte er zwei Hunde liegen, die sich gerne auf unliebsame Besucher stürzten. Der Fürst ließ einen kurzen Pfiff hören und die Kettenhunde stürmten davon. Mader sah die Hunde quer über die Allee rennen und war froh, als sie einen anderen Weg nahmen und sich nicht vor seinem Pferd aufbauten.

Der Fürst schritt gemächlich an das kleine Tor. Mit einem breiten Grinsen nahm er zur Kenntnis, dass dieser Kerl, der ihn von den Feldern aus beobachtet hatte, seine Beine in die Hände nahm und versuchte, den nahen Waldsaum zu erreichen, um auf einen der Bäume zu gelangen und so den Zähnen seiner Hunde zu entgehen. Die Knechte aus dem Dorf hatten ihm berichtet, dass der Sohn der alten Vogl angekommen sei und den ganzen lieben langen Tag spazieren ging. Jeder wusste, dass der Vogl ein Polizeiagent war.

Mader zog das kleine Kuvert hervor und wollte gerade absteigen, als es ihm schwarz vor Augen wurde und er einfach vom Pferd rutschte und vor den Füßen des Fürsten zu Boden fiel.

»Was ist denn das für eine Art des Grüßens? Stehe auf, Kerl!«

Als Mader liegen blieb, nahm der Fürst den Brief und ging in das Hundehaus. Dürckheim bat ihn, sich in

München einmal umzuhören und empfahl ihm dazu den Fürst von Kast. Das passte ihm recht gut in seine Planungen, denn er wollte Holz verkaufen und das konnte er in der Residenzstadt durchaus tun. Außerdem konnte es ihm nicht schaden, sich ein wenig von seiner Gattin zu entfernen, die noch immer diesem dürren Mädchen nachtrauerte. Außerdem hatte er sich so seine Gedanken gemacht, weshalb sich ein Polizeiagent in der Nähe seiner Besitzungen herumtrieb. Ihm konnte das sicherlich nicht gelten. Den gelesenen Brief verbrannte er sofort.

Der Fürst ließ seinen Reisekoffer packen und anschirren. Er wollte keine Zeit verlieren. Der Abschied von seiner Gemahlin fiel fast ein wenig zu beiläufig aus, aber sie blieb bei ihrem abweisenden Gesicht, das ihm sagte, er habe durchaus Schuld am Verschwinden der jungen Dame. Und das nur deshalb, weil er sich weigerte, so zu tun, als würde ihn die Abwesenheit dieser Mademoiselle gefühlsmäßig durchschütteln. Genau das Gegenteil war der Fall. Bevor er abfuhr, rief er den Wigg zu sich, der bei den Ställen das Vieh über Nacht beaufsichtigte.

»Wigg, wenn du mich hinten bei den Tannen nicht mehr sehen kannst, weil ich den Berg hinabfahre, dann pfeifst du nach den Hunden. Dieser Vogl sitzt drüben im Baum und schwitzt. Den Diener vom Schloss scheuchst du vom Hof, sobald ich fort bin. Und fragt dich einer, wann ich wieder da bin, dann sage ihm, morgen.«

Mader war untröstlich. Wieder einmal war er einfach umgefallen und zudem hatte er sie nicht gesehen. Gern hätte er den Wigg nach ihr gefragt, aber das wagte er nicht. Also saß er wieder auf und verschwand, wie es ihm der Wigg in aller Deutlichkeit nahegelegt hatte.

Eine Handvoll Münzen hatte der ihm, als Gruß des Fürsten, in die Hand gedrückt. Damit war seine Mission erfüllt. Nun musste er wieder heil nach Neuschwanstein kommen, und dazu ritt er einen ziemlichen Umweg. Auch jetzt noch könnten die Gendarmen den Adressaten seines Ritts aus ihm herausprügeln wollen, also führte er das Pferd direkt in ein Waldstück. Jetzt ließ es sich leicht in die Hand nehmen und er konnte sich auf die Umgebung konzentrieren. Nur keinen Fehler machen, dachte er, nur das nicht. Kaum trabte das Pferd zwischen den Bäumen einher, war seine Aufmerksamkeit dahin, weil er an sie denken musste. Erst als ihm ein Ast kräftig auf die Wange schlug, kam er wieder zu sich. »Was bildest du dir nur ein? Sie ist für dich so unerreichbar wie der Mond.»

Mader schaute durch die Äste zum Himmel. Er musste sich sputen.

»Völlig umsonst blieb all meine Mühe, also gehe ich an den See.«

Graf Dürckheim sprang auf und salutierte. Aber da war niemand. Er war absolut sicher, dass Seine Majestät zu ihm gesprochen hatte. Mit einem Handrücken wischte er sich über die übermüdeten Augen und trat in den Gang hinaus. Mader wartete vor der Tür.

»Hast du geklopft?«

»Sehr wohl, ja, Herr Graf. Befehl ausgeführt.«

»Gut so.«

Dürckheim kehrte zurück, setzte sich aber nicht, sondern ging im Raum auf und ab. »Gibt es irgendwo Minister, die gleichzeitig gute Menschen sind?», hatte der König ihn gefragt, allerdings im Traum. Er wusste, dass die in München die Forderungen des Königs und seine Anweisungen nicht befolgen würden. Er wusste es, weil Bismarck Seiner Majestät geschrieben hatte, dass Kapital zu annehmbaren Bedingungen nicht aufzutreiben sei. Wenn der Hofhund bellt, dann kuschen die Schafe.

Der König stützte sich auf und wollte den Hoffriseur Hoppe rufen, aber er wusste nicht mehr, ob der anwesend war. »Einerlei«, sagte er zu sich, »ich werde den Hoppe beauftragen, Justizminister Fäustle die Entlassung zu überbringen. Schade, dass Tiere nicht sprechen können, sonst würde ich es einem Hund überantworten. Sie sollen die ganze Verachtung Seiner Majestät erleben, diese dahergelaufenen Kretins. Minister nennen sie sich, Minotauren wäre passender.»

Nur der Nachthimmel, dieser immer ferne, beglückte noch. So wie die Sterne über den Bergen oder die sanften Schatten, bevor der Morgen drohte.

12

Anfang Juni 1886.

München lag weit entfernt von seinem idyllischen Besitz. Die Stadt scherte sich nicht um den Landmenschen. Es ging sehr laut zu und der Lärm zerrte an seinen Nerven. Der Bahnhof ähnelte einem Palast, gerade neu entstanden und nach Lokomotiven riechend. Er gab einem Laufburschen den Auftrag, seine Karte zum Fürst von Kast zu bringen, um seine Visite anzukündigen. Selbstverständlich konnte er dort nicht einfach vorbeischauen, das verboten Etikette und Höflichkeit.

Fürst zu Wehen ließ den Wagen vom Bahnhof zum Odeon rollen. Er hatte sich einen jüngeren Kutscher gewählt, da er unter den knurrigen Alten nur Schweiger vermutete. Der Fuhrmann entsprach genau seinen Wünschen. Munter und gesprächig ließ er sich sofort auf den neuesten Klatsch ein und plapperte drauflos. Aus der Fülle der hervorsprudelnden Wörter fesselte ihn nur die Schilderung einer jugendlichen Rebellion.

»Drei Tote hat es gegeben?«

»So wahr ich hier sitze«, antwortete der Kutscher. »Zwei Studenten und einen jungen Arbeiter haben die Gendarmen niedergemacht. Viele waren auch verwundet. ›Freiheit!‹, haben sie gerufen. ›Nieder mit der Regierung!‹ und solche Sprüche eben.«

Der Fürst konnte das gar nicht glauben.

»Ein richtiger Aufstand also?«

»Die ganzen Studenten von der Universität und später kamen die Arbeiter hinzu. Sie zogen die Ludwigstraße hinab zur Feldherrnhalle, und schon waren die berittenen Gendarmen da und schlugen drauf. Dazu riefen sie: ›Im Namen des Königs!‹«

»Im Namen des Königs? Wohl eher im Namen von Innenminister Feilitzsch.«

»Das ist ein richtiger Bluthund, haben die Burschen gesagt, weil der Feilitzsch alle Sozialdemokraten einsperren will.« Der Kutscher schnalzte mit der Zunge und ging zum nächsten Thema über. Aber Fürst zu Wehen hörte nicht mehr zu. Sie ließen die jungen Leute im Namen des Königs totprügeln, damit sie sich hinter Seiner Majestät verstecken konnten. Aber ein Aufstand gegen die Regierung? Kaum vorstellbar. Denn das wäre der Anfang vom Ende der Monarchie und der Untergang des Adels. Eine Republik wäre doch keine sittliche Ordnung für das christliche Abendland. Nein, das würde sich in Bayern niemand wünschen. Freilich, seine Gemahlin würde tirilieren wie ihre kuriosen Vögel in der Hallenvoliere, aber die war mit ihren Ideen von Gleichheit und Brüderlichkeit nicht ganz richtig im Kopf. Eines aber gab es zu bedenken: Der Ruf zum Sturz der Regierung dürfte diese bis zum Siedepunkt reizen und zu Maßnahmen veranlassen, die ihr die Macht sicherte.

Am Reiterstandbild des Königs Ludwig I. ließ er anhalten. Der Fürst vertrat sich die Beine und träumte. Er sah sich auf der Tribüne sitzen und der Militärparade zusehen, die anlässlich des Sieges über Frankreich veranstaltet worden war. Dazu trug er eine prächtige Uniform und bewunderte seinen König, der über die Maßen herrlich in hellem Licht leuchtend auf seinem Pferd saß. Die Prachtstraße zwischen Siegestor und Feldherrnhalle war bunt geschmückt. Vor der Tribüne hielt der König sein Pferd an und grüßte seine bayerischen Soldaten. Neben ihm salutierte der preußische Kronprinz. Der Fürst erinnerte sich daran, wie er zufällig seinen Kopf wendete und die vielen schwarz gekleideten Witwen sah, denen man die Ehre hatte zuteil werden lassen, neben der Ehrentribüne stehen zu dürfen. Ihm hatte dieser Anblick der Trauernden den ganzen Spaß verdorben. Auch die vielen Kriegsinvaliden, die man an der Ludwigstraße aufgereiht hatte, verdarben das bunte Bild. Damals hatte er sich nicht einverstanden erklären können mit dieser Maßnahme, die ganz offensichtlich von allerhöchster Stelle veranlasst worden war. Erst nach der Parade, als während eines Umtrunkes geflüstert wurde, die Preußen seien tief verärgert, weil der König die Niederlage Frankreichs bedauert habe, hatte er begriffen. Die vielen Hochrufe auf das Reich und das Bündnis mit Preußen waren nicht nach dem Geschmack Seiner Majestät gewesen. Man hörte davon, dass Seine Majestät ziemlich verärgert über die Jubelreaktion der Münchner gewesen war. Jemand behauptete, der König habe sich abfällig geäußert und gesagt, man gebe dem Münchner ein paar Fässer Freibier und schon jubele er einem jeden Simpel zu. Offenbar hatte sich der preußische Kronprinz entsprechend beleidigt gefühlt.

Der Fürst lief zur Kutsche und erinnerte sich, dass er damals erstmals gehört hatte, der König sei nicht ganz richtig im Kopf. ›Wie konnte man Frankreich über das Deutsche Reich stellen, wie es der König getan hatte?‹ Diese Frage war bei einem Empfang in der preußischen Gesandtschaft mehr als einmal gestellt worden.

»Wir fahren ein wenig durch den Englischen Garten!«, rief er dem Kutscher zu, »mir wird der Trubel in der Stadt zu viel.«

Sie werden eine Menge Gründe gegen Seine Majestät gesammelt haben, dachte sich Fürst zu Wehen. Sie werden feststellen, Bayern gehöre nicht ihm, er kann es nicht verpfänden. Sie werden sagen: ›Sein Zustand verlangt danach, dass er ärztliche Hilfe braucht. Wie sein Bruder Otto, der jedes Mal bei der Anrede Majestät einen Lachanfall bekommt. So einer kann doch nur verrückt sein.‹ So redete man und so redete auch das Volk und man verschwieg geflissentlich, dass die Schulden nur den Besitz des Königshauses betrafen. Und bei diesem Gedanken kam dem Fürsten in den Sinn, dass es eigentlich nur die Wittelsbacher selbst sein konnten, die sich Sorgen um den gesamten Familienbesitz machten. Nie zuvor in seinem Leben war er durch einen solch intriganten Sumpf gewatet. Der Boden unter ihm schien zu beben und somit das ganze Land der Bayern. Ein alter Mann schleppte Holz. An der Straße kehrten Kinder Pferdedung in einen Eimer. Gleich beim Stadtbach torkelte ein Betrunkener und drohte, in das Wasser zu stürzen. Die Stadt ermüdete ihn auf eigentümliche Weise. Nichts an ihr schien wirklich zu sein. Sogleich sehnte er sich wieder nach seinen Hunden und der Allee bei den weiten Feldern und Wäldern. In gewisser Weise vermisste er sogar seine Gemahlin, was er sich gar nicht erklären konnte. Sie war in den letzten Jahren immer merkwürdiger geworden. Jetzt erinnerte er sich an ihre erste Begegnung. Man hörte ein Konzert im Musiksaal des ›Odeon‹. Die Eltern hatten alles arrangiert und sie dorthin mitgenommen.

Nachdem eine weitere Stunde vergangen war, ließ von Wehen sich zum Haus des Fürsten von Kast fahren und befahl dem Kutscher, zu warten. Der Diener Franz öffnete und bat den Gast um Geduld, da sich der Fürst noch einem anderen Besucher zu widmen habe. So betrat er einen kleinen Salon und wurde dort dem ebenfalls wartenden Professor Miller vorgestellt. Man kannte sich nicht und daher wollte kein Gespräch zustande kommen. In diese peinliche Schweigsamkeit hinein drang aus einem anderen Raum immer wieder die laute Stimme eines Mannes, der sich offensichtlich nicht mehr unter Kontrolle hatte. Da es nicht die Stimme des Hausherren war, die beide Herren kannten, musste dieses pöbelhafte Benehmen dem Gast zugewiesen werden, was die Sache noch unerträglicher machte. Der Fürst war drauf und dran, diesen Flegel zur Rede zu stellen und zu ohrfeigen. Da betrat der erschreckte Diener Franz den Raum und bat beide Herren in den Rauchsalon. Dort angekommen, setzten sich die Männer in große Sessel und sahen zu, wie Franz Cognac in kunstvoll geschliffene Gläser füllte, sie auf dem Rauchertisch abstellte und eine Kiste mit Zigarren daneben platzierte. Danach zog er sich zurück.

Fürst von Kast betrat den Salon, begrüßte der Rangordnung nach zunächst den Fürsten zu Wehen mit dem Ausruf: »Mein lieber Freund!», und dann Miller mit dem Gruß: »Welche Ehre, Sie zu sehen. »Man trank auf die Gesundheit und zündete sich umständlich die Zigarren an. Noch einmal hob der Fürst das Glas, sah sehr ernst in die Runde und sagte dann, fast ein wenig konspirativ und sehr leise:

»Auf unsere Majestät, deren Diener wir die Ehre haben zu sein.«

Die Herren erhoben sich und nahmen Haltung an.

»Jener, den Sie zu hören leider gezwungen waren, war der Graf Rott zu Turrig. Er gehört zum Kreis des Ministers Feilitzsch. Man ist dort der Ansicht, prüfen zu müssen, wer sich für den Verrat an Seiner Majestät eignet. Oder, um es deutlicher zu sagen, man droht mir den wirtschaftlichen Ruin an, wenn ich nicht auf ihre Seite umschwenke.

Meine Herren, um es offen zu sagen, meiner Tapferkeit sind gewisse Grenzen gesetzt und ich bin beschämt, zu sagen, dass ich für einige Monate nach England reisen werde, da sich ein Gentleman in meine jüngere Tochter verguckt hat und die Familien sich erst verständigen müssen. Die Eltern des jungen Lords ließen mir eine Einladung zukommen. Die Gemahlin, nebst Töchtern, ist bereits auf dem Weg dorthin. Mit anderen Worten, ich werde abwesend sein, wenn es in Bayern zum Äußersten kommen sollte.«

Die umständliche Rede des Fürsten hatte die Herren immer heftiger beunruhigt.

»Also ist es wahr«, platzte der Professor heraus. »Man will gegen den König Maßnahmen ergreifen. Es wird schon lange nach einem Arzt gesucht, der sich ein Urteil über Seine Majestät erlauben soll, und man hat ihn in diesem Gudden gefunden. Ein äußerst eitler Vertreter seiner Zunft und selbstverständlich kein Bayer.«

Fürst von Kast blies eine Rauchwolke in Richtung Plafond und nickte.

»Graf Rott sagte, das Gutachten sei eindeutig und der König würde unumstößlich für verrückt erklärt werden.«

Nun musste sich auch der Fürst zu Wehen zu Wort melden.

»Wann will denn dieser Herr Gudden beim König gewesen sein? Mein Anwesen liegt unterhalb des Schlosses und mir entgeht kein fremder Besucher.«

Der Alkohol tupfte einige rote Flecken in das Gesicht des Fürsten.

»Der Irrenarzt befragte Menschen aus der Umgebung des Königs und entschied nach den Akten, die man ihm aus den Ministerien vorgelegt hatte. Seine Majestät hat er nie zu Gesicht bekommen.«

»Mit Verlaub, eine sehr ungewöhnliche Art des Erstellens eines Gutachtens mit einer dermaßen schwer belastenden Aussage. Als Mediziner muss ich mich gegen solche Methoden verwahren.«

Professor Miller zeigte sich von der Mitteilung sehr betroffen.

Auch der Fürst war empört.

»Ach, so einfach ist das? Ein Bruder ist verrückt, also sind alle verrückt.

Lassen Sie mich eine Anekdote erzählen, die ich aus Neuschwanstein hörte. Als man seiner Majestät empfahl, der Regierung anders gegenüberzutreten, da lächelte der König nur. ›Nehme ich‹, so sprach er, ›ihre Akten in aller gebotenen Ruhe entgegen, so hält man mir vor, es langweile mich nur und ich würde mich nicht für die Staatsgeschäfte interessieren. Sobald ich mich aber darüber errege, dass sie mir lediglich dritt- und viertrangige Schriftstücke zeigen, gelte ich als ein cholerischer Wüterich, mit dem nicht zu regieren ist. Sollen sie doch mit meinem Friseur verhandeln, der entspricht ihrem Niveau‹.«

Fürst von Kast läutete und ließ Franz die Gläser nachschenken. Als die Tür wieder geschlossen war, meldete er sich zu Wort.

»Offenbar steht die Entlassung mehrerer Minister unmittelbar bevor und man will Seiner Majestät zuvorkommen. Es ist, ich habe keine anderen Worte, ein Staatsstreich geplant.«

Während Fürst zu Wehen das Gefühl beschlich, zu halluzinieren, was nur zu einem Teil dem für ihn ungewohnten Cognacgenuss zuzuschreiben war, stand Professor Miller langsam auf und trat an das große Fenster zum Garten. Ein Hase querte das Grundstück, blieb plötzlich stehen, sah sich um als habe er etwas verloren, um dann seinen Weg umso eiliger fortzusetzen. Miller zog an seiner Zigarre.

»Aber es muss doch eine Handhabe geben?«

Fürst von Kast starrte auf den Tisch.

»Graf Rott erklärte die Angelegenheit für entschieden. Am 23. März war Professor Gudden bei Ministerpräsident Lutz. Nach einer Unterredung von 45 Minuten erklärte Gudden sich bereit, Majestät für verrückt zu erklären.«

Miller ging zum Tisch zurück, setzte sich wieder und legte seine Zigarre in den Aschenbecher.

»Man ist sich seiner Sache offenbar sehr sicher.«

»Dieser Eindruck trifft zu.« Fürst von Kast nickte. »Graf Rott erklärte, Beamte aus Wien hätten Berlin darüber informiert, dass Seine Majestät der Kaiserin Elisabeth einen Brief geschrieben habe. Man will damit offenbar ausdrücken, dass man sich nicht einmischen wird.«

Professor Miller vermied es, jemanden in der Runde anzusehen und sprach einfach vor sich hin.

»Österreich ist militärisch zu schwach gegenüber Preußen. Die können sich gar nichts mehr erlauben. Augenscheinlich ist Berlin über die Machenschaften der Regierung Lutz informiert. Das bedeutet, man riskiert einen Bruderkrieg in Bayern.«

»Man wird die jungen Burschen einberufen und sie vor regierungstreue Offiziere stellen. Deshalb hat Graf Rott mich aufgesucht«, antwortete Fürst von Kast. »Sie wollen keine Fehler machen.«

Die Augen des Fürsten zu Wehen funkelten vor Zorn.

»Kein bayerischer Patriot wird auf die Königstreuen schießen, da bin ich mir sicher.«

Er drehte sein hochrotes Gesicht zu Professor Miller.

»Ein Irrenarzt namens Gudden bespricht sich mit einem Politiker namens Lutz eine Dreiviertelstunde und das Ergebnis ist, dass unser König geisteskrank ist. Professor, ich bin ein einfacher Mann, aber das ist nicht nur unseriös, das ist eine abgefeimte Intrige machtbesessener Schufte. Wie kann sich ein vereidigter Arzt auf so etwas einlassen? Gilt der hippokratische Eid nichts mehr?«

»In welches Haus immer ich eintrete, eintreten werde ich zum Nutzen des Kranken«, antwortete der Professor. »›Omnis Homo Mendax‹, sagt schon die Bibel.

›Jeder Mensch ist ein Lügner‹.«

Diese Antwort machte den Fürsten nur noch störrischer.

»Ein König, der etwas für die Ewigkeit bauen will, ist demnach ein Narr, den man belügen und betrügen darf. Man hat König Ludwig I. bereits außer Landes getrieben. Gäbe es ohne ihn die vielen Bauten in München oder die Prachtstraße zwischen der Feldherrnhalle und dem Siegestor?

Das hat auch Geld gekostet. Alles kostet immer Geld, also ist jeder der Bauherren verrückt? Wir sind die Diener des Königs und werden ihn mit den Waffen in den Händen verteidigen.«

Fürst von Kast läutete nach Franz, damit die Erregung zum Stillstand kam und man ruhiger weiterreden konnte. Nun lies er einen Tiroler Weißwein kredenzen, den er erst vor Kurzem geliefert bekommen hatte.

Die Gläser funkelten und der Wein leuchtete. Man schwieg, bis Franz gegangen war.

»Gudden sagte, es sei dem Land und dem König von Nutzen, wenn Majestät seine Melancholie von ihm behandeln ließe. Danach könne er wieder in sein Amt eintreten. Graf Rott sprach genau diese Worte. Der Wahnsinn Seiner Majestät untergrabe im Volk den

Glauben an das Königreich. Sie sagen, sie seien die wahren Patrioten und bewahrten uns vor diesen Sozialdemokraten und einer Republik.«

Bei jedem dieser Worte des Mannes zuckte Fürst zu Wehen zusammen.

»Ich fürchte mich vor Menschen, die mir sagen, nur sie allein kennen die Wahrheit«, sagte Professor Miller. »Dieser Gudden gehört dazu.«

»Aber wenn sie die Monarchie wollen, brauchen sie einen Monarchen!», rief Fürst zu Wehen wütend.

Fürst von Kast betrachtete das kleine Weinfässchen und wurde dabei ganz ruhig. Er dachte daran, dass seine Zeit in Bayern bald beendet sein würde. Er konnte nach der Hochzeit seiner Tochter auch in England bleiben.

»In der Tat, lieber Wehen, sie wollen einen Monarchen«, antwortete der Fürst. »Wegen der durch die Verschuldung eingetretenen Engpässe will Lutz die königliche Familie in Obligo nehmen und ihr dafür den Thron anbieten. Es heißt, der Onkel Seiner Majestät, Prinz Luitpold, stünde unter Umständen bereit. Jedenfalls behauptete Graf Rott das. Das Haus Wittelsbach fürchtet den finanziellen Ruin.«

»Dieser Graf Rott, was ist das eigentlich für ein Kandidat?», rief Fürst zu Wehen und verschluckte sich am Wein.

»Rott zu Turrig besitzt unter anderem eine Brauerei, die kürzlich einen Vertrag mit beachtlichen Lieferungen nach Berlin abgeschlossen hat. Der Graf sagte, der Beitritt zum Reich käme für seine Familie gleich nach Gottes Segen.«

Professor Miller war sich nicht sicher, ob er das alles, ohne seine eigenen kleinen Egoismen zu vernachlässigen, durchhalten würde. Da war die Rede vom Bau eines großen Krankenhauses im Norden Schwabings und er konnte sich darauf keine Hoffnungen machen, wenn Kollegen wie Gudden die Oberhand behielten. Warum ging er nicht zurück in seine Heimat, die Pfalz, von wo seine Familie mit den dortigen Wittelsbachern nach München gegangen war, als die das Kurfürstentum übernahmen. Oder er könnte auch einem Ruf nach Straßburg folgen und dort seinen Frieden finden.

»Es ist empörend«, rief er in den Raum und die Herren sahen ihn etwas entgeistert an, denn in diesem Moment sprach niemand. »Immer geht es um das Pekuniäre«, fügte er etwas hilflos an und suchte einen Ausweg aus seiner Peinlichkeit. Er fühlte sich ertappt.

Doch die Wahrheit hatte, neben geldlichen Dingen, noch eine zweite Variante und die musste er nun ansprechen.

»Wenn Seine Majestät die Regierung absetzt, dann könnte der nächste Schritt sein, dass Bayern das Deutsche Reich verlässt. Nur fürchte ich, man wird es mit Gewalt verhindern. Wer sagt uns denn, dass Bismarck nicht schon längst daran denkt.«

Professor Miller lehnte sich zurück. Er wollte gerne gehen, aber nicht als Deserteur dastehen.

»Sie werden einmarschieren, wenn die hiesige Regierung sie ruft«, antwortete von Kast kalt.

»Es kann keinen Zweifel daran geben, dass wir auf unseren Ländereien ein treues Volk haben. Gut, wir werden nach München marschieren müssen, aber die Preußen müssten ein Blutbad anrichten, wenn sie das verhindern wollten. Sie können nicht ein ganzes Volk füsilieren. Wir haben auf den König geschworen, das lässt sich vor Gott nicht einfach leugnen. Ohne Seine Majestät, das sage ich auch, wird das Königreich Bayern untergehen.«

Die Stimme des Fürsten zu Wehen zitterte bei seinen letzten Worten. Er erhob sich, weil er genug gehört hatte und seinen Zug noch erreichen musste. Da er der Älteste in der Runde war, stand ihm das Privileg zu, die Debatte zu beenden. Als die Herren sich voneinander verabschiedeten, konnten sie nicht wissen, dass sie sich nie mehr wiedersehen würden.

Die Kutsche des Fürsten nahm schnell Tempo auf, während Professor Miller das Angebot des Fürsten annahm und sich vom Diener Franz nach Hause chauffieren ließ.

Wir sitzen zusammen mit unserem König in der Falle, befürchtete der Professor bei sich. Wollte er wirklich eine Klärung der Angelegenheit? Und Gudden? Würde er sich nicht zum Narren machen, wenn der Nervenarzt ihn an den Pranger stellte. Er wusste nicht, was er machen sollte.

Er war müde und auch ein wenig betrunken. Ich habe die Possen des Königs bisher gar nicht weiter zur Kenntnis genommen, sinnierte er.

Aber wahrscheinlich lügt die Regierung oder sie übertreibt zumindest schamlos. Ein lebendiger König ist doch keine Schachfigur. Er beschloss, vorsichtig zu sein und seine vorbereitenden Maßnahmen zu treffen. Ein Brief an seinen Cousin in Straßburg konnte nicht schaden.

Fürst von Kast ging durch das leere Haus. Was seine Gäste nicht ahnten: Das Gebäude war, bis auf drei der unteren Räume und die Zimmer der Bediensteten, leer geräumt. Im Laufe der Zeit hatte er alles verkauft und nun auch noch das Haus, – auch das hatte er für sich behalten, – an Graf Rott zu Turrig veräußert. Alles das, was ihm in den letzten Wochen zu Ohren gekommen war, hatte ihn darin bestärkt, die nächste Zeit in England zu verbringen. Franz würde er als Reminiszenz an die bayerische Sprache mitnehmen, denn er wollte ihren Klang nicht vermissen. In einem Jahr würde man weitersehen.

›Es geht nicht darum, was er getan oder nicht getan hat, es geht darum, dass er gar nichts mehr tun kann.‹ Wer sprach da? Fürst zu Wehen fuhr hoch, weil der Zug stark rumpelte und er deshalb erwachte. Er war alt und er war betrunken. Die ganze Situation rund um den König machte ihn unglücklich. Vielleicht war er auch verrückt, weil er lieber bei seinen Hunden wohnte als im Herrenhaus bei seiner Gemahlin, die ständig, nur um ihn zu ärgern, wenn er durch das Haus ging, diese französische Hymne sang: ›Auf, Kinder des Vaterlands, der Tag des Ruhms ist da.‹ Sie war die Verrückte, mit ihrer französischen Neigung.

Ohne Liebe geht jede Stunde nichtsnutzig durch die Welt. Das hatte sie ihm einmal so hingeschrieben und er hatte ihr lächelnd zugenickt. Seine Gemahlin war viel klüger als er. Der Zug ruckelte heftig und der Fürst wischte sich eine kleine Träne aus dem Augenwinkel.

13

Lew sass in der Falle. Er wusste nicht genau, wo er sich befand. In der Nähe rauschte ein Bach, das war nicht zu überhören. Da er sich in einem Stadtviertel nahe der Isar befunden hatte, bevor er schnellfüßig geflohen war, musste der Bach zwangsläufig in die Isar münden. Er musste warten. In der nahenden Dunkelheit konnte er vielleicht durch den Bach bis zur Isar waten und sich dann am Ufer entlang in Richtung des Dorfes Grünwald flüchten. Von dort verlief die alte Salzstraße nach Augsburg. Oder er orientierte sich zum Ammersee, wo ein Freund als Maler getarnt lebte und auf den Ruf der Revolution wartete.

Still! Jetzt durfte er keinen Fehler machen. Er hatte sich in einen kleinen Schuppen geflüchtet und kauerte zwischen gehackten Holzscheiten. Draußen schlichen sie herum und suchten nach ihm. Er war erbost über sich selbst, weil er sich zu einer überheblichen Reaktion hatte hinreißen lassen. Nur ein Dummkopf marschierte in das feindliche Innenministerium, behauptete ein Bote des Zaren zu sein, legte eine nicht zündfähige Bombe ab und glaubte, er könne so einfach aus der Stadt marschieren. Das Ergebnis hatte er nun zu ertragen. Andererseits, er hatte eine Entdeckung gemacht, nämlich sich selbst gut gezeichnet auf einem Plakat gesehen und drei beschriebene Seiten gelesen, wo präzise jede seiner Bewegungen in München festgehalten worden war. Mit anderen Worten, sie wussten seit drei Tagen, dass er in der Stadt war, und hätten ihn jederzeit verhaften können. Warum versuchten sie es erst jetzt, nachdem sie seinen Blindgänger gefunden hatten?

Die Schritte näherten sich und blieben vor dem Schuppen stehen. Vor der Tür war also jemand. Lew zog sein Messer hervor und hielt es fest in der Faust. Er hatte immer gewusst, dass er als Revolutionär sterben würde, nun wollte er es seinen Häschern so schwer wie möglich machen. Der da draußen rührte sich nicht. Das Spiel hieß ›Katz und Maus‹. Es war ihm in den Tagen zuvor bereits aufgefallen, dass es viele Polizeiagenten gab, weil die meisten von ihnen gar keinen Hehl aus ihrer Profession gemacht hatten. Ihm war es sogar so erschienen, als gäben sie sich mit Absicht zu erkennen, um dem Volk ihre stetige Anwesenheit zu zeigen. Man hatte ihn gelehrt, je mehr Polizeipräsenz es gab, desto mehr näherte sich das Regime dem Ende. Demnach müsste das des bayerischen Königreichs kurz vor dem Kollaps stehen, und er wollte den Untergang miterleben. Nur war dies in seiner momentanen Situation wohl kaum möglich. Wie viele waren es, die draußen auf ihn warteten? Einer, zwei, eine ganze Truppe? Er erinnerte sich, wie er blindlings in die Gasse mit den armseligen Hütten gestürmt war und nur noch weg wollte. Hinter ihm waren es mindestens drei Agenten gewesen, die Jagd auf ihn machten und nach Polizisten riefen. Ein kleiner Junge mit vielen Pusteln im Gesicht hatte ihm zugewinkt und mit der kleinen Hand auf den Schuppen gezeigt.

Lew atmete vorsichtig und tief mit der Nase ein und langsam aber stetig durch den Mund wieder aus. So verursachte er kein Geräusch.

Jemand hatte die Nachricht überbracht, der König würde mit der Kutsche nach München fahren, und da er bekanntermaßen völlig unvorsichtig über Land fuhr, wäre die Gelegenheit für den Bombenwurf günstig gewesen. Doch hatte man ihn weder auf den Landstraßen, noch in München lokalisieren können. In den Bierlokalen machte es dann die Runde, der König sei in der Stadt und hätte absolut kein Interesse daran, sich dem Volke zu zeigen.

Die Säufer machten dabei ihre abfälligen Bemerkungen und Lew hielt sich lieber von ihnen fern. Ein guter Revolutionär besoff sich nicht bis zur Bewusstlosigkeit. Der König blieb eine Fata Morgana, und er, Lew, hatte nicht gewusst, was er mit der Bombe anfangen sollte. Er versuchte, sich in dieser unerquicklichen Situation zu konzentrieren. Noch einmal von vorne. Wer hatte die Nachricht überbracht, der König wolle nach München aufbrechen, und wer hatte die Zündung der Bombe beschädigt? Dana hatte über den König berichtet. Seit er sie aus der Umgarnung dieser alten Wachtel befreit hatte, war sie störrisch und uneinsichtig gewesen. Immer wieder hatte er ihr gepredigt, nicht die Person, sondern die Institution König würde mit der Bombe vernichtet.

Doch Dana hatte immer widersprochen und ihm Sophismus vorgeworfen. Bereits in der kleinen Kapelle, als er sie mit kräftigem Ruck an sich gezogen hatte, war sie widerspenstig gewesen und wollte sich weigern, mit ihm zu gehen. Merkwürdigerweise hatte dieser Trottel von einem königlichen Diener blutend hinter dem Kirchlein gelegen. Sie wollte sich nicht dazu äußern.

Obacht! Es ruckte leicht an der Tür. Nur jetzt keine falsche Bewegung machen.

Sollte Dana die revolutionären Aktionen wirklich boykottiert haben, dann …

Er brauchte nicht weiterzudenken. Jeder in der schwarzen Bruderschaft wusste, was ihm dann blühte. Wir sind die Avantgarde der Revolution. Aus unserer Kraft wird die Freiheit entwachsen. Vor fast zehn Jahren war sein Idol ›Bakunin‹ in Bern gestorben. Lew hatte ihn leider nie kennengelernt. Jetzt war aus der Theorie die Praxis der Tat geworden. ›Der Feudalismus wird sterben und alle seine Vertreter werden mit ihm sterben. Das Alte muss untergehen, damit das Neue wachsen kann‹, hatte Bakunin gesagt.

Sie hatte sein Herz sofort erobert.

Als Lew Amanda zum ersten Mal sah, da verliebte er sich sofort in sie. Er lag im Bett mit einer Wunde am Bein, die immer wieder eiterte und ihn fiebern ließ. Seine Gastgeber, die ihn in ihrem kleinen Haus am Ufer der Wolga beherbergten, brachten sie zu ihm. Amanda las ihm vor. Es war der Roman ›Was tun?‹ von Nikolai Gawrilowitsch Tschernyschewski, den dieser als politischer Gefangener im zaristischen Zuchthaus geschrieben hatte. Jeden Morgen kam sie zur Visite, brachte ihm ein Glas Tee auf einem Tablett an sein Bett, und nahm danach den Roman zur Hand. Dazu trug sie stets ein hochgeschlossenes, bodenlanges schwarzes Kleid, mit einem kleinen weißen Kragen, der ihre Gesichtsblässe noch deutlicher erscheinen ließ. Sie hatte kleine Hände wie ein Kind und wirkte auch so auf ihn. Über sich sprach sie nicht, sie las, nickte ihm irgendwann zu, stand auf und ging hinaus, ohne ein Wort des Abschieds.

Eine gute Woche später, ehe Lew die Wahrheit sagen konnte, hatte sie bemerkt, dass er heimlich in seinem Zimmer auf und ab ging. Von da an las sie nicht mehr vor, sie spielten gemeinsam Schach.

Als er endlich begriff, dass sie ihn nur als Kameraden sah, da nahm er sich vor, sich nie mehr in seinem Leben zu verlieben. Er war in die Wolga gestiegen und hatte sich treiben lassen. Vielleicht wünschte er sich, zu ertrinken. Eines Tages gingen sie zusammen spazieren. Sie liefen ein Stück bis zu einem kleinen Fluss, der schon bald darauf in die Wolga floss. Auf einer kleinen Holzbrücke stand ein Kosakenoffizier mit einem Landmädchen, das er augenscheinlich neckte. Lew hatte nicht weitergehen wollen, um sich nicht der Gefahr auszusetzen, entdeckt zu werden, doch Amanda hatte sich bei ihm eingehakt und ihn einen Hasenfuß genannt. Als sie mit dem Offizier auf gleicher Höhe war, zog sie die Hand aus ihrer Rocktasche und hielt seine Pistole in der Hand, die er unter den Dielenbrettern in seinem Zimmer versteckt hatte. Es ging dann alles so schnell, dass er zu träumen glaubte. Sie hielt dem Kosaken die Pistole an den Hals und drückte ab. ›Tod dem Zaren!‹, rief sie, und er selbst hatte reflexartig die Zeugin über die Brüstung in das Flüsschen gestoßen. Es lief alles so ähnlich ab, wie sie es ihm zuvor aus dem Roman vorgelesen hatte.

Danach verlangte sie von ihm, in die Gemeinschaft der Revolutionäre aufgenommen zu werden. Zuerst einmal floh er mit ihr über die Wolga, und dann ging die Reise weiter nach Westen. Sie trafen auf einen polnischen Priester, der die zaristische orthodoxe Kirche hasste und sie durch das Gebiet der Ukraine mitnahm. Dort nannte Lew sie Dana, und so hieß sie auch heute noch für ihn.

Lew horchte nach draußen. Wie kann einer solange ruhig vor einer Tür stehen?, fragte er sich.

Dana hatte sich gewandelt. Kaum hatte er ihr ins Gewissen geredet, da presste sie die Hand gegen die Lippen und flüsterte: ›Es sind auch andere Leute noch Menschen.‹ Sie war eine so zierliche Person, dass er nur auf ihre Hände schauen musste, um sich wie ein verlogener Priester in der Katharsis zu fühlen. Sie verstand es, ihm ein schlechtes Gewissen zu machen.

›Du bringst uns alle in Gefahr‹, hatte er zu ihr gesagt. ›Ich meine das ganz ernst, Dana. Wir haben schon viel zu viele Genossen verloren. Du kannst doch nicht wirklich glauben, dass dich die Gesellschaft einfach so mir nichts dir nichts wieder aufnimmt, als kämst du nach einer langen Sommerfrische zurück in deine Stadt. Oder willst du zu Kreuze kriechen vor diesen Blutegeln, die dem Volk das Mark aussaugen?‹

Er bemerkte, dass er nicht mehr zu ihr durchdrang. Lew hatte in den Bergen eine einsame Jagdhütte aufgespürt, die sie als Unterschlupf nutzten. Dort hatte er sie schwören lassen, dazubleiben, bis er zurück war. Aber er glaubte ihr nicht mehr und ließ deshalb einen Genossen in einer Höhle unterhalb der Hütte auf sie aufpassen.

Lew beugte sich vorsichtig aus der Hocke auf die Knie. Die Muskulatur drohte zu verkrampfen und er durfte sich weiterhin auf keinen Fall bewegen. Irgendwann würden die da draußen aufgeben, sonst hätten sie längst den Stall gestürmt. Sie könnten in aller Stille eine Zündschnur legen und ihm den Stall über dem Kopf anzünden. Er versuchte, durch die Bretterwand an der Rückseite zu spähen. Es galt, Ruhe zu bewahren. Jetzt durfte er sich nicht selbst in Aufregung versetzen. Nichts geschah, gar nichts.

Das Jagdhaus, in dem er mit ihr wohnte, stand direkt zwischen zwei schützenden, dunklen Wäldern, die eine natürliche Grenze zwischen ihnen und den Bauern im Tal bildeten. Gleich gegenüber stand der Berg, der auf der anderen Seite Schloss Neuschwanstein trug. Er konnte sich bei Dana bedanken, denn er wollte gleich in der ersten Nacht ein Feuer anzünden. Es hätte sie natürlich verraten. Nebenan bot ein fließendes Wasser Erfrischung und er hatte ein Notlager in der Höhle angelegt, von wo sie sich Essbares holten. Lew hatte den Platz ausgewählt und mit den Genossen zu einem Fluchtpunkt ausgebaut. Dana hatte er gesagt, er habe sich irgendwo eingemietet, aber das gehörte zur Tarnung dazu.

Sein Genosse lebte in der Höhle. Man kannte sich aus der Schweiz und hatte gegenseitig keine Namen. Sie sprachen sich mit ›Du‹ an und das genügte. Lew hielt ›Du‹ für einen Italiener, wegen der krausen Haare und weil er nicht sehr groß war. Wenn es die Witterung zuließ, schlief Lew unter einer Wolldecke im Freien. Was ihn wirklich störte, war das elende Essen. Sie konnten sich nichts kochen, weil ein Feuer sie verraten würde wie der Gewehrschuss den Wilderer. Dabei konnte ›Du‹ gute Fallen bauen und man hätte sich einen Hasen oder ein Rebhuhn gönnen können.

Unmittelbar nach ihrem Eintreffen, begann Dana damit, sich auf lange Spaziergänge zu begeben. Da sie am Berg nicht geübt war und den Weg nur einmal hinaufgegangen war, machte Lew sich keine Sorgen wegen einer eventuellen Flucht. Sie kam auch immer zurück, beklagte sich regelmäßig darüber, dass es keine Bücher gab, zog sich in das Haus zurück und verweigerte seine Nähe. Er hatte den Eindruck, dass sie ihn ganz bewusst kränken wollte. Zwar hatte er ihr seine Liebe nie gestanden, aber es hieß ja, Frauen merkten so etwas. Lew wusste inzwischen, dass die Genossen recht behalten hatten, was die Frauen betraf. Ihre Nähe brachte Unruhe. Wohin er auch schaute, immer wenn ein junger Mann sich auf eine

Frau eingelassen hatte, endete das wie in einem Tollhaus und gefährdete die gesamte Gruppe. Natürlich hatten sie auch darüber gesprochen, wie präzise Frauen bei Attentaten funktionierten. Lew nahm gerne eine Frau mit, denn er wusste nur zu gut, wie gefährdet sein Leben war, wenn er sich auf einen der schwitzenden und nervösen Männer verließ. Aber eine Verbindung durfte es in seinem Leben nicht geben. Auch nicht mehr zu ihr.

14

Er musste aus diesem Schuppen heraus. Lew wünschte sich einen Hirschbraten und er hatte den Duft dieser Speise schon in der Nase. Aus den armseligen Hütten der Gegend konnte dieser Duft nicht stammen. Die Warterei machte ihn noch verrückt und der Hunger tat ein Übriges. Wieder lauschte er hinaus und hörte doch nur den Bach rauschen. Doch er war sich absolut sicher, dass da draußen einer auf ihn wartete. Lew versuchte, möglichst flach zu atmen. Dadurch bekam er die innere Ruhe und Anspannung, die er für eine Aktion brauchte, außerdem konnte er so seine lästigen Gedanken ausschalten. Man kann den Feind nicht besiegen, wenn man sich dessen Schmerzen vorstellte. Es war nicht unwahrscheinlich, dass er sich seine weitere Freiheit erkämpfen musste. Wenn sich der Gegner dafür entschied, sich auf die Seite der Feinde des Volkes zu stellen, dann musste er mit den Konsequenzen leben. Wenn Lew anfing zu zweifeln, dann erinnerte er sich an das Gemetzel der Soldaten gegen die Pariser Commune und an die Worte Michail Bakunins: ›Ich bin ein Anhänger der Commune von Paris, die, niedergemetzelt von den Henkern der monarchistischen und klerikalen Reaktion, im Blut erstickte.‹

Lew erhob sich bedächtig und versuchte dabei, keinen Holzscheit zu touchieren. Im Stehen prüfte er seine Beinmuskeln, bewegte sie vorsichtig, um sie wieder normal mit Blut zu versorgen. Um ihn herum war es absolut dunkel und der Weg zur Tür war sehr schmal. Er dürfte nichts übereilen. Eine übereilte Entscheidung und er war der Dumme.

Lew hatte nicht begreifen können, was in Dana vorgegangen war, nicht einmal dann, wenn sie etwas zu ihm gesagt hatte. Eigentlich ging sie ihm konsequent aus dem Weg. Jedenfalls blieb sie in allem ein Geheimnis, was sie mit ihrem Versteckspiel hinter der verschlossenen Tür des Jagdhauses noch unterstrich. Dana weigerte sich, über sich oder die Anwesenheit in dem Herrenhaus auch nur ein Wort zu verlieren. Eines Abends war es ihm plötzlich unmöglich gewesen, sich auch nur noch vorzustellen, was sie alles gemeinsam getan hatten. Da verspürte er große Lust, ihr so lange auf den Kopf zu schlagen, damit sie endlich redete. Er tat es nicht, natürlich nicht. Die Liebe war erloschen, aber er hatte Respekt vor dieser Frau. Er hatte vor wenigen Menschen Respekt, aber Dana gehörte dazu. Als sie ihm gesagt hatte, der König würde nach München reisen, da gab es keinen hitzigen Streit über die beabsichtigte Tat, doch ihre Augen wurden so leer, als er die Bombe verpackte. Lew wollte eine schnelle Entscheidung herbeiführen und nicht darauf warten, dass jemand anderes den bayerischen König liquidierte. Sie hatte es einmal erwähnt, dass man beabsichtige, den König verschwinden zu lassen, wie sie sich ausdrückte. Als er darüber gelacht hatte, war sie einfach gegangen. Es gab Nächte, in denen er dalag und davon überzeugt war, dass sie sich auf ihren langen Spaziergängen mit jemandem traf. Aber wer sollte das sein, in diesem unwegsamen Gelände? Einmal, hinter der kleinen Kapelle der Fürsten zu Wehen, da hatte sie ihm erzählt, der Adel verachte den König, weil der die blutrünstige Jagd verabscheue, da hatte er so etwas wie Sympathie herausgehört. Aber es konnte kein Weg daran vorbeiführen, wenn sie ihn auf eine falsche Spur gesetzt und die Bombe unfähig gemacht hatte. Er würde es nicht selbst erledigen, dafür hatte er ›Du‹, der in seiner Höhle wartete und sehr geschickt mit einem Würgestrick umgehen konnte. Tod allen Verrätern!

Lew tastete sich behutsam bis zur Tür. Dort blieb er stehen und lauschte erneut nach draußen. Er hörte Stimmen, die aber aus den umliegenden Hütten kamen. Er versuchte zu hören, ob jemand vor der Tür atmete.

Dann war er so weit. Mit dem angewinkelten linken Arm wollte er auf die Gasse springen, um den Feind abzuwehren, um dann aus dem Schwung heraus mit dem Messer in der rechten Faust zuzustechen, – und im Moment der Entscheidung dachte er an sie, Amanda. Dana war für ihn gestorben.

15

Die Strahlen der Sonne fielen nur in dünnen Fäden durch das Blätterdach der Bäume. Manchmal sahen sie aus wie knöcherne Finger aus Licht. Hin und wieder setzte sich ein Bündel aus Strahlen auf einen Fels oder in ein Nest aus Moos. Ein grauhaariger Wolf streifte herum und es schien so, als könnte er sich nicht entscheiden. Eine Armada aus Wolken schwebte heran und verdeckte die müde Sonne. Nun begannen die Bäume zu wispern. Eine Großmutter mit vielen alten Ästen fing an, ihre Geschichte zu erzählen und das mit den Worten: »Damals trug mich ein großer Vogel als Samenkorn über die Welt und legte mich hier auf den blanken Felsen.«

Amanda lag auf einem Bett aus Moosflechten, gleich neben hohen Farnbüschen, und schaute in den Himmel, obwohl sie ihn nicht sehen konnte. Sie sah ihn dennoch, auch die Großmutter Baum und die Welt der inneren Natur. Alles lebte und sie nicht. Es gab nichts mehr zu tun, und sie lief durch die Wälder und hatte inzwischen verstanden, dass es in dieser Welt mehr gab als nur eine große Anzahl von Bäumen. Da spürte sie körperliche Empfindungen, die sonst in ihr völlig abgestorben waren. Was tat sie hier? Wie lange würde es noch dauern, bis sie wie eine Irre die Bäume umarmen würde und darauf warten würde, dass sie mit ihr sprachen?

Grenzenlos erschien ihr inzwischen ihre Einsamkeit. In der Stille der Natur wurde das Leben langsamer. Zurück in die Stadt wollte sie auch nicht. Sie wollte aber gerne austauschen. Manchmal stand sie hinter einem Baum und sah die Menschen wie Ameisen auf den Feldern arbeiten. Dann stieg in ihr so etwas wie Neid hoch und sie wünschte sich, unter ihnen zu sein und am Abend mit ihnen in ihre Hütten gehen zu dürfen. Warum war sie nicht einfach eine Magd, die nicht viel wusste und auch nicht mehr vom Leben verlangte als eine winzige kleine Idylle mit Mann und Kindern?

Amanda lag da und dachte an jene, die sich für die Revolution geopfert hatten. Sie bekam Herzklopfen und Schuldgefühle, aber sie sah sich nicht mehr an ihrer Seite. Ihr Blut für euer Blut, das konnte sie nicht mehr leben. Sie schloss die Augen.

Einmal wöchentlich durfte Mader durch die Wälder streifen und alles aufsammeln, was der Wald so zu bieten hatte. Damit machte er sich in der Küche beliebt und auch Seine Majestät hatte sich bereits lobend über die Qualität der Fundstücke geäußert. Jedenfalls hatte der Helfer des Kochs das gesagt, und Mader sah keine Veranlassung, daran zu zweifeln. Inzwischen hatte er sich einige Fasaneneier gegriffen, die er in einem weichen Küchentuch vorsichtig trug, damit er sie nicht zerschlug. Gewiss war die gute Stunde bald um und er musste sich auf den Heimweg machen. Mehr Zeit stand ihm nicht zu, und so galt es nun, das Schloss so schnell wie möglich zu erreichen. Mader war gut zu Fuß und kannte sich mit den Wegen und Pfaden bestens aus. Gleichzeitig beobachtete er die Gendarmen unten im Tal, die in unangenehmer Regelmäßigkeit die Menschen belästigten und vor denen er sich in Acht nahm. Er konnte lesen, schreiben und ein wenig rechnen, also waren seine Berichte im Schloss willkommen und man machte sich heftige Sorgen. Es schien sich etwas anzubahnen, wovon er nichts wusste, aber er ahnte, worum es ging, nämlich um alles. Diesmal hatte er 16 Gendarmen gezählt, so viele wie nie zuvor.

Bei der Abzweigung zur Schlucht war ihm der alte Wolf über den Weg gelaufen. Der war inzwischen so müde geworden, dass er sich vor gar nichts mehr fürchtete. Mader war stehen geblieben, um ihm das Leben nicht noch schwerer zu machen. Der Wolf mochte keine Menschen und Mader verstand sehr gut, warum das so war. Er musste an einem Wald vorbei, dann ein paar Meter regelrecht kraxeln, bevor er in eine Senke kam und von dort den Weg hinüber zum Schloss fand.

Sie lag wie tot zwischen den Bäumen. Es war eine Distanz von kaum zehn Metern zwischen ihr und ihm. Natürlich hatte er sie sofort wiedererkannt. Fast wäre er vor Schreck gestolpert und hätte die Eier fallen gelassen. Wie kam sie auf diese Höhe? Das war nicht ihr Gebiet. Sie durfte im Garten spazieren gehen, mit einem Buch in der Hand, oder mit der Kutsche herumfahren, aber nicht hier oben sein. Seine Pflicht war es, so schnell es ging zum Schloss zu kommen. Er hatte seine Pflicht bereits verletzt, als er wegen ihr angehalten hatte, um sie anzusehen. Sie bewegte sich. Ihr Oberkörper beugte sich vor, als hätte sie es gespürt, dass sie jemand beobachtete. Mader sprang über mehrere Baumwurzeln und verschwand zwischen Jungholz und einigen Haselnusssträuchern.

Amanda sah den Diener des Königs davonlaufen und sie erstarrte. Jetzt hatte sie das Versteck verraten. Sie hatte gelernt, allem und jedem zu misstrauen, vor allem jenen, die besonders harmlos zu sein schienen. Dazu fiel ihr der blinde Mann am See in Genf ein, dessen Nähe sie immer gemieden hatte und der einen italienischen Genossen schnappte, als der ein Paket mit Sprengstoff übernahm. Es war ein Polizist, der sich als Blinder getarnt hatte. Der Diener würde von ihr berichten und sie musste damit rechnen, dass es nicht lange dauern würde und der Berg bei der Jagdhütte würde durchsucht werden. Er hatte sie bereits bei der Fürstin zu Wehen gesehen und sie ihn, als er ohnmächtig am Boden lag. So ein kräftiger Kerl, der umfiel wie ein Häschen vor der Schlange. Sie durfte kein Risiko eingehen und musste mit dem Kerl reden, den Lew unter dem Jagdhaus in einer Höhle untergebracht hatte.

Mader kam zu spät. Doch die Freude über die prächtigen Fasaneneier war größer als der Zwang, ihn zu bestrafen. Außerdem herrschte eine Unruhe im Schloss, die Mader ansteckte und die er sich nicht erklären konnte. Er sah eine ganze Reihe bewaffneter Männer und dann Graf Dürckheim, der eilig den Schlossberg hinunterritt. Mader löste den Diener Lindner ab und wartete, wie immer in erstarrter Haltung, vor den Gemächern des Königs auf Befehle. Es hieß zunächst, der König sei in München, dann wieder, er habe sich in das hinterste Zimmer zurückgezogen. Das alles hatte Mader nicht zu interessieren. Er stand an seinem Platz und wartete. Viele Monate hatte er gebraucht, bis er gelernt hatte, an nichts zu denken. Einfach nur dazustehen und im Kopf leer zu sein, das war die Kunst eines perfekten Lakaien. Mit ihr im Kopf ging das nicht mehr. Um ihn herum war es so still, dass er, wie von Zauberhand angerichtet, Effie auf dem Moosfeld liegen sah. Auch wenn er sich dieses Bild verbot und es zur Seite drängte, es kam ihm immer wieder vor die Augen. Sie lag da wie von Gottes Hand gestaltet.

16

Amanda wartete hinter einem Felsen auf ihn. ›Warte hier‹, hatte er gesagt und war den Berg hinab zu dem kleinen Gehöft geschlichen. Sie sah, wie er zurückkam und dabei einen Umweg machte, bevor er den Pfad zu ihr hinauf wiederfand. ›Du‹ legte Kleidungsstücke eines jungen Burschen vor sie hin.

»Anziehen. Als Frau fällst du zu sehr auf!«

»Sagst du mir deinen Namen?« Sie sah ihn fest an.

»Nein.«

Gemeinsam beobachteten sie aus ihrer erhöhten Position, wie Fürst zu Wehen in einem Einspänner in die Allee einbog. Ihm folgte ein Trupp bewaffneter Männer zu Fuß. Von der anderen Seite sprengte ein Reiter in hohem Tempo heran. Schnell hatte er den Wagen erreicht. Die bewaffneten Männer blieben auf der Allee, während der Fürst und der Reiter direkt auf sie zuliefen.

»Duck dich tief hinab, ich werde mich anschleichen und belauschen, was da unten geredet wird.«

Amanda rutschte in eine Senke und begann sich umzuziehen, nachdem er sich davon gemacht hatte. Die Sachen passten ihr, doch sie konnte einen gewissen Ekel nicht unterdrücken. Aber er hatte recht. Wenn sie über Land zogen, durfte sie nicht aussehen wie eine junge Dame. Neben ihr lag ihr Kleidersack, den sie unter ihren Kopf schob, und aus Langweile öffnete sie Lews Sack und ihr fiel eine alte russische Bibel entgegen. Die muss seiner Mutter gehört haben, schloss sie aus dem Namen, der auf der ersten Seite geschrieben stand. Neugierig öffnete sie die Seiten, zwischen die, wohl als Lesezeichen, ein Blatt Papier gelegt worden war. Es interessierte sie, welche Seite er zuletzt gelesen hatte. Aber es handelte sich nicht um ein Lesezeichen, sondern um einen Brief und dieser Brief war an sie gerichtet. ›Nach meinem Tod für Dana‹, stand dort etwas melodramatisch, und Amanda konnte sich nicht beherrschen. Sie entfaltete das Papier und sah seine gestochene Schrift.

›Ich habe dich nie angerührt. Licht kann man nicht fassen. Deine Lippen waren mein Russland. Deine Augen seine Felder. Und ich kann unser Russland durch dich weiter lieben. Ich singe, wenn ich an dich denke. Deine schwarzen Haare sind wie die samtene Nacht. In deiner Helligkeit wärmte ich mich wie unter der Sonne. Aber ich werde dich niemals umarmen, denn du bist nicht dazu da, festgehalten zu werden. Nun, in den Stunden nach meinem Tod, erfährst du diese Wahrheit. Lew.‹

Amanda wurde es kalt. Das hätte sie niemals lesen dürfen, niemals.

17

»Ich habe Sie nicht verstanden, Fürst. Würden Sie Ihre Worte noch einmal wiederholen.« Dürckheim war stehen geblieben.

Doch Fürst zu Wehen blieb in seinen Gedanken und hörte nicht zu.

»Es gibt zu viele Imponderabilien, die mich verwirren.«

Dürckheim schaute zur Allee, wo der Wigg mit seinen Söhnen und einem Dutzend Männern wartete. Sein Pferd tänzelte nervös neben den fremden Männern.

Plötzlich pfiff der Fürst und zwei Jagdhunde sprangen aus seinem Wagen und rannten auf ihn zu.

»Hier ist etwas im Busch, das spüre ich«, sagte der Fürst und hielt wie ein Hund die Nase in den Wind. Dann kam er aber doch auf das eigentliche Thema zurück.

»Nun, also. Wo war ich stehen geblieben? Ah ja. In der Eisenbahn traf ich den Abgeordneten Stegmüller. Sie können sich nicht vorstellen, was das für ein Charakter ist. Ein Fähnchen im Wind ist gegen den eine Respektsperson. Er sagte zu mir, ihm seien nun doch Zweifel gekommen, ob der Lutz und seine Minister tatsächlich in ehrlicher Mission unterwegs seien. Er habe ja gewusst, dass sie die Journalisten im Reich heimlich mit Material gegen den König versorgt haben, und die sich dann an der Propaganda um die Verrücktheiten seiner Majestät beteiligten und das Volk entsprechend beeinflussten. Nun habe man aber Hunderte von Befehlen Seiner Majestät, die er durch seine Lakaien der Regierung überbringen ließ, auf Verrücktheiten untersucht und absolut nichts gefunden, was diese Behauptungen untermauern könnte. Mit anderen Worten, ihnen fehlen die Beweise.«

Dürckheim blieb stehen und beobachtete die Hunde, die ziemlich zielgenau auf eine kleine Anhöhe im Hintergrund fixiert zu sein schienen.

Wurden sie beobachtet? Wundern würde es ihn nicht.

Der Fürst war noch nicht zu Ende mit seinem Bericht.

»Inzwischen haben sich die Minister heimlich mit Bismarck in Verbindung gesetzt, erzählte Stegmüller. Man sagte, er wolle sich nicht in die Angelegenheiten Bayerns hineinziehen lassen und empfahl, den Landtag bestimmen zu lassen, damit es nicht wie ein Putsch von oben aussieht. Das würde im Volk nicht gut ankommen, das ja, im Gegensatz zu den Ministern, nicht zum Reich gehören will.«

Graf Dürckheim betrachtete den alten Fürsten, der in seiner ziemlich neuen Gebirgsjägeruniform und dem riesigen Gewehr etwas lächerlich aussah.

»Ich fürchte, es gibt im Königreich bereits zu viele, die an diesem Deutschen Reich geradezu einen Narren gefressen haben, vor allem seit dem Sieg über Frankreich«, antwortete der Graf.

Der Fürst wollte das nicht gelten lassen.

»Hier ist nun einmal Bayern. Was soll das denn sein? Ohne das viele Geld von Bismarck würde hierzulande niemand einen Gedanken an das Reich verschwenden. Jetzt haben sie alle Angst, ihre Posten zu verlieren, denn dann gibt es auch kein Geld mehr aus Berlin. ›Sie sagen zwar‹, sagte Stegmüller, ›wir brauchen im Konzert der europäischen Nationen ein einiges Deutsches Reich, aber die Wahrheit liegt in ihren Geldbeuteln.‹«

»Aber was sagt nun der Landtag? Majestät war ihm gegenüber immer höchst aufgeschlossen, anders kann ich das nicht sagen.«

Der Fürst nickte zustimmend.

»Stegmüller berichtete, die Minister befürchten, dass der Landtag dem König das Geld bewilligen könnte, und das wollen die Minister mit allen Mitteln verhindern.«

»Ich denke, das Land ist finanziell absolut erschöpft.«

Der Fürst hob wie drohend den Zeigefinger.

»Frankreich blutet an den Reparationszahlungen aus und in Bayern stöhnt ein jeder über die vielen Steuern. Es bleibt immer eine Frage, wie die Regierung das Geld verteilen will. Wer für Lutz ist, der kann mit Freundlichkeiten rechnen, wer dagegen Seiner Majestät treu bleibt, dem steht ein gewisser Schmalhans ins Haus. Sie haben versucht, sich Zeugen gegen den König zu verschaffen, aber es will ihnen nicht recht gelingen.«

Diese Aussage interessierte Graf Dürckheim nun besonders.

»Wer ist auf Ihre Seite übergegangen, Fürst?«

»Sprechen wir von den Anständigen, lieber Graf. Da hat der Stegmüller zunächst einmal Sie genannt, den Sekretär des Hofes Bürkel, auch die Kammerlakaien Mader und Mayr, die eine Aussage gegen den König verweigert haben. Man wollte einen Schwur von den anderen bezüglich gleichgeschlechtlicher Taten des Königs, aber das hat sogar dieser Judas Graf Holnstein verweigert. Nun haben sie nur noch den Irrenarzt Gudden und dessen Höflinge. Bei der tiefen Gläubigkeit dieser bürgerlichen Unkultiviertheit vor akademischem Geschwätz scheint mir das die gefährlichste aller Bedrohungen gegen Seine Majestät zu sein.«

Dem war wohl zuzustimmen. Graf Dürckheim sah, dass die Hunde sich entspannt hatten. Offenbar war der Spion aus dem nahen Unterholz verschwunden.

»Ohne die Zustimmung des Landtages wäre die Regierung Lutz am Ende«, stellte der Graf fest.

»Ratten beißen nur dann, wenn sie sich in Todesangst wähnen. Dieser Stegmüller schwankt, weil er befürchtet, alles zu verlieren, wenn er sich für die falsche Seite entscheidet. Und der ist nicht allein.«

»Bismarck wird einen Austritt Bayerns aus dem Reich niemals erlauben«, antwortete Graf Dürckheim.

Der Fürst begann auf eigentümliche Art zu wippen.

»Es gibt nur Österreich, Graf, dort sind unsere Cousins und Cousinen. Unsere Majestät hat Kaiserin Elisabeth einmal Bayern als Erbteil versprochen, damit, wenn Prinz Rudolf auf den Thron kommt, dieser Kaiser von Österreich und Bayern werden kann.«

»Das gäbe Krieg mit Preußen.«

»Dann Frankreich und Österreich zusammen.«

Das Gespräch drehte sich im Kreis und daher verstummten der Fürst und der Graf.

Der Wind aus den Bergen hatte sich gelegt. Der Himmel war gesäumt mit Wolken, die der Sonne am Rockzipfel hingen. Wolken, hellblau eingefärbt, die der Höhenwind auseinandertrieb und zu langen glänzenden Schnüren werden ließ. Die Natur begann, ihre ganze Fülle zu entfalten, und der Duft der Berge schwebte hinab zu den Menschen, die sich für dieses Jahr eine prächtige Ernte wünschten.

»Das alles ist sehr bedauerlich«, meinte Fürst zu Wehen und betrachtete seine Hunde. »Zuvor war ein Mensch hinter dem Hügel, nun dürfte sich dort oben ein Bär aufhalten.«

Graf Dürckheim wollte wieder konkret werden.

»Die Regierung hat sich im letzten Jahr an Prinz Luitpold gewandt, um ihn zu überreden. Damals hat der Alte nicht zugesagt.«

»Das ist alles sehr bedauerlich, weil die Söhne Luitpolds anders denken und einer von ihnen gerne König spielen möchte. Ich glaube, dieser Teil der Wittelsbacher ist dem Reiz der gebotenen Aussicht erlegen. Der Prinz ist gerade 65 geworden, was die Gier seiner Kinder erklärt.«

Graf Dürckheim wollte nicht länger nur theoretische Überlegungen mit den Fürsten anstellen. Etwas musste geschehen!

»Wie viele Männer stehen Gewehr bei Fuß, Fürst?«

»Allein bei mir hier sind es wohl an die 200. In der Gesamtheit kommen sicher 1.000 zusammen, allerdings lässt die Bewaffnung zu wünschen übrig. Die Gendarmen verfügen über die neuesten Gewehre.«

Also Krieg. Graf Dürckheim musste tief durchatmen. Der Überbringer dieser Schmerzensbotschaft dürfte sich damit bei Seiner Majestät keine Meriten verdienen. Wie sollte er das seinem König beibringen? Er schloss kurz die Augen und atmete hörbar aus.

Kühnes helles Sonnenlicht überflutete den grünen Flecken unterhalb des Hügels. Eine Taube schwebte heran, landete neben Brombeerbüschen und schaute sich neugierig um. Im Frühsommer würden hier wieder Nachtigallen anschlagen. Gleich dort oben nisteten sie, wo die Füchse sich zur Nacht anhörten, als würden sie lachen.

Dürckheim kehrte in die Realität zurück.

»Und Fürst von Kast, was konnte er berichten?«

Fürst zu Wehen musste das Sonnenlicht meiden und lief direkt unter eine alte Eiche, die etwas breitbeinig unterhalb des Hügels stand. Der Graf folgte ihm.

»Der Fürst wird nach England gehen. Er nannte eine seiner heiratswilligen Töchter als Grund. Einerlei! Offenbar hatte er einen Informanten aus der Nähe des Ministerpräsidenten. Sagt Ihnen der Name Georg Arbogast Freiherr von und zu Franckenstein etwas?« Der Fürst wartete die Antwort nicht ab, sondern beantwortete seine Frage gleich selbst.

»Natürlich kennen Sie ihn. Ich habe ihn manchmal

bei der Frühmesse in Sankt Bonifaz gesehen, ihn und seine spätere Gemahlin, eine Marie von Öttingen-Wallerstein. Ihre Mitgift war exorbitant.«

Der Fürst stand da, blieb nachdenklich in sich versunken und rieb sich erst das Kinn und dann die Augen.

»Wann war das? Sie trafen sich heimlich in der Kirche, auf ein intimes Geflüster. Ich glaube, sie haben noch vor dem Krieg gegen Preußen geheiratet.«

»Was wollten Sie mir vom Fürsten von Kast berichten?«, hakte der Graf, ungeduldig geworden, nach.

Dürckheim schaute in das fahle Gesicht des alten Mannes und ahnte, dass dem Fürsten die Sonne nicht bekam. Kurz darauf lief dieser wortlos zu seiner Kutsche, stieg hinein und ließ das Ross antraben. Der Graf nahm sein Pferd, befahl den bewaffneten Männern, sich unterhalb des Schlosses gut zu verteilen und ritt dem Fürsten nach, wobei er fast einen Flickschuster umgestoßen hätte, der plötzlich auf der Allee aufgetaucht war. Hinter dem Hundehaus saß der Fürst auf einem Baumstamm und hatte seine Beine bis zu den Knien in einem Wasserbottich stecken. Ohne weiter auf die Unterbrechung des Gesprächs einzugehen, setzte er seine Rede fort.

»Im März oder April hatte Lutz den Freiherrn Franckenstein zu sich eingeladen. Offenbar ging es nicht früher, weil der Freiherr Abgeordneter in Berlin ist. Wobei dessen Familie eigentlich immer in österreichischen Diensten war. Von seinem Vater weiß ich das genau. Die Franckensteins sprechen grundsätzlich nur von ›unserem Kaiser‹, wenn sie Wien meinen und nicht die Pruzzen. Lutz wollte, so wie er es bei vielen anderen auch gemacht hatte, die Position des Freiherrn ausforschen.«

Eine Magd kam über den Hof und trug ein Tablett mit Erfrischungen. Solange sie in der Nähe war, sprachen die Männer nicht weiter.

»Sie ist erst 13, aber außerordentlich klug. Wäre sie ein Bursche, ich würde sie in eine Klosterschule geben«, äußerte der Fürst.

Man trank gut gekühlten Weißwein und der Fürst warf einen Stein nach zweien seiner Hunde, die sich zu verbeißen drohten.

»Lutz war natürlich nicht alleine. Die Minister Feilitzsch und Crailsheim waren auch anwesend. Man lenkte das Wort sogleich auf die Person des Königs und erklärte ohne Umschweife, der König müsse abgesetzt werden und sein Nachfolger würde Prinz Luitpold sein, der das Kabinett so belassen würde wie es war, mit Lutz an der Spitze. Das ist ihnen besonders wichtig. Nun wissen wir, der Freiherr Franckenstein ist kein glühender Verehrer Luitpolds, den er wohl eher für einen enthaltsamen Kopf hält. Sofort stimmte man ihm zu und belehrte ihn, der zukünftige Regent habe erklärt, sich der zukünftigen Regierungsarbeit zu enthalten.«

»Als Prinzregent will er seiner Familie den Thron sichern«, meinte Dürckheim.

Der Fürst benötigte erneut eine Pause. Er schnaufte arg und versuchte, sich ein nasses Tuch auf den Kopf zu legen. Das Ganze hatte etwas Skurriles an sich und Dürckheim schaute in die Landschaft, um den derangierten Fürsten nicht in Verlegenheit zu bringen. Da der Fürst keine Sitzgelegenheit in der Nähe hatte, musste der Graf die ganze Zeit stehen bleiben. Nach einer Weile hatte Fürst zu Wehen sich ein wenig erholt.

»Nur weil sie als Wittelsbacher geboren sind, müssen sie noch lange keine Edlen im Geiste sein. Ganz anders scheint mir das mit dem Freiherrn Franckenstein zu sein. Man nannte ihm also den angeblichen Irrsinn des Königs und wollte wissen, ob er sich der Meinung der bayerischen Regierung anschließen würde. Franckenstein erwiderte, dass er das, was die Herren als Irrsinn bezeichneten, eher Fantasie und Kunstliebe nennen würde. Allerdings war er der Ansicht, Seine Majestät müsse mehr Disziplin zeigen und sich seiner Pflichten bewusst werden.«

Erneut entstand eine Pause. Der Fürst schloss die Augen und fiel in einen kurzen Schlaf. Während sein Pferd mit den Hufen scharrte, schaute der Graf über die Landschaft und entdeckte den Flickschuster, der von der Allee hinüber in die kleine Dorfstraße abgebogen war. Er wunderte sich darüber, denn zu dieser Jahreszeit brauchten die Dörfler kein Schuhwerk, außerdem könnten sie ihm nichts bezahlen. Er würde gerne einmal wieder die Ebene durchreiten, doch stattdessen stand er neben einem schlafenden Fürsten und wartete auf möglicherweise wichtige Informationen. Es ging schließlich um die Existenz des Königreichs Bayern und er hatte sein Pflichtgefühl.

»Nun ja, da waren die Herren natürlich kompromittiert!», rief der Fürst plötzlich und lachte laut.

Dürckheim nickte eifrig und er sah, wie die Fürstin mit ihrem Hofmann Stauder in der Tür erschien.

»Lutz sagte dem Freiherrn Franckenstein, man sei auf das Urteil einer Koryphäe angewiesen und nicht sie, sondern der Medizinalrat Doktor von Gudden habe mehrfach dezidiert und auch schriftlich dargelegt, der König sei eindeutig närrisch. Man möge doch nicht glauben, eine solche Persönlichkeit wie es Doktor Gudden sei, habe da etwa leichtfertig etwas zu Papier gebracht. Man selbst sei doch auf guten Rat angewiesen und ansonsten bei dem Urteil nicht inkludiert gewesen.«

Oh, welche Feiglinge da am Werke sind, dachte Graf Dürckheim, denn er wusste ja, wer die Beurteilung Seiner Majestät in Auftrag gegeben hatte.

»Am Ende seiner Ausführung hat der Freiherr Franckenstein gesagt, es verwundere ihn schon sehr, dass man nach fast 25 Jahren seiner Regentschaft nun erst bemerke, dass der König seinen ganz eigenen Kopf und seine ureigene Art habe, wie er eine Majestät zu sein verstehe. Weshalb kommt man erst jetzt zu der Überlegung, dass man damit nicht einverstanden ist?«

Der Fürst musste husten und spuckte ungeniert neben den Brunnen. Dann nahm er die Füße aus dem Trog und hielt sie in die Sonne.

»Damit aber noch nicht genug. Freiherr Franckenstein schlug den Ministern vor, Seiner Majestät ein weiteres Gesprächsangebot zu machen, und wenn dieses erneut abgelehnt würde, dann geschlossen zurückzutreten. Davon allerdings wollten die Herren absolut nichts hören.« Der Fürst lachte laut auf und hustete erneut.

»Ist Freiherr von Franckenstein auf unserer Seite?«, fragte Graf Dürckheim.

»Das ist nicht sicher. Er gilt in Berlin durchaus als Vertrauter Bismarcks. Fürst von Kast erzählte, dass er ihn nach der Unterredung mit seiner Kutsche zur preußischen Botschaft gefahren habe. Dabei sprach er darüber, dass er die Herren Minister fragte, weshalb eigentlich niemand in den letzten eineinhalb Jahren Seine Majestät über die prekäre Finanzlage aufgeklärt und entsprechende Änderungen verlangt habe. Sie blieben die Antwort schuldig.«

Weil sie längst andere Pläne haben, war sich Dürckheim sicher. Der stämmige Stauder griff dem Fürsten unter den Arm und führte ihn langsam zum Haus, während die Fürstin vorwurfsvolle Blicke um sich warf.

»Ich lege mich nur in den Salon, wenn Sie mir nichts vorlesen, Madame!», rief der Fürst seiner Gemahlin zu.

Graf Dürckheim stieg auf sein Pferd und ritt im gestreckten Galopp zurück zum Schloss Neuschwanstein. Nichts war schöner, als sich mit seinem Tier einmal richtig zu verausgaben. Er ging in seine Unterkunft und legte sich nieder. Es war dringend an der Zeit, dass er mit dem König sprach und ihm die Lage erläuterte.

Lies in der Vergangenheit deines Lebens. War das die Stimme des Vaters? Was wird werden, wenn dich dein Sein nicht mehr tragen kann, weil du zu dem wirst, was du nicht willst? Hat das alles einen Sinn? Courage allein ist etwas für den Augenblick, ein Opfer zu bringen ist nicht mehr als das. Es geht nicht um die Situation, es geht um deine Art, dich in ihr zu bewegen. Was beherrscht dich? Die Pflichterfüllung, oder bist du nur so, weil du dich von deiner untreuen Frau trennen musstest? Du betrachtest dich nicht mehr, mein Sohn, du lebst nur noch vor dich hin. Vater, wo bist du?

Ich stehe in einem Boot und lasse mich über das Meer treiben. Der Mensch, der sich beherrschen lässt, verliert seinen Geist, mein Sohn. Vater, so warte!

Graf Dürckheim sprang hoch und blickte in das völlig verdutzte Gesicht des Dieners Mader.

»Majestät wünscht die Anwesenheit des Grafen Dürckheim, Herr Graf.«

Sofort war er bereit und lief zu den Gemächern des Königs hinüber. Erneut waren die Räume völlig abgedunkelt und auch der Vorhang teilte den Raum wieder ab. Nur eine einsame Kerze brannte und unter ihr lag, auf einem Samttuch, ein Brief. Das Ganze war so drapiert, dass er darüber stolpern sollte, und so lenkte er seinen Blick auf die offen daliegenden Zeilen und erkannte, dass die Kaiserin Elisabeth Seiner Majestät einen Brief geschrieben hatte.

»Die Kaiserin kommt nach Possenhofen«, informierte der König. »Man soll das Schreiben verbrennen. Mir ist wieder einiges zu Ohren gekommen und ich bin geneigt, mich dem albernen Theater zu entziehen. Wenn man mir den Sinn meines Lebens nehmen will, werde ich zurücktreten.«

Dürckheim hatte eine solche Aussage nicht zu kommentieren, zumal sie in der Vergangenheit immer wieder einmal geäußert worden war. Er schwieg selbstverständlich. Der Graf hörte an den Schritten, dass der König zum Fenster ging. Damit war die Audienz beendet und er durfte sich zurückziehen.

18

»Den Brief«, sagte der König, »verbrennt den Brief. Es gibt zu viele ruchlose Augen und Ohren im Haus. Man will sich an meinem Unglück weiden. Wie war der Name dieses Hohlkopfs, der den Schmutzkübel ausgegossen hat?«

»Das war der Diener Welcker, Majestät.«

»Niemandem kann man wirklich trauen.«

Dürckheim entzündete den Brief der österreichischen Kaiserin an der Kerze und ließ ihn langsam verbrennen, ohne ihn aus der Hand zu legen. Danach platzierte er das verkohlte Papier auf dem Samttuch und öffnete die Tür.

»Zieht die Diener ab und lasst keinen Menschen in die Nähe meiner Räume. Ich will niemanden mehr sehen.«

Als Dürckheim gegangen war, hing der König seinen Gedanken nach.

Was ist das Höchste, das der Mensch erreichen kann? Doch nicht zu fressen und sich zu paaren und dazwischen zu plappern wie ein summender Fliegenschwarm über einem Haufen Pferdemist. Oh ja, sie lieben es, ihre Jauche auszugießen und sich das Maul zu zerreißen, deshalb muss man ihre Nähe meiden. Sie tanzen um das goldene Kalb und sind verblendet in ihrer Hybris. Allein zu sein bedeutet, sich ihrem Schmutz nicht auszusetzen. Es ist allein die Kunst, die den Menschen zum Menschen macht. Oder ein Blick hinauf zu den Sternen, die sich still summend wie Bienen um einen Blütenkelch bewegen und eine Unendlichkeit bieten, wie es kein Mensch jemals vollbringen wird. Es ist am Ende nur ein einziges Bild, ein herrlicher Ton der Musik, der ewig bleiben wird. Alles andere ist morgen bereits Vergangenheit, auch die Quälgeister und bösen Gedanken. Vielleicht wäre eine Reise nach Possenhofen der richtige Entschluss, um einmal wieder frische Luft zu atmen und mit Elisabeth zusammen zu sein, der treuen Freundin.

Der König legte sich zu Bett und wünschte sich auf die Roseninsel. Man trachtete danach, den bayerischen König in den Wahnsinn zu treiben. Er schloss die Augen.

Graf Dürckheim vertrieb sämtliche Bedienstete aus der Etage und erhielt an der Treppe die Nachricht, dass im kleinen Saal ein Herr auf ihn warte. Tatsächlich stand ein Mann im Halbdunkel und räusperte sich, als er eintrat.

»Was wollen Sie?«

»Der Fürst von Kast, dessen Advokat ich bin, trug mir auf, mich unbedingt bei Ihnen einzufinden und Ihnen das zu übermitteln, was er mir befohlen hat, zu erzählen. Er selbst befindet sich auf einer Reise nach England.«

»Meine Zeit ist sehr begrenzt«, antwortete Graf Dürckheim.

»Selbstverständlich. Es ist nur so, dass der Fürst darüber informiert wurde, dass Freiherr von und zu Franckenstein bei einigen Ministern war. Man wollte ausloten, welche Gesinnung der Freiherr habe, da er ein enger Vertrauter des Reichskanzlers Bismarck ist.«

»Das ist mir bekannt«, reagierte Dürckheim etwas unwirsch. »Sie sagten mir Ihren Namen noch nicht, auch halte ich keine Karte von Ihnen in der Hand. Aus welchem Grund sollte ich Ihnen glauben?«

»Ich bin untröstlich«, antwortete der nervöse Mann, »aber ich reise inkognito und muss mich vorsehen, dass ich mein Büro in München nicht verliere. Es sind keine guten Zeiten, verehrter Herr Graf.«

Graf Dürckheim war nicht bereit, sich unter diesen Umständen länger mit dem ihm unbekannten Herrn zu beschäftigen.

»Ich schätze keine Informanten, die hinter heruntergelassenen Visieren mit mir reden wollen.«

»Das verstehe ich nur zu gut. Aber dann werden Sie, verehrter Herr Graf, davon gehört haben, dass die Regierung ihren Botschafter zu Berlin, Graf Lerchenfeld-Koefering, mit einem Auftrag zum Herrn Reichskanzler Bismarck geschickt hat.«

Darüber wusste Dürckheim nichts und so neigte er sein Ohr zu den Lippen des Advokaten, da dieser nur noch sehr leise sprach. Der Graf schob ihn in die äußerste Ecke des Raumes.

»Bismarck zeigte sich eher skeptisch«, tuschelte der Advokat. »Ihm gefiel die ganze Art der Vorgehensweise nicht. Bismarck erwartete den Rücktritt des gesamten Kabinetts, um den Eindruck persönlicher Gründe für das Tun erst gar nicht aufkommen zu lassen.«

»Da kennt er aber die Herren in München nicht«, antwortete der Graf.

»Genau so ist es. Lutz wollte davon natürlich nichts wissen.« Der Advokat wischte sich mit einem Schnupftuch den Schweiß von der Stirn.

»Was haben sie ausgeheckt?«, wollte Dürckheim wissen.

»Lerchenfeld fühlte bei Reichskanzler Bismarck vor, und der war von dem Gesamtbild wenig angetan. Er sagte deutlich, dass ihm diese Art des Vorgehens überhaupt nicht gefiele. Statt sich mit den Schulden und dem König öffentlich im Landtag zu beschäftigen, überlässt man das Urteil einem Irrenarzt und veranstaltet eine Geheimniskrämerei, die auf ihn wie eine Palastrevolution wirke. Für ihn, so sprach Bismarck, nimmt sich die Sache aus, als wollte man den König schlachten.«

Graf Dürckheim glaubte, sich verhört zu haben und drängte den Advokaten noch tiefer in die Zimmerecke, was diesen ein wenig in Panik versetzte.

»Sagte er tatsächlich ›schlachten‹?«

»Fürst von Kast verfügt in der bayerischen Botschaft zu Berlin über beste Quellen«, antwortete der Advokat pikiert. »Der Reichskanzler beharrte darauf, dass jeder Eindruck, es geschehe vielleicht aus persönlichen Motiven heraus, und vor allem das Aufkommen jedweder negativer Gerüchte vermieden werden müssen, denn das würde Prinz Luitpold einmal bitter zu spüren bekommen.«

Graf Dürckheim dachte an den Brief, den Seine Majestät mit Datum vom 19. Mai vom Reichskanzler bekommen hatte. Besonders der letzte Satz darin war ihm in Erinnerung geblieben: »Es gibt für jetzt keine andere Hilfe als diejenige, welche Eure Majestät in Allerhöchsten eigenen Mitteln und Entschließungen finden können.»

Das waren die Worte eines angeblichen Freundes, der Seine Majestät nun fallen gelassen hatte.

»Man erzählte Bismarck, die Gründe für die Entscheidung der Minister sei nicht in erster Linie die leidige Geldangelegenheit. Das Land sei vielmehr in Unruhe über die geistige Zerrüttung des Königs und Bayern drohten daher unberechenbare Gefahren, die dem Reich nicht einerlei sein dürften. Das bewegte den Reichskanzler und er antwortete, wenn es den Ärzten so ernst sei und sie es schriftlich belegen würden, sodass es quasi unabänderlich sein würde, dann könne sich das Reich nicht negativ zu der bayerischen Entscheidung stellen. Alles müsse aber, darauf legte Bismarck besonderen Wert, wirklich bewiesen sein. Um den Irrsinn Seiner Majestät zu belegen, zeigte man dem Reichskanzler einen Brief des Königs, in dem dieser die Deportation eines seiner Diener nach Amerika verfügte.«

Graf Dürckheim schüttelte sich angeekelt.

»Die gleichen Herren, die eine Dienerschaft zum Ungehorsam und zur Falschaussage gegen den König bewegen, bestreiten das Recht Seiner Majestät, solche Kreaturen aus seinem Gesichtsfeld zu verbannen. Wie maßlos soll das noch alles werden?«

Der Advokat erschrak über die Eruption des Grafen und duckte sich ängstlich.

»Herr Graf, ich kann nur zustimmen«, murmelte er. »Bismarck allerdings ließ es als Beweis gelten. Allerdings blieb er dabei, dass dieses Geheimnisgetue und das gesamte Vorgehen der Regierung nicht seinen Vorstellungen entsprach. Auf jeden Fall will er sichergestellt wissen, dass weder Preußen noch das Reich bei der Angelegenheit Schaden nehmen. Damit entließ er den Botschafter, der sofort Außenminister Crailsheim Bericht erstattete.«

»Man wird also die Causa im Sinne Bismarcks vor den Landtag zerren?«

»Aber nein, Lutz war sofort gegen diese Option. Man wollte lediglich erfahren, wie sich die Reichsregierung verhalten wird.«

Graf Dürckheim hatte mit dieser Antwort gerechnet.

»Ihr meint Preußen. Mit einfachen Worten gesprochen, man plant einen Putsch und Berlin schaut zu!», rief Graf Dürckheim zornig.

»Sie sagen, es ginge in ihrer Entscheidung darum, das rätselhafte Verhalten und die Sinnestäuschungen des Königs zum Schutze des Monarchen von Ärzten zu behandeln und ihn vor der Meinung des Volkes zu bewahren, denn die Menschen wollten ja keinen Verrückten als König haben. Und somit solle Schaden vom Vaterland abgewendet werden.«

Der Advokat hüstelte. »Ich komme nun zur eigentlichen Begründung meiner Anwesenheit. Fürst von Kast lässt ausrichten, dass die Regierung eine Fangkommission eingerichtet hat, um Seine Majestät aus Schloss Neuschwanstein abzuholen.«

Graf Dürckheim verlor die Beherrschung und schlug dem Überbringer der schlechten Nachricht hart in das Gesicht, wie er es sonst nur mit unflätiger Dienerschaft tat, sodass der Advokat nun vor ihm auf dem Boden lag und wimmerte. Schnell zog er ihn zu sich hoch, schleifte ihn zu einem Stuhl vor den Kamin und eilte hinaus, um Wasser zu holen, und klatschte dem armen Mann ein nasses Tuch in das Gesicht, um ihn aus einer vermuteten Ohnmacht zu holen. Der erschrak daraufhin und wischte sich das Blut von der Nase.

»Doktor Gudden hat alles unterschrieben und dazu noch drei weitere Ärzte verpflichtet. Der König sei völlig dem Wahnsinn verfallen, soll geschrieben stehen, und somit wäre die Regierung zum Handeln gezwungen.«

Graf Dürckheim entschuldigte sich nicht, er hatte den Kopf voll mit anderen Dingen. Nun konnte er Seiner Majestät die Dramatik der Lage nicht weiter vorenthalten. Der Advokat zappelte vor Angst und rief seine Worte nun laut in den Raum.

»Sie berufen sich auf die Absonderung Seiner Majestät aus dem normalen Leben und auf seinen Hang zur Kunst, ohne dass er ein Künstler ist. Auch von der regelmäßigen Melancholie wurde berichtet.«

Dürckheim hatte sich wieder unter Kontrolle.

»Also ist die Liebe zu den schönen Künsten eine allgemeine Krankheit?

Auch der Rückzug aus einer verlogenen und hinterhältigen Gesellschaft ist mithin etwas zutiefst Verwerfliches? Man kann einen Hirsch so lange vor sich hertreiben, bis er sich vor Todesangst umwendet und seine Peiniger angreift, die ihn natürlich mit der Begründung töten werden, ein tollwütiges Tier erlegt zu haben. Majestät ist kein Vieh, das man zur Parforcejagd freigibt.«

Graf Dürckheim streckte sich und schritt soldatisch durch den Raum. Nun stand er vor der schwierigsten Artikulation in seinem Leben.

»Kann ich Ihnen in irgendeiner Weise königlichen Schutz gewähren?«

Der Advokat, froh nun endlich entlassen zu sein, sprang geradezu zur Tür.

»Ich habe ein gutes Alibi. Einen Termin bei Gericht in Füssen. Meine Papiere sind einwandfrei. Gott befohlen.«

Damit war er verschwunden und Graf Dürckheim bemerkte das nicht einmal. Sie waren also auf dem Weg hierher. Allein mit Gottvertrauen war das nicht mehr zu regeln. Plötzlich kam in ihm ein starkes Misstrauen auf. Was aber, wenn dieser Kerl ein Provokateur der Regierung war und er auf das Gerede hereinfiel? Wie sollte er sich dem König erklären, wenn er ihn nun damit belästigen würde?

Der König stand im Nachtgewand mitten im Raum und schwenkte mit den Armen.

»Mir war immer klar, es wird einen vorgefertigten Verrat geben. Die Stunde der Verderber ist nahe. Bevor der Tod auf die Schwelle tritt, ruft er Gott zu, dass er nun gleich die Ernte einfährt. Einmal lief ich über eine bunte Wiese, neben mir eine junge Frau, die sich angstvoll vor dem nahen Wasser verhielt. Ihre schlanke Gestalt bog sich geschmeidig, wie es Frauen tun, die nicht geküsst werden wollen. Wussten Sie, Graf Dürckheim, dass die Kaiserin Elisabeth Gedichte schreibt? Man hält das in Wien für eine lästige Schrulle und macht ihr überhaupt das Leben schwer. Manchmal sucht mich in der Nacht ein Prophet auf, der wie ein Kurzsichtiger umhergeht und nichts tut, als von den Trompeten vor Jericho zu schwatzen. Und dann erwartet dieses Münchner Gesindel, dass ich nur noch die Papiere unterschreibe, die sie vorgefertigt haben, und anschließend winkend in der Kutsche herumfahre. Ich habe keinen großen Vorrat an Leben mehr in mir. Sollen sie doch machen, was sie wollen und mich in Ruhe lassen. In meiner Einsamkeit ist kein Platz für diese profanen Gehirne.«

Graf Dürckheim betrachtete die Szenerie mit gesenktem Kopf. Nun hatte er es endlich ausgesprochen und der König war nicht weiter überrascht gewesen. Es gab keine Tarnung mehr.

Seine Majestät hatte offensichtlich wieder von dem schweren Wein getrunken und noch keinen Schlaf gefunden. »Noch einmal. Ich werde niemanden empfangen und schon gar keinen, der im Auftrag dieser Bande von Verrätern aus München unterwegs ist. Das Schloss wird abgesperrt und man soll Gendarmen aus Füssen zur Verstärkung anrücken lassen und die umliegenden Dörfer alarmieren. Wie grell das Licht scheint. Ist es Tag? Ich benötige Ruhe, denn der Schlaf trägt die Weisheit in sich.«

Graf Dürckheim zog sich zurück. Er kam ihm so vor, wie er es einmal an sich selbst erlebt hatte, als er tagelang allein gewesen war und mit niemandem hatte sprechen können. Wie schwer war es ihm danach gefallen, die ersten Sätze herauszubringen. So schien es ihm nun bei Seiner Majestät zu sein, der eher mit sich selbst gesprochen hatte als zu ihm. In ihm gab es keine Ruhe mehr.

Der König trat an das Fenster und versenkte sich in seine Gedanken, bevor er hinauf zum dunklen Himmel sah. Der Abend zeigte sein Bild, und der Wind wurde feuriger. Wolken eilten dem Mond nach, als suchten sie Schutz in furchtsamer Erwartung eines göttlichen Donnerwetters. Große Segler schnellten über den Himmel und tanzten zwischen den Wolkenmauern umher. Der Himmel zerriss und voluminöse Tränen tropften herab, und am Firmament zeigten sich unbeschreibliche Gebilde, wie aus der Hölle geboren und zur Erde gesandt. Es gab ja die Sonne noch, doch die Nacht war schließlich zu seiner Welt geworden. Er dachte: Also bin ich verrückt. Wenn ich lache, bin ich verrückt. Weine ich, bin ich verrückt. Otto, der arme Bruder, leidet nicht, er lacht zu oft. Aber was ist das, verrückt sein? Sie haben auf alles eine Antwort, das glauben sie wirklich, und sie hätten beim Turmbau zu Babel auch sämtliche Beteiligten für verrückt erklärt. Nur an eines denken sie nicht, dass nämlich sie die Verrückten sind, die ein Leben voller eintöniger Fadheit für etwas Normales halten. Alles ist letztlich einerlei. Die Erde dreht sich und sie dreht sich und alles wird einmal vergessen sein. Es wäre gut, zu vergessen. Wenn dies nur nicht so schwer wäre.

19

Professor Miller suchte fast schon verzweifelt seine Brille, die er, und das konnte er beschwören, vor einer Minute erst auf seinen Schreibtisch gelegt hatte. Sie war aber nicht an diesem Platz, und das war ihm völlig unerklärlich. Draußen ging ein kurzer Schauer nieder und lenkte ihn ein wenig ab. In wenigen Minuten würden zwei Patienten zu ihm kommen, ehemalige Offiziere mit ihren Amputationen aus dem Frankreichkrieg, die über starke Schmerzen klagten, und zwar in den Gliedern, die sie gar nicht mehr hatten. Besondere Sorge machte ihm ein Afrikareisender, der mit einer unbekannten Fiebererkrankung im Krankenhaus lag und bei jeder Visite ununterbrochen von lachenden Hyänen erzählte. Es war möglich, dass er sterben musste, und er hatte sich die Krankheit in Afrika geholt, um einmal lachende Hyänen zu hören. Der Professor schüttelte den Kopf, als er seine Brille schon fast vergessen hatte, fand er sie unter einer Akte liegend, die ihm nicht gehörte. Er setzte die Brille auf und sah, dass ihm ein Unbekannter heimlich einen Bericht über die Geisteskrankheit des Königs auf den Tisch und auf seine Augengläser gelegt hatte, weswegen er seine Brille nicht mehr hatte finden können. Es war nicht sein akademisches Feld, diese Sache mit den Geisteskrankheiten, und er schätzte den Kollegen Gudden auch nicht besonders, weil er dessen arrogante Art absolut ablehnte. Er beschloss, den Bericht nicht zu lesen, und machte sich auf den Weg in sein Behandlungszimmer, als ein schriller Schrei, von einer jungen Schwester ausgestoßen, als hätte sie den

Teufel persönlich gesehen, ihn aus seinen Gedanken riss. Sofort rannte er in das Krankenzimmer, aus dem der Schrei gekommen war. Sein fiebernder Patient lag in seinem Schweiß und zitterte. Als der Professor näher an das Bett herantrat, sah er, dass dem Kranken Beulen die Haut verunzierten, die aufplatzten oder schon aufgeplatzt waren. Aus den Öffnungen rannten Dutzende kleiner Spinnen über den Körper. Er rief nach den Pflegern, um das Problem hygienisch zu lösen, denn eine wirksame Behandlung gab es nicht.

Der Abend verlief ruhig und beschaulich. Professor Miller hatte mit Frau und Kindern gespeist, sich allerlei Geplauder angehört und sich mit einem Glas Weißwein in sein Arbeitszimmer zurückgezogen. Der Bericht Guddens lag auf dem Schreibtisch und es gelang ihm nicht, sich auf seine Lektüre zu konzentrieren. Er erinnerte sich, wie er seinen Kindern verboten hatte, diese ›Gassengeschichten‹ über des Königs Ehelosigkeit zu verbreiten. Sie waren ihm zu gewöhnlich gewesen, um sie nicht gleich als unanständig und primitiv zu deklarieren. Diese Sprache der Gosse duldete er nicht in seinem Haus. Bei ihm hatte die Verweigerung der Ehe keinerlei Irritationen hervorgerufen. Eher war das Gegenteil der Fall gewesen. Monarchen hatten zu heiraten, wenn es dem Thron und dem Land diente, gleichgültig ob sie die Gewählte für abscheulich hielten oder nicht. Auf persönliche Animositäten wurde keine Rücksicht genommen. Nun hatte sein König sich früh entschlossen, der Ehe absolut zu entsagen und damit erreicht, dass man sich das Maul über ihn zerriss. Er hielt sich nicht an die bürgerlichen Spielregeln, hatte sich noch nie daran gehalten. Da er nun schon so intensiv über den König nachdachte, konnte er auch gleich den Bericht lesen. Also setzte sich der Professor an seinen Schreibtisch und begann die Zeilen zu studieren. Zunächst einmal stieß ihm auf, dass Gudden, der als ›königlicher Obermedizinalrat‹ unterschrieben hatte, Grashey, einen von ihm abhängigen Arzt, mit unterschreiben ließ. Außerdem gab es keine zweite Meinung einer anderen Autorität. Besonders aber die Formulierung, Seine Majestät sei für unheilbar zu erklären, machte ihn ebenso stutzig wie die Tatsache, dass aber auch wirklich gar nichts Entlastendes über den König gesagt wurde. Da wurde geschrieben, Seine Majestät leide bereits seit Jahren an einer Paranoia. Das würde allerdings bedeuten, dass sich die Regierung jahrelang keinerlei Gedanken darüber gemacht hatte, einem Wahnsinnigen zu dienen. Von der Möglichkeit oder der Aussicht einer Behandlung stand auch nichts zu lesen. Das empfand er als Arzt als besonders prekär. Natürlich war Gudden, so kannte er dessen Persönlichkeit, völlig von sich überzeugt, sodass es für ihn gar nicht in Betracht kam, noch einen auswärtigen Kollegen zu beauftragen, wenn er selbst zu helfen außerstande war. Nein, es war so überdeutlich, dass es nur um ein Urteil ging, nicht um irgendeine Art von Attest, das einem Patienten helfen sollte. Man hatte sich mit dieser Paranoia allerdings eine brave Metapher gewählt, mit der sich alles und jedes analysieren ließ. Im Grunde genommen könnte man mit diesem Begriff jeden Menschen belegen, denn Angstzustände, Selbsttäuschungen oder Verfolgungswahn kamen häufig vor, da brauchte er nicht lange über die Flure seiner Krankenanstalt zu gehen oder durch die Gassen seiner Stadt, um mit dem Finger auf entsprechende Personen zeigen zu können. Und die

Frage nach dem Größenwahn des Königs war mit der Gegenfrage nach dem Größenwahn des Herrn königlichen Obermedizinalrats von Gudden zu beantworten. Ihre Zeugen gegen den König waren eitel gekränkte Beamte, Hofschranzen, Pferdeknechte und Diener, die alle auf die eine oder andere Weise von dem guten Willen der Regierung abhängig waren. Fürst von Kast hatte ihm erzählt, wie verwundert sich Bismarck über den vermeintlichen Wahnsinn Seiner Majestät gezeigt habe, und dass er gesagt hätte, er habe davon nie etwas bemerkt. Darauf habe man ihm geantwortet, genau das sei ja das Geheimnis dieser Krankheit, dass der Verrückte völlig normal wirke. Nein, diesem Gutachten fehlte jede Art von ärztlicher Ethik. Es war ein Pamphlet der Macht. Sie hatten nicht einmal den Versuch gemacht, den König zu befragen. Und selbst wenn der König, wie man ihm erzählte, häufig in tiefe Melancholie versank, warum wollten die Herren ihm nicht helfen, sondern ihn nur schnell und bequem loswerden? Es war ein Spiel um die Macht und der Gudden war ihr willfähriger Diener, der vom Schreibtisch aus Urteile sprach.

Professor Miller stand am Fenster und überlegte, weshalb man ihm diesen Bericht zukommen ließ. Er konnte doch nichts tun. Auch kannte er keinen Kollegen, der es sich mit der Regierung verscherzen wollte. Er musste sich eingestehen, dass ihm seine Hilflosigkeit gegenüber dem König peinlich war. Sicher gab es andere Möglichkeiten, sich mit dem König auseinanderzusetzen. Was konnte er tun?

Gegen Mitternacht erschien ein Bote und rief ihn zum Patienten mit der lachenden Hyäne und den Spinnennestern unter der Haut. Gleich auf dem Flur stürmte die

Familie des Kranken auf ihn zu. Einen Priester hatten sie auch gleich mitgebracht. Der verschwand aber schnell wieder, als Professor Miller ihm vorlog, die Krankheit des Afrikareisenden sei ansteckend. Der Professor wünschte am Krankenlager keine übereilten Reaktionen der Familien, da sie damit den Patienten nicht halfen.

Der gleiche Mann, der vor wenigen Stunden vor Fieber zitterte, kam nun in die Kälte des Todeshauchs und lag völlig ruhig da. Bei einem dem Tode Geweihten, so auch hier, gab es keine Sprache, in der man sich artikulieren konnte, in der man den Angehörigen die Wahrheit über den Zustand des Kranken mitteilen konnte. Professor Miller versuchte, ohne Gefühle zu bleiben und den Knoten noch nicht aufzugeben, durch den der Leidende noch mit dem Leben verknüpft war.

»Jemand ruft.« Der Kranke sprach sehr leise. »Der Sinn des Lebens ist es nicht, einen Zweck zu erfüllen. Vielmehr geht es darum, die Muschel vom Strand aufzuheben, die mir die Welle des Sees vor die Füße gespült hat. Und plötzlich sah ich die Weite bis hinter die Sonne, es erfüllte mich so, dass es mir in der Seele widerhallte. Man muss allen Schätzen entsagen und es tun, ohne einen Verlust zu spüren. Besitz zerstört das Reich Gottes. Gott lacht über uns, weil wir für ein Warenlager voll Krempel und allerlei bunter Stoffe unsere Leben aufs Spiel setzen. Ich kann mein Herz sehen, wie es leuchtet.«

Nach den letzten Worten fiel er in eine tiefe Ohnmacht.

»Ist er tot?« Eine junge Frau stand plötzlich an seinem Bett.

»Hinaus!», rief der Professor.

»Ich bin die Verlobte«, antwortete die junge Dame

keck. »Es würde mir missfallen, wenn er stürbe. Alles ist für die Hochzeit in Aufruhr geraten und ein neues Haus steht bereit. Ist er nun tot oder nicht? Ich habe morgen einen Empfang in meinem Elternhause.«

»Ihn behütet nun ein Schweigen, welches wir noch nicht enträtselt haben, dem er jetzt dient, der muss noch seine Antwort geben«, antwortete der Professor.

»Ich verstehe keine Silbe«, sagte die Dame.

»Vermutlich ist das auch besser so«, erwiderte der Professor und schob die Verlobte aus dem Raum.

Gegen Morgen kam Professor Miller zur endgültigen Diagnose, dass die lachende Hyäne, wie er den jungen Mann inzwischen für sich nannte, eine Krankheit mit dem Namen Malaria aus Afrika mitgebracht hatte. Nach einem letzten Rundgang verließ er das Krankenhaus und trat hinaus in die helle Morgenfrische. Statt aber nach Hause zu gehen, um zu ruhen, nahm er sich eine Kutsche und fuhr hinüber zum Haus des Fürsten von Kast, den er für den Übermittler der Abschrift des Gudden-Urteils hielt. Er musste über diese Angelegenheit mit jemandem sprechen, um sein Unwohlsein in dieser Sache vielleicht überwinden zu können.

Vor dem Anwesen traf er Graf Rott zu Turrig und mehrere Lastwagen und Möbelträger. Er benötigte einen Augenblick, um die neuen Besitzverhältnisse zu verstehen. Geistesgegenwärtig beantwortete er die Frage nach dem Grund seines Besuchs mit einer gewissen Unpässlichkeit der Dame des Hauses. Eine bessere Lüge fiel ihm auf die Schnelle nicht ein. Dieser grobschlächtige Klotz biederte sich bei den Möbelträgern an, indem er aus hohen Krügen Bier in Becher abfüllte und verteilte.

Er zog den Professor in die Villa und strahlte über seinen Prunk und den augenscheinlich jungen Reichtum.

»Wir müssen mit der neuen Zeit gehen«, sagte Graf Rott und sah dabei in seiner Kleidung aus wie einer der Budenschreier auf dem Oktoberfest.

Er wies mit dem Zeigefinger nach draußen.

»Diese Kerle schuften gerne, das liegt ihnen im Blut. Aber in der Nacht möchte ich keinem von ihnen begegnen. Alles Sozialdemokraten, die uns entweder die Kehle aufschlitzen oder mit Bomben in die Luft sprengen wollen. Man muss sie scharf unter Kontrolle halten, sagte unser Minister Feilitzsch.«

Graf Rott zu Turrig hatte sich einen Rittersaal eingerichtet. Professor Miller staunte über die grandiose Stillosigkeit. Was sollte die höhlenähnliche Unterkunft ausdrücken? Dass man vom Germanen zum Raubritter mutierte? Er mochte diesen neuen Hang zum Barbarischen nicht. Ihm lag das Römische mehr als dieses angeblich germanische Erbe.

»Na, was sagen Sie, Professor!», rief der Graf, über sich selbst begeistert.

»Nun ja, es ist vollkommen anders als vorher.«

»Das will ich wohl meinen. Dieses französierende Nachgeäffe der alten Adelsfamilien ist vorbei. In wenigen Jahren beginnt ein neues deutsches Jahrhundert und das Alte muss endlich verschwinden.«

Fürst von Kast war bereits verschwunden, dachte sich Professor Miller und versuchte ein Lächeln. Es war ihm unangenehm in diesen Räumen zu sein, aber er konnte unmöglich einfach davonrennen. Er hatte durchaus ein wenig Furcht vor dieser zur Schau getragenen Grobheit und der damit einhergehenden Prahlerei. Dieser zum

Freundeskreis des Polizeiministers Feilitzsch gehörende Graf schien ihm an List und Durchtriebenheit durchaus zum Kreis der Täter um Julius Cäsar zu passen, wie sie von Shakespeare beschrieben worden waren.

»Haben Sie den Kerl schon aufgeschnitten?«, rief Graf Rott und knallte dem Professor einen Bierkrug vor die Nase.

»Sie meinen?«

»Die Wasserleiche. Heute Morgen fand man eine Leiche am Isarstrand und die Polizei ist der felsenfesten Überzeugung, dass es ein Anarchist ist, der lange schon per Steckbrief gesucht wurde.«

»Sie verwechseln mich mit unsrem Professor Strecker, der ist für die gefundenen Toten zuständig.«

Professor Miller spürte, dass der Graf ihn ausforschen wollte, und daher trank er nur sehr zögerlich, zumal es auch noch sehr früh am Tag war.

Zu seiner Entspannung rief ein Vorarbeiter den Grafen vor das Haus, sodass er sich auf das Verhör einstellen konnte. Er konnte sich denken, worum es gehen würde, und tatsächlich fiel der Graf nach seiner Rückkehr auch gleich mit der Tür ins Haus.

»Man ist unterwegs nach Neuschwanstein, den König abzuholen und an einem sicheren Ort unterzubringen. So konnte das auch nicht mehr weitergehen.«

»Was Sie nicht sagen«, antwortete der Professor jovial entspannt, aber in seinem Inneren brodelte es.

»Irgendwann ist der Bogen überspannt und die Geduld am Ende. Der König hat es sich mit allen verdorben. Sagen wir es glatt heraus, er hat uns alle verhöhnt. Man saß mit ihm bei Tisch und statt den Worten der Anwesenden zu lauschen oder eine kleine Freundlichkeit erkennen zu lassen, hatte er vor seinen Platz ein Blumenarrangement aufstellen lassen, damit er niemanden der Anwesenden ansehen musste. Das ist doch kränkend und empörend!», rief der Graf impulsiv.

»Davon hörte ich noch nichts«, antwortete der Professor ausweichend.

»Sind Sie katholisch?«

»Das denke ich doch.«

»Und was sagen Sie, wenn der König die Ansicht vertritt, das Volk solle nur brav dem Glauben treu bleiben und Trost im Jenseits suchen, für die Gebildeten wären die veralteten Ansichten allerdings ungenügend? Das ist nicht mehr hinnehmbar. Er denkt, er stünde wie ein Gott über allen und dürfte auf uns spucken.«

Der Graf hatte sich vehement in Wut gebracht und seine kleinen Schweinsaugen stierten erwartungsvoll auf den Mund des Professors.

»Was sagte denn die Mutter Kirche dazu?«

Graf Rott hörte nicht zu und setzte seine Tirade fort.

»Auch zeigte es sich, dass sein Verhalten immer unsinniger wurde. Er achtet unsere Bräuche nicht, lässt nur gelten, was er selbst für wichtig hält.

Selbst in Wien, wo man die Kaiserin schon seit Jahren für ziemlich verschroben hält, gilt der König als verrückt.«

»In Wien? Müssen wir das gelten lassen?«

»Für mich begann sein Abstieg mit der Siegesparade nach dem Krieg gegen Frankreich. Jeder liebte die tapferen Soldaten, die mutig gekämpft hatten, und wir verneigten uns vor den Toten, weil der Tod fürs Vaterland sie geadelt hatte. Unser Monarch allerdings war der Ansicht, er müsste dem Volk die Krüppel und Witwen zeigen und ließ sie Aufstellung nehmen und dem Volk und seinen Soldaten sagen, ich bin ein Gegner des Krieges. Irrsinn ist das!«

Damit knallte er seinen Bierkrug auf den Tisch und wischte sich das Gesicht ab. Jetzt hätte Professor Miller dem Choleriker gerne etwas über die schwierige Behandlung der Kriegsamputierten erzählt und über den ständigen Geldmangel, aber das unterließ er lieber.

»Ich muss zurück zu meinen Kranken. Sie entschuldigen mich, Herr Graf, die Fürstin benötigt meine Hilfe nicht mehr.«

Graf Rott zu Turrig hatte sich nicht mehr unter Kontrolle.

»Gar nichts entschuldige ich. Die Diener des Königs werden sich noch wundern, wenn sie nicht endlich zur Vernunft kommen und die Sache der Regierung unterstützen. Denken Sie nicht, niemand von uns wüsste, warum der wendige Fürst von Kast die Stadt verlassen hat.«

Graf Rott fixierte den Professor.

»Die Regierung hat mit den bayerischen Zeitungsverlegern eine Vereinbarung, damit niemand auf die Idee kommt, den König und seinen Wahnsinn zu entschuldigen. Jeder Mann, der sich noch für seinen Diener hält, wird sich die Finger verbrennen. In Zukunft dienen wir alle dem Staat und nicht mehr einer Person. Es lebe das Deutsche Reich!«

Das war eine Drohung. Professor Miller verbeugte sich und ging grußlos hinaus. Was erlaubte sich dieser Schweinskopf. Der Professor umlief die schweren Kaltblüter und die Lastwagen, bestieg seine Kutsche und musste sich erst einmal beruhigen.

Auf der anderen Seite der Isar weitete sich eine Schotterebene aus, mit leuchtenden Kieseln, aus dem Gebirge herabgespült. In der Mitte stand ein Baum, an dem ein Mensch aufgehängt hing. Sein Gesicht war dem Professor zugewandt, Blut lief aus Mund und Nase, die verzerrten Gesichtszüge entstellten ihn schrecklich. Als der Professor näher hinsah, erkannte er den Toten. Er war es selbst.

Geängstigt fuhr Professor Miller aus seinem Kurzschlaf hoch. Er war völlig übermüdet und das Geschwätz des Grafen war ihm durch Mark und Bein gedrungen. Er wollte seine Einstellung nicht ändern, aber das bedeutete, er würde zukünftig noch vorsichtiger sein müssen als er es sowieso schon war. Die Treue zu seinem König konnte nicht durch Gerüchte und üble Behauptungen beseitigt werden. Aber da sprang ihn etwas aus der Erinnerung an, was der Behauptung über die Verrücktheit des Königs eine Antwort geben könnte. Wann hatte ihm der vormalige Kabinettsekretär Friedrich von Ziegler die Sache mit dem Chloralhydrat erzählt? Zu dieser Zeit lebten seine Eltern noch, fiel dem Professor ein, also musste es um 1883 gewesen sein. Richtig, er hatte noch seinen Vater nach den Wirkungen des Chloralhydrats befragt und war in seiner Meinung bestätigt worden. Ziegler hatte ihm später erzählt, er habe den König daraufhin vor der ständigen Einnahme dieses Schlafmittels gewarnt. Was aber, wenn der König Chloralhydrat fortwährend eingenommen hatte? Das wäre medizinisch völlig verantwortungslos, und sofort stellte sich dem Professor die Frage, wer dem König das Mittel verordnet hatte. Der König wird es kaum selber hergestellt haben. Wer ließ einen Menschen, dem das Wissen über die verheerende Wirkung dieser Stoffe nicht bewusst sein konnte, trotzdem damit umgehen? Die Wirkung hieß Narkose und nicht heilsamer Schlaf. Damit einhergingen Übelkeit und Magenprobleme. Außerdem erzeugte es innere Unruhe, Gereiztheit und Überdrehtheit, die eine Person wie verrückt erscheinen lassen konnten. An die Schäden an Herz, Leber und Nieren gar nicht zu denken. Herzrhythmusstörungen und eine tödliche Atemlähmung gehörten ebenso zu den Gefährdungen durch eine ständige Einnahme von Chloralhydrat. Wer trug also die Verantwortung der Verschreibung, wenn der König etwas gegen seine Schlafstörungen bekommen wollte? Oder war es Absicht? Konnte es nicht sein, dass dieses so häufig beschriebene, merkwürdige Verhalten Seiner Majestät aus der Einnahme Chloralhydrats entstanden war? War das ein von langer Hand vorbereiteter Komplott, den König wie einen Wahnsinnigen erscheinen zu lassen? Oder war man, nachdem die Wirkung auf die Psyche des Königs bekannt geworden war, erst auf die Idee gekommen?

Kein Wunder, dass Seine Majestät die Nacht zum Tage machte und sprunghaft auf seine Umgebung wirkte.

Da der Professor dem Kutscher keinerlei Anweisungen gegeben hatte, fuhr dieser ihn zurück in die Klinik. Zur Überraschung Millers kniete ein junges Mädchen vor dem Bett der lachenden Hyäne. Der Mann schlief tief und hatte seine Totenblässe fast zur Gänze verloren. Das Mädchen schien ihm eine Wäscherin oder eine Blumenmagd zu sein. Der Professor trat an sie heran.

»Hast du dich im Zimmer geirrt?«, fragte er recht freundlich.

Das Mädchen sah aus verweinten Augen zu ihm hoch.

»Du darfst hier nicht sein. Seine Familie wird gleich erscheinen und seine Verlobte. Mach dich nicht unglücklich.«

Professor Miller ahnte, worum es hier ging, und er wusste, dass dieser junge Mann entweder ein Hallodri war, der keinen Rock ausließ, oder einer Liebe anhing, die mit seinem Stand nicht vereinbar war.

»Machen Sie ihn wieder gesund, gnädiger Herr«, sagte das Mädchen.

»Ich würde eine Hand dafür geben.«

Jetzt war es an der Zeit einzuschreiten und das verliebte Kind aus dem Krankenhaus zu entfernen. Sie sah ihn aus treuen Augen an.

»Gewiss, ich bin sehr traurig, weil ein junges Mädchen, das zärtlich, schamhaft und voller Vertrauen liebt, ausgelacht wird, wenn es einen zerschlissenen Rock trägt und rot geriebene Hände hat. Mein Verhalten ist unsinnig und vergebens, sagte man zu mir. Es darf doch nicht sein, dass ich nur deshalb nicht mehr lieben soll, weil meine Liebe von Beginn an bedroht ist. Es ist mir egal, wenn er die ihm Versprochene heiratet, nur soll auch er mich weiterhin lieben, mehr will ich nicht. Dann ist mir alles recht und ich werde mich fügen. Wenn Sie mir meinen Schatz heilen, Herr Doktor, will ich tapfer alles ertragen, was man mir antun wird. Nicht einmal der Tod wird mir meine Liebe entwinden können.«

Professor Miller empfand Mitleid mit dem Mädchen, aber das änderte nichts an der notwendigen Maßnahme.

»Du musst jetzt gehen, Kind.«

Brav stand sie auf, knickste und ging hinaus.

Professor Miller ließ sich nach Hause fahren und sinnierte über Treue. Dabei kamen ihm die Worte des Grafen Rott in den Sinn, dass auch er in Zukunft Diener eines Staates statt eines Mannes sein sollte. Wie konnte man einem Popanz dienen? Es würde in etwa dem entsprechen, was der gute Schiller mit dem Zwang zum Gruß des Geßlerhutes gemeint hatte. Treue nur dem König! Mit diesem Gedanken schlief der Professor ein.

Überraschend bedeckte sich der Himmel. Der Wind sprang von Baum zu Baum und rüttelte im Geäst. Woher kam das Gelächter? Die Schatten der Nacht schienen sich in der Stunde geirrt zu haben. Die Wiesen leuchteten nicht mehr grün, sie schimmerten nun blauschwarz. Ein Vogel ließ sich im Wind treiben und spielte mit ihm. Mit Leichtigkeit fuhr er hoch hinauf, um gleich darauf wie ein Stein zu fallen und sofort wieder scheinbar stillzustehen. Am Waldhang beugte sich ein Baum tief herab, als wollte er den unberechenbaren Mächten seine Unterwerfung bekunden. Von den Geheimnissen der Natur ahnten nur jene etwas, die genau hinsahen. Der Wind ließ nach und überließ den Himmel wieder hellen Wolken. Eigentlich war gar nichts geschehen.

Jemand kam aus dem Birkenwald und lief geradewegs auf den Dorfanger zu. Im Dorf war niemand zu sehen. Der Mann setzte einen Schritt vor den anderen, so wie jemand, der das Marschieren gewohnt war und ohne zu denken einfach lief und lief. Als er das Dorf betrat, da sprang ein Knabe auf den Platz und rief: »Es lebe der König!«

Der Flickschuster sah nicht einmal hoch und lief einfach immer weiter.

Hinter dem letzten Heuschober im Dorf rissen ihn zwei unrasierte Gestalten zu Boden. Der Flickschuster lag auf einer schmalen Wiese, unangenehm gequetscht, durch seine enge Kleidung behindert für jede Abwehrbewegung. Er war fast acht Tage als Flickschuster verkleidet über Land gezogen. Drei Offiziere befahlen ihm, aufzustehen, und er sah die Burschen böse an, die ihn niedergeworfen hatten. Nie im Leben sind das Polizisten, dachte er, da können sie noch so schöne Uniformen tragen.

»Name?«

»Vogl. Polizeiagent.«

Einer der Burschen tastete seinen Anzug ab. Es kümmerte ihn wenig, dass er sich auch eigenhändig hätte ausweisen können. In seiner Joppentasche knisterte etwas. Der Bursche zog es hervor und reichte es einem der Offiziere. Es war sein Marschbefehl.

»Mitkommen!«

Man fuhr in hohem Tempo bis vor das alte Schloss Hohenschwangau, wo die Uniformierten sich zurückhielten und nur zwei Offiziere zu einer Gruppe fein gekleideter Städter hintraten, die sich über das für den Abend vorgesehene Souper unterhielten. Vogl kannte keinen der hohen Herren und blieb dort stehen, wo man ihn hingestellt hatte.

Er hörte, wie die Herren über die Sitzordnung der abendlichen Tafelrunde berieten und sich fröhlich in der Landschaft bewegten. Minister Crailsheim, die Grafen Holnstein und Törring, sowie Legationsrat Rumpler waren selbstverständlich die Ranghöchsten, ihnen folgte der Oberstleutnant Freiherr von Washington, sowie Obermedizinalrat Gudden und sein Assistenzarzt Dr. Müller.

Man entschied, dass auch die mitgebrachten Irrenpfleger an einem eigenen Tisch mitessen durften. Die Tischgesellschaft wurde für Mitternacht verabredet und Vogl hörte, dass es sich bei den Herren um die angekündigte Fangkommission handelte, die den König aus Neuschwanstein holen sollte.

Vogl wurde mit einem Mal nach vorne geschoben und man legte ihm eine schlecht gezeichnete Karte vor, die den Berg rund um das Schloss Neuschwanstein zeigte. Akribisch zeichnete er, wie von ihm verlangt, die Stellen ein, an denen er bewaffnete Männer entdeckt hatte.

»In den Dörfern sind fast alle Burschen und Männer bewaffnet«, sagte Vogl ergänzend.

»Habe ich Ihnen das Wort erteilt?« Der Offizier gab sich arrogant.

Vogl fragte sich, woher sie kamen, denn sie sprachen wahrlich kein Bayerisch und waren mit absoluter Sicherheit auch keine Polizisten, sondern Soldaten.

Die hohen Herren schienen sich aber für die bewaffneten Bauern, von denen Vogl berichtete, überhaupt nicht zu interessieren. Man sprach ausschließlich über das ›Souper de sa Majesté le Roi‹ zur Mitternacht. Vogl verwunderte das Auftreten der Herren sehr, aber hier war er ein Niemand. So kam es, dass man ihn bis zur weiteren Verwendung in eine Kammer neben dem Servierraum abschob, von wo aus er das siebengängige Menü beobachten konnte. Die hohen Herren ließen zehn Flaschen Champagner kalt stellen. Dazu kamen am Ende noch 40 Maß Bier mit auf die Rechnung. Vogl las die Speisekarte immer wieder. So etwas hatte er noch niemals aus der Nähe gesehen. Was war ein Consommé aux nouilles? Wie schmeckte eine Truite à la Hollandaise? Oder Poulet marengo? Auch eine Terrine de foie gras kannte er nicht.

Was mochte ein Cuissot de Chevreuil rôti sein? Asperges, davon hatte er gehört, das war Spargel. Doch eine Crème à la vanille aux framboises war ihm fremd. Vogl stibitzte den einen oder anderen Rest von den zurückgebrachten Tellern und verbrachte eine ziemlich ungewöhnliche Nacht. Er grübelte nicht weiter darüber nach, wie die Regierung hier mit dem ihr anvertrauten Geld umging. Erst als die dicke Bedienerin des Grafen Holnstein ihm erzählte, die Rechnung ginge an den König, da kam ihm ein kurzer Gedanke an hier vollbrachtes Unrecht, aber er war ein Befehlsempfänger und hatte keine eigenen Gedanken zu haben. Gegen Morgen musste er hinaus und wartete im Freien auf das Weitere. Drüben am Berg sah er das Schloss Neuschwanstein. Wenn ihr wüsstet, grollte er innerlich, aber auch diesen verqueren Gedanken verbot er sich.

Nachdem er gute zwei Stunden stehend im Freien verbracht hatte, kamen zwei Offiziere und sprachen über die Verbringung des Königs nach Linderhof. Vogl hatte es gehört, machte aber ein stumpfes Gesicht.

»Hier ist dein neuer Befehl. Abmarsch.«

Sie nahmen ihm sämtliche Aufzeichnungen ab, sogar seinen Schreibstift, der ihm privat gehörte. Hinter dem Dorf las er seinen ungewöhnlichen Auftrag. Er sollte das fürstliche Schloss bei Possenhofen am See beobachten. Obwohl er lieber nach München zurückgekehrt wäre, nahm er diesen Befehl wie eine Beförderung und eilte noch rasch in das Dorf seines Vaterhauses, um noch einige Dinge einzupacken. Die Mutter war mürrisch und fragte ihn auch nichts. Erst als er ihr ein Wort zum Abschied sagen wollte, winkte sie unwirsch ab.

»Wegen dir schneiden mich die Leut'. Sollst einer von denen sein, die unserem König was wollen.«

Damit war er quasi hinausgeworfen. Er musste eine gute Stunde laufen, ehe er eine Postkutsche anhalten konnte, die ihn zunächst bis zum Ammersee mitnehmen würde. Er betrachtete den dicken Fahrgast mit dem brustlangen Bart und die neben ihm sitzende Dame. Die Frau zog den schwarzen Schleier ihres Hutes bis hinunter zum Kinn. Vogl sah müßig aus dem Fenster und versuchte, nicht zu denken.

Amanda erkannte den Kerl sofort wieder, der zu ihr in die Kutsche gestiegen war. Neben ihr saß der ständig plaudernde und natürlich ahnungslose Kunstmaler Alphons Gockl. Die Kutsche glitt hinein in das Gelände des Vorgebirges und ein Wald nahte, durch den die Kutscher aber nicht fahren wollten. Stattdessen hielten sie an und berieten, ob der schwierigere Weg durch das sumpfige Terrain daneben nicht letztlich der bessere wäre, was Vogl böse machte, sodass er hinaussprang und die Kutscher, mit seinen Papieren wedelnd, zurechtwies. Die Männer standen neben der Kutsche und stritten.

»Er hat mich in München fast erwischt«, flüsterte Amanda.

Gockl sah die Mappe Vogls auf dem Sitz liegen. Da sie halb geöffnet war, beugte er sich hinüber und zog mit spitzen Fingern an den darin liegenden Papieren. Das Antlitz von Lew erschien auf einem Fahndungsplakat und sie sahen sich beide an. Gockl schob es zurück in die

Mappe. Jetzt wollte auch er nichts mehr reden. Über das Gesicht von Lew war ein schwarzes Kreuz gezeichnet worden. Sie beide wussten, was das zu bedeuten hatte.

Vogl kam zurück und verzog keine Miene. Er hatte sich durchgesetzt und so fuhr die schwere Kutsche nun in den Wald hinein. Als das Waldland durchfahren war, drückte sich Amanda noch tiefer in die Polster. Sie riss sich zusammen. In ihr rumorte es. Eine Antwort musste her. Alphons Gockl griff in seine Tasche, öffnete sie ein wenig und ließ sie hineinsehen.

Amanda sah die kleine Pistole und vergaß alle Zweifel der vergangenen Wochen. Auge um Auge, Zahn um Zahn, hieß es nun.

Der Tag verlor sich langsam. Die Sonne stand bereits in ihrem Rücken. An einem Waldrain arbeiteten halbnackte Männer. Bei der nächsten Poststation blieb Amanda in der Kutsche sitzen. Gockl lief herum und fing jedes Wort auf, das gesprochen wurde. Als er zurückkehrte, informierte er sie.

»Es heißt, überall seien Gendarmen. Man erzählt sich, der König käme hier durch. Lass uns keinen Aufruhr machen.«

Amanda hatte die kleine Pistole längst unter ihrem Kleid verschwinden lassen. Vogl stieg ein und mit ihm ein hellhäutiger Mann, der in einem guten Anzug steckte, freundlich grüßte und vergnügt zu sein schien.

Gockl hatte recht, jetzt durfte sie nicht leichtsinnig sein. Wenn der König durch dieses unwägbare Gelände käme, wäre das eine gute bis sehr gute Gelegenheit. Amanda fühlte sich schuldig, sie hatte Lew im Stich gelassen. Da war etwas gutzumachen. Sie schloss die Augen, wollte aber auf keinen Fall einschlafen.

Durch die schwarze, eiskalte Nacht hatte sie Lew in die russische Ebene begleitet und Wölfe weinen hören. Er hatte einen Schlitten und ein Pferd besorgt und sie flohen immer weiter nach Westen. »Wenn wir Kosaken in die Hände fallen sollten, dann töte dich vorher», das hatte er ihr immer wieder gesagt. Töte dich. Jetzt war Lew tot.

An der nächsten Poststation war die Fahrt zu Ende. Plötzlich hieß es, die Passagiere müssten sich gedulden und könnten im Gasthaus ›Zur Post‹ auf die Weiterfahrt warten. Nun wurde auch der urgemütliche Gockl nervös. Das ging nicht. Amanda schaute dem mittelgroßen Mann, der gerne seine Uhr aus der Weste zog, dabei zu, wie er versuchte, eine Fahrgelegenheit an den Ammersee zu organisieren. Es war ja klar, dass sie beide inzwischen aufgefallen waren. Sie war eigentlich zu jung, um seine Frau zu sein und zu alt, um als Tochter akzeptiert zu werden. Da sie gemeinsam reisten, müsste über kurz oder lang eine Erklärung her, wenn sie im Gasthof logierten. Amanda konnte unmöglich sagen, dass sie allein reiste. Gockl als Onkel zu bezeichnen, würde unweigerlich zur Frage nach den genaueren Familienverhältnissen führen. Ist er der Bruder der Mutter? Oder der Bruder des Vaters? Da konnte man sich leicht in Widersprüche verwickeln. Sie durfte auf keinen Fall unterschätzen, dass dieser Polizist sie in München gesehen hatte. Was sollten sie in das Aufenthaltsbuch der Gaststätte hineinschreiben, wenn sie dort übernachten würden? Sie beide besaßen nur gefälschte Papiere.

»Wir müssen wandern«, sagte Gockl und schnaufte schon einmal vorahnungsvoll.

Amanda ahnte, dass der Polizist sie mit seinen hässlichen Augen fixierte. Sie drehte sich nicht um, trat entschieden hinter den Wagen und ließ sich ihre Tasche reichen, was Gockl mit seiner auch tat. Der hatte sich vier kleinere Bilder eingesteckt, die er nun hervorholte und den anwesenden Herrschaften zum Verkauf anbot.

»Ich bin der Landschaftsmaler Diebel von der Münchner Kunstakademie!«, rief er und rechnete dabei fest damit, dass man hier auf dem Land weder den Diebel kannte noch etwas von einer Münchner Kunstakademie wusste. Andernfalls käme er schnell in eine üble Bredouille. Amanda war recht froh, dass sich niemand für Gemälde interessierte. Auch dem Polizisten schien die so laut gegebene Erklärung zu genügen, denn er sprach mit dem eleganten Herrn.

Schnell eilten Amanda und Gockl zum nahen Waldrand. Sie stellte sich hinter einen Baumstamm, nahm aus einer plötzlichen Wut heraus die Pistole in die Hand und zielte auf den neben der Kutsche stehenden Polizeiagenten.

20

Noch bevor der Juni endete.

Ludwig II. Otto Friedrich Wilhelm von Gottes Gnaden, König der Bayern.

Er versuchte zu lachen. Diese Müdigkeit lähmte ihn. Fast hätte er in der Nacht eine Skizze für die Bühne des Lohengrins vollbracht. Was hatte man ihm nur wieder für ein Schuhwerk zugemutet. Er zupfte sich am Bart und suchte nach Orientierung. Wie gerne wäre er jetzt bei Elisabeth in Possenhofen. Ihn schwindelte. Er musste sich niederlegen. An Schlaf war wieder einmal nicht zu denken. Eine nächtliche Fahrt würde zugleich erfrischen und ermüden. Die Kutsche sollte bereitgestellt werden. Dann war es notwendig, sich anzukleiden. Die Leibesfülle hinderte ihn daran. Er musste einen Lakaien rufen.

Graf Dürckheim kehrte in sein Zimmer zurück, setzte sich wieder hin und nahm seine Notizen zur Hand. Er hätte schwören können, der König hatte ihn gerufen. Es fehlte nicht mehr viel und er machte sich zum Narren mit seiner Nervosität. Seine Schlaflosigkeit erreichte fast schon das Niveau derjenigen Seiner Majestät. Von einer seiner Notizen wollte er sich sogleich wieder trennen, denn die würde er seinem König auf keinen Fall vorlegen. Der Verleger Johann Baptist Sigl war mit seinem ›Bayerischen Vaterland‹ zu den Deutschtümlern der Regierung übergegangen. Ein weiterer Verräter, vor dem der König ausspucken würde. Jahrzehnte hatten sie mit ihrem Hass auf Preußen ihre Gazetten gefüllt und ihr Geschäft gemacht. Dabei war ihnen sogar der liberale König ein Dorn im Auge gewesen. Nun war es anders. Der König müsste sich wieder Respekt verschaffen und ihnen nicht ständig übermitteln, dass er sie allesamt für vollkommene Idioten hielt. In den letzten Wochen hatte er noch mehr gelesen, als es auch schon sonst zu seinen liebsten Gewohnheiten gehörte. ›Wie will das Pack sich kulturell zu Menschen entwickeln, wenn sie die Kunst, Literatur und das Theater nicht wollen und nur an ihren Mammon denken?‹ Er hatte diese Frage des Königs nicht beantwortet. ›Kunst backt kein Brot‹, hatte ihm ein Bauer einmal gesagt, ›also wozu lesen können?‹ Graf Dürckheim zerriss seine Notiz und warf sie auf den Boden.

»Majestät wünscht Ihre Anwesenheit.« Plötzlich stand Mader in der Tür und überraschte den Grafen beim Zerreißen des Zettels.

»Was ist denn? Warum entfernst du dich einfach aus der Etage?«

Mader hüstelte nervös.

»Majestät wollte sich für eine Ausfahrt ankleiden und ließ den Weber kommen. Dann kam mitten hinein der Schlossdiener Niggl und kündigte den Kutscher Osterholzer an, weil der etwas furchtbar Dringendes zu melden hatte und Majestät sagte, er verstünde kein Wort, und deshalb bin ich zu Ihnen gelaufen.«

Graf Dürckheim schüttelte den Kopf.

»Willst du mir erzählen, Seine Majestät ist zusammen mit dem Lakaien Weber, dem Diener Niggl und dem Kutscher Osterholzer in seinen Räumen, weil der Osterholzer ihn zu sprechen wünscht? Seid ihr denn alle verrückt geworden?«

Nun fehlte ihm zu seinem endgültigen Entsetzen nur noch der Anblick, dass die Dienerschaft auf dem Bett saß und der König sie bewirtete.

Das dachte Dürckheim und eilte hinüber zu den Räumen Seiner Majestät. Der saß überraschend ruhig am Fenster, noch unvollständig bekleidet, und hob die Hand in Richtung des Osterholzers.

»Erzähle dem Herrn Grafen deine Moritat. Mir war es nicht möglich zu begreifen, Herr Graf, was er meinte.«

Der Kutscher war sichtlich in einer Situation, die drohte, ihn ohnmächtig zu Boden zu werfen. Entsprechend holprig kamen die Worte aus ihm heraus. Um es für sich deutlich werden zu lassen, sprach Dürckheim nach, was er verstanden hatte.

»Du sagst, Graf Holnstein war im Pferdestall und hat dir verboten anzuschirren, weil er bereits eine Kutsche für Seine Majestät bereitgestellt habe?«

Osterholzer nickte und riss sich zusammen.

»Der Graf sagte, Majestät haben nichts mehr zu befehlen, alles geschehe von nun an auf Anordnung des neuen Herrschers, des Prinzregenten Luitpold.« Er schluckte und atmete tief. »Majestät, um Himmels willen, Ihr müsst fliehen.«

»Fliehen? Vor wem?«, fragte der König, während Dürckheim die Männer hinaus auf den Flur winkte.

»Ausgerechnet diesen Schmarotzer Holnstein müssen sie schicken«, sagte der König. »Eher plaudere ich mit einer fetten Schlossratte, als mir diesen Kerl unter die Augen zu lassen.«

Graf Dürckheim wartete auf Befehle, eine Anweisung, etwas Konkretes, aber es geschah nichts. Der König lief zu seinem Bett, nahm ein Buch hoch, blätterte darin und legte es wieder zurück. Dann ging er zu seinem Stuhl und setzte sich. Da gab es wesentlich geringere Anlässe, durch die der König die Fassung verloren und die Dienerschaft mit einem Wutanfall geängstigt hatte. Nun hatten sie seinen Onkel auf den Schild gehoben und Seine Majestät blieb völlig ruhig. Hatte er wieder dieses Schlafmittel genommen, das nicht mehr wirkte und den König häufig sehr launisch machte? Er wusste es nicht. Dürckheim stand nur da und die Zeit zerrann.

»Ich erinnere mich an eine bestimmte Nacht. Ich war nach Linderhof gekommen. Der fallende Schnee ließ mich verstummen, und ich fuhr im offenen Wagen und hielt ihm mein Gesicht entgegen. Die Luft summte, lautlos und voller Freuden glitt ich dahin. Es kann schneien oder der Mond leuchtet hell, die Freude an der Natur bleibt gleich. Das ist es, was man Glück nennen könnte. Eine schöne Aussicht auf einen See und einen malerischen Himmel über unseren Gipfeln, mehr brauche ich nicht. Vor allem brauche ich keine Menschen. Man hat erklärt, ich sei gefangen in meinem Aberglauben, jeder wolle mich verraten. Wie lange müsste ich mich umschauen, um den Beweis zu führen? Diese Kreatur im Pferdestall wäre nur eine von vielen. Man will mich mit einer Bombe oder mit anderen Waffen töten. Ich habe unrecht, aber wenn der Feilitzsch die Gefahr durch die Sozialdemokraten und Anarchisten an die Wand malt, dann stimmt man ihm völlig zu. Es geht lange schon nicht mehr darum, ob etwas stimmt oder nicht, es geht ihnen nur noch darum, dass der König unrecht hat.«

Der massige Körper des Königs schob sich zusammen, sodass er noch voluminöser aussah. Es schien sich in der Sache nichts mehr zu bewegen. Der König hatte seine Meinung gesagt und nun möge geschehen, was da wolle. Doch Graf Dürckheim hatte sich getäuscht. Der König nahm sich ein Erfrischungstuch aus einer Schale mit kaltem Wasser, betupfte sich das Gesicht und erhob sich langsam.

»Man sagte einmal über mich, ich wäre ein hübscher Kerl gewesen.« Der König lachte. »Glauben die, sie seien für alle Zeit unentbehrlich? Mein früherer Beichtvater meinte, diese Liaison mit Preußen hin zum Deutschen Reich sei sozusagen Gottes Wunsch gewesen. Gibt es etwas Dümmeres, als so etwas zu sagen? Und der Bruder meines Großvaters, Luitpold gerufen, ist doch nur ein alter Trottel.«

»Majestät, mit Verlaub, aber die Zeit drängt.«

Der König veränderte sich. Aus seiner schwermütigen Stimmung heraus geriet er nun in Hitze und sein Ton wurde schärfer.

»Was ist mit den Füssener Gendarmen?«

»Sie stehen Gewehr bei Fuß und es kann niemand mehr ungebeten in das Schloss.«

»Wie ist es um das Landvolk bestellt?«

»Ein Wort genügt, Majestät.«

»Es ist bald 4 Uhr. Der Tag beginnt. Haben wir Nachricht über das Wetter?«

»Ja, Majestät. In den Bergen und über den Wäldern schweben dichte Nebel, während es im Tal regnet.«

Mader trat von hinten an Graf Dürckheim heran und schob ihm einen schmalen Zettel in die Hand, den dieser kurz überflog.

»Herren aus München stehen unten vor dem Tor und begehren Einlass. Die Wachen haben ihn pflichtgemäß verweigert. Es wird gefragt, ob man dieselben verhaften soll, Majestät?«

Der König schaute auf den Berg Bücher bei seinem Bett, griff sich ein Werk und setzte sich nieder, um etwas zu lesen. Graf Dürckheim atmete laut ein.

»Gerade erst las ich etwas über Marie Antoinette. Sie soll gesagt haben, wenn das Volk kein Brot hat, dann soll es Kuchen essen. Natürlich eine erfundene Propaganda, um das Volk aufzuwiegeln. Alles Lüge, lieber Dürckheim, alles Lüge. Mader möge mir eine Hose bringen. Was die Herren am Tor betrifft, so teilen Sie ihnen mit, ich werde Audienz gewähren. Dann lassen wir sie warten. Ich hoffe, der Regen ist ergiebig.«

Der König schlug sein Buch auf und begann zu lesen.

Dürckheim lief über den Flur und änderte seinen Weg, als ihm durch den Kopf ging, dass sich die Gendarmen am Tor möglicherweise einschüchtern lassen könnten. Außerdem erschien ihm in prekären Situationen wie dieser das Militär die nach außen hin beeindruckendere Lösung zu sein. Der König hatte ihn vor drei Jahren in den Stand eines Hauptmannes erhoben, nun wollte er seine militärischen Talente zeigen. Dürckheim befahl dem Telegrafen, das in Kempten stationierte Bataillon der Jäger zu alarmieren und Befehl zu geben, sich sofort in Bewegung zu setzen. Die Zeit, bis das Militär eintraf, würde er schon auf irgendeine Art überbrücken können. In ihm reifte aber auch noch eine zweite Variante zum Schutz des Königs und die hieß Flucht. Aus der Distanz die Lage zu beurteilen und dann aus der Überlegenheit heraus zu handeln, das schien ihm der reifere Plan zu sein. Er müsste den König nur davon überzeugen. So in Gedanken lief er zurück.

Doch Dürckheim konnte nicht ahnen, dass sein Telegramm das Jägerbataillon nie erreichen würde. Ganz im Gegenteil. Die Regierung hatte längst schon Befehl gegeben, alle telegrafischen und postalischen Äußerungen des Königs und seiner Treuen abzufangen und somit eine informierte Öffentlichkeit zu verhindern. Dadurch entstand im Volk der Eindruck, dem König sei Bayern inzwischen völlig gleichgültig geworden. Man würde auch, so war es beschlossen worden, jedwede Äußerung in der Presse zu Gunsten des Königs mit der Beschlagnahme des jeweiligen Blattes ahnden. Noch etwas anderes konnte Graf Dürckheim nicht wissen: Man hatte ihn bereits wegen Hochverrats zur Fahndung ausgeschrieben.

Mader wartete, mit der Hose des Königs über dem Arm, vor der Tür zu den Gemächern. Neben ihm stand der Lakai Weber mit einer weiteren Hose und einer weiten Jacke.

»Was ist mit euch, ihr Maulaffen?«

Verbale Beleidigungen trafen die Diener nicht. Wenn man sie schlug, war es für sie schwieriger zu ertragen, ein Lakai zu sein.

»Majestät wollen keine Hose«, sagte Mader.

»Majestät sagte, zum Lesen bräuchte er keine Hose«, ergänzte Weber.

Graf Dürckheim empfand diese Gelassenheit des Königs schon ziemlich eigentümlich. Nun wollte er sich auch nicht erlauben anzuklopfen, um eventuell abgewiesen zu werden. Seine Unruhe ließ ihn zwar in seine Räumlichkeit zurückkehren, aber er fand keine Gelassenheit, um sich zu setzen. Die Gefasstheit des Königs schien ihm eher eine Vorwarnung für eine ziemlich eruptive Reaktion zu sein. Sollte Holnstein es wagen, sich dem König zu zeigen, wäre womöglich eine prächtige Watsche noch die schwächste Reaktion. Dürckheim hatte die Kehrtwendung des Grafen Holnstein nie verstehen können. Der König und er waren Spielkameraden gewesen, zusammen mit dem damals noch gesunden Prinzen Otto. Immer war der König zu seiner Freundschaft gestanden, selbst als Holnstein den Freiherrn von Sternbach im Duell ins Herz schoss und tötete. Die zwei Jahre Festungshaft hatte ihm der König erlassen. Allerdings war Holnstein als brutal und rücksichtslos verrufen und als einer, der immer seinen persönlichen Vorteil suchte. Der König hatte ihm eine Karriere ermöglicht, und von allen Geheimzahlungen

Bismarcks an den König bekam er zehn Prozent. Sollte man wirklich glauben, dass Bismarck ihn von der Reichsidee überzeugt und ihn zu einem dieser Deutschtümler gemacht hatte? Das deutsche Reich als Bastion gegen Österreich und Frankreich? Man war doch in absoluter Klarheit von Geburt an ein Bayer. Man wäre eventuell geneigt, dem Holnstein Dispens für seine Entscheidung zu geben, wenn ihm der Gedanke eines einigen Vaterlandes über allem stünde, doch da war der Vertrag mit Bismarck, mit der Vereinbarung über die Lieferung von Bier aus der holsteinschen Brauerei nach Berlin. Das schmeckte ziemlich abgestanden, empfand der Graf, und erinnerte sich dabei an den Hohenzollern Wilhelm, der herumlief wie eine meckernde Ziege mit einem Stock im Rücken und sich von Bismarck beherrschen ließ. Mein Kaiser ist der keineswegs, sinnierte Dürckheim. Mag es sein wie es will, er glaubte dem Holnstein die hehren Motive nicht, und auch Seine Majestät fühlte sich von dem früheren Oberstallmeister auf die schändlichste Art verraten.

21

Es war so still, dass es dem Grafen auffiel. Er erinnerte sich, wie er einst in seiner Heimat Steingaden einen seiner ersten Ausritte gewagt hatte und ganz plötzlich aus dem Wald ein wunderschönes Mädchen auf ihn zugekommen war. Sie hatte schnell einen Schleier über ihr Gesicht gezogen, aber er hatte ihre Schönheit bereits entdeckt. Er vermutete eine Pilgerin zur nahen Wieskirche in ihr und wagte daher kein Wort zu sagen. Als sie zwischen den Bäumen verschwunden war, da gab es auch diese auffällige Stille.

Er lief durch die Etage und fand die Diener Mader und Weber in unveränderter Haltung vor. Lange wollte er nicht mehr warten. Es musste eine königliche Entscheidung gefällt werden.

Graf Dürckheim straffte sich und nannte sich einen kleinen Heuchler, denn er war vor sich selbst geflüchtet. Bereits als er sich an das tödliche Duell Holnsteins erinnerte, da war ihm auch seine Herausforderung wieder einmal präsent gewesen. Er wollte nicht daran denken, denn diese Erinnerung war zwangsläufig auch eine an seine geschiedene Frau, und das waren Gedanken, die er sich absolut nicht erlauben wollte. Absolut sicher war er auch jetzt noch, dass er den Prinzen Arnulf im Duell getötet hätte, wenn König Ludwig und Prinz Luitpold, der Vater Arnulfs, dieses Duell nicht verboten hätten. Wie schändlich von einem Wittelsbacher und Offizier, sich hinter dem Rücken eines anständigen Mannes die Gunst von dessen Frau erschleichen zu wollen. Jetzt standen Luitpold und seine Söhne auf der Seite der Feinde. Dabei hatte eine preußische Kugel 1866 Prinz Leopold das Bein derart zerfetzt, dass er Zeit seines Lebens hinken würde. Hatten sie das allesamt vergessen? Oder blieb die Eitelkeit so stark ausgeprägt, dass sie Seiner Majestät den Thron stehlen würden? Prinz Arnulf traute er jede Untat zu, aber nicht Prinz Leopold.

Prinz Otto hatte nach dem Frankreichkrieg seinen König und Bruder angeschrien: ›Siehst du es denn nicht?‹ Damit meinte er die von ihrem Großvater und ehemaligen König Ludwig wie ein Menetekel formulierte, drohende Mediatisierung Bayerns: ›Unser Bayern wird in der furchtbarsten Bedeutungslosigkeit verschwinden, siehst Du es denn nicht?‹ Dann haben sie Prinz Otto für verrückt erklärt und hinter ihm die Tür verschlossen.

›Siehst du es denn nicht?‹ Das war für Graf Dürckheim wie ein Weckruf. Mit weiten Schritten lief er zu den Räumen des Königs und fand ihn angekleidet und nunmehr bereit, die Kommission aus München zu empfangen.

»Ein tiefes Gefühl der Verlassenheit. Man müsste beschämt sein von dieser gemeinen Untreue. Aber das wäre für jene zu viel der Ehre. Man liebt den Verrat, aber nicht den Verräter.«

Der König ballte seine Hände zu Fäusten. Das wäre die Vorstufe zu einer massiven Erschütterung des Schlosses, grübelte Dürckheim, der die Vorbereitung des Königs auf eine cholerische Attacke nur zu gut kannte.

»Ein Messer, Graf, damit ich dem Pack die Augen ausstechen kann.«

Dabei zeigte der König ein Gesicht mit völligem Desinteresse und durchscheinendem Blick, als wäre außer ihm niemand vorhanden.

Derweil hatte sich vor dem Tor des Schlosses ein deftiger Tumult entwickelt. Die Fangkommission wedelte mit Papieren, während die Gendarmen bereits ihre Gewehre hoben. Plötzlich erschien eine Städterin wie eine Furie auf der Bildfläche und attackierte Doktor Gudden, der schützend die Hände hob.

»Hoch auf den König«, rief die Baronin Spera von Truchseß, die in München von dem Komplott gehört und sich sofort auf die Reise gemacht hatte.

»Nie wieder spiele ich mit ihnen Klavier, Crailsheim!«, rief sie. »Und Sie, Graf Törring. Ihre Kinder werden sich dereinst Ihrer schämen.«

»Muss das Malefizweib ausgerechnet jetzt daherkommen«, schimpfte Graf Holnstein.

»Sie war einmal meine Patientin!», rief Doktor Gudden. »Die ist verrückt.«

»Da zeigt sich Ihre formidable Ärztekunst!», rief ein Offizier der Gendarmen bierernst, und als Gudden sich umdrehte, um auf diese Provokation zu reagieren, rief der Offizier: »Gewehre anlegen.«

Die Zivilisten in der Kommission wichen zurück. Ein Irrenwärter, eine Flasche mit Chloroform in der Hand, der kühn vortrat, wurde von einem Hieb mit dem Gewehrkolben in die Knie gezwungen. Anschließend zog sich die gesamte Fangkommission zurück und wanderte den Berg hinab.

Sie schauten in die Gesichter der Einheimischen. Da hatten sie nichts Gutes zu erwarten. Man bestieg schnell die Kutschen und fuhr zum Gasthof zurück.

»Da haben wir uns schön blamiert!», rief Doktor Gudden immer wieder wie das Rumpelstilzchen. »Es ist schrecklich!«

Sie konnten bei der Gastwirtschaft ›Zur Alpenrose‹ die Menge kaum noch überschauen, die auf den Befehl des Königs wartete. Als sie wieder in Hohenschwangau ankamen, war die hohe Stunde des Tages bereits vorüber. Es regnete immer noch. Sie waren gescheitert.

Der Bote kam und wurde von Mader bereits an der Treppe aufgehalten.

»Sie sind fort. Die Gendarmen hoben nur einmal drohend die Gewehre.«

Mader hüstelte und wartete, bis Graf Dürckheim sich umwandte. Da der König im Hintergrund seiner Räumlichkeit erschien, flüsterte er.

»Die Gendarmen haben ihre Pflicht erfüllt, Majestät. Die Herren haben sich nach Hohenschwangau abgesetzt.« Graf Dürckheim verbeugte sich, und da der König kein Wort verlor, zog er sich zurück und ließ Mader die Tür schließen.

Der König streifte seine Joppe ab und lauschte in den Regen hinaus. Er fühlte sich matt. Warum kam nicht Gottes Frieden über ihn? Was plagte er sich herum mit diesem Unsinn? Die guten Berge dort drüben, Bäume, Moos, Tiere, alles das war ihm näher. Er könnte sich über den See rudern lassen, den sanften Wellen am Ufer zusehen, sich auf eine Insel begeben und vergessen. Ein Lakai müsste ihm die Schuhriemen binden. Wozu Schuhe? Wie gerne würde er noch einmal mit einem guten Ross Parforce reiten. Nicht zur Jagd, nicht gegen Tiere, das war zu verachten. Nur für sich, gegen den Wind und dem Mond hinterher. Jetzt wollte er lesen.

Man sollte die Verräter züchtigen.

22

PROFESSOR MILLER LIESS SEINE KUTSCHE noch einmal anhalten. Er hatte sich entschieden, die lachende Hyäne, seinen jungen Patienten, persönlich bei dessen Eltern in Starnberg abzuliefern. So konnte er auch der Einladung des Bankiers Feuchtwanger folgen und sich für ein paar Tage entspannen. Da der junge Mann nicht sehr unterhaltsam war, hatte der Professor seine Augen auf die Bewegungen auf der Straße gerichtet, was so gar nicht zu seinen Angewohnheiten gehörte. An diesem 10. Juni allerdings, dieses Datum würde er nie vergessen, machten Plakate auf sich aufmerksam, und immer wieder blieben die Menschen davor stehen und viele schüttelten die Köpfe. Mit seiner Art, sich etwas eckig zu bewegen, lief der Professor auf eines dieser Plakate zu und las: »Im Namen Seiner Majestät des Königs.« Wer da aber im Namen des Königs sprach, waren Prinz Luitpold, die Minister Lutz, Crailsheim und Feilitzsch, sowie Fäustle, Riedel und Heinleth. Man konnte lesen, der König sei schwer erkrankt und daher müsse eine Nachfolge bestimmt werden. Näheres über die königliche Krankheit wurde nicht vermeldet und nur auf eine kommende Sitzung des Landtages hingewiesen. Nun war dem Professor die kurze Sommerfrische bereits vergällt und er sprach bis Starnberg kein Wort mehr, worin er mit seinem jungen Patienten übereinstimmte, denn der redete auch nicht. Ferdinand, wie die lachende Hyäne gerufen wurde, stieg bei der Villa seiner Eltern aus und zur Überraschung des Professors übernahm die junge Unglückliche aus dem Krankenhaus die Reisetasche und trug sie in das Haus. Mit einer weißen Schürze und in einem schwarzen Kleid sah sie adrett aus. Aber interessiert war der Professor an der Liebesaffäre der jungen Leute nicht. Er war recht froh, dass er der penetranten Verlobten des Ferdinand nicht begegnen musste.

Kaum hatte man die Stadt verlassen, traf man die gleichen Leute in Starnberg wieder, stellte der Professor fest und grüßte. Dabei bemerkte er, dass seine Brille wohl wieder einmal auf dem heimischen Schreibtisch liegen geblieben war.

Was ihn zutiefst beschäftigte, schien an diesem Ort bereits dem allgemeinen Vergessen anheim gefallen zu sein. Von irgendeiner Art der Empörung war nichts zu bemerken.

Während Professor Miller dem Ziel seines Ausfluges immer näher kam, gab es im Haus seines Gastgebers eine unübliche Zwistigkeit zwischen den Eheleuten. Der Bankier Feuchtwanger stand auf der Terrasse seiner Starnberger Villa am Seeufer und schaute über das Wasser. Er musste sich bei seiner Gattin entschuldigen. Man hatte hier auf dem Land eine gewisse antijüdische Attitüde, die ihn nicht weiter belästigte, seine Frau aber schrecklich aufregte. Er hatte zu ihr gesagt, sie solle sich nicht aufführen wie eine Glucke, deren Eier eine andere Farbe haben als jene der anderen Hennen. Das war nicht recht gewesen, also klopfte er bei ihr an und trat ein.

»Ein Wort zu viel und schon ist unser seliger Frieden dahin.« Er schaute sie an und sah in ein tiefernstes Gesicht.

»Sehr wohl, der Herr«, antwortete sie. »Unser König hat einmal gesagt: Weiß man denn nicht, dass ich der einzige Fürst bin, der seiner Regierung sogleich beim Beginn der antisemitischen Bewegung die strengsten Maßregeln gegen dieselbe anbefahl? Was wird werden, wenn sie ihn davonjagen?«

Feuchtwanger hätte schwadronieren können mit beschwichtigenden Worten, aber das wollte er nicht.

»Ich weiß es nicht, meine Liebe, ich weiß es wirklich nicht.«

Daher war er froh, als ihm Professor Miller gemeldet wurde. Nach einer freundschaftlichen Begrüßung führte er ihn in den Herrensalon und gemeinsam stand man am großen Fenster und schaute über den See.

»Das Ereignis«, sagte der Professor, »fand sozusagen soeben statt und erschüttert mich zutiefst. Jetzt haben wir eine bürgerliche Regierung, denn den Luitpold werden sie in der Kutsche fahren lassen und sonst nichts. Niemand hat es verhindert, wir auch nicht!«

Feuchtwanger erinnerte sich an die mahnenden Worte seiner Frau, behielt sie aber für sich.

»Es soll«, sagte er, »mit einem hoch verschuldeten Land unter einer Regierung weitergehen, die etwas jahrelang untersucht haben will, ohne es aufzuklären. Ob nun der Herrscher verrückt ist, kann keiner sagen. Wir alle sind auf die Journale angewiesen und ich weiß, dass viele Verleger sich der Regierung angeschlossen haben. Dass es unter den vier oder sechs beteiligten Ministern ehrenwerte Motive geben mag, kann wohl sein, aber der gesamte Akt ist unwürdig. Es ist anstößig, einen regierenden Monarchen wie einen Gauner abzuführen.«

Der Professor sah die Angelegenheit etwas anders.

»Verrückt bedeutet nichts, das ist kein wissenschaftlicher Begriff für mich. Ich habe gestern meine alte Truhe verrückt, weil sie mich neben dem Schreibtisch störte. Sehen Sie, das ist gemeint. Ist jemand verrückt, hat er sich aus der vorgezeichneten Spur gebracht. Er steht also neben der allgemein vorherrschenden und von den Machthabern befohlenen Meinung und der daraus folgenden, so genannten Normalität. Und bei einem Heer von Kleingeistern und Furchtsamen wirkt jeder Mann, der seinen eigenen Weg gehen will, wie eine permanente Bedrohung des Ganzen. Dieses gesamte neureiche Bürgertum fürchtet nichts so sehr, wie den Verlust ihres zusammengerafften Vermögens. Ihnen fehlt jegliche Noblesse, und ihre protzigen Paläste erzählen davon, auf welchem Niveau darin gedacht wird.«

Der Professor musste eine Pause machen, denn das Hausmädchen klopfte und stand im Türrahmen.

»Verzeihung, aber der Gepäckträger mit ihren Taschen steht noch immer vor der Tür und wartet auf seinen Lohn.«

Sowohl seine Taschen als auch den Träger hatte Professor Miller völlig vergessen.

»So gib ihm das Geld, Luise, und störe nicht die Herren bei wichtigen Gesprächen«, sagte Feuchtwanger, während er sich wieder dem Professor zuwandte.

»Man wird den Vorwurf hören, sich neidisch zu zeigen, weil man es selbst nicht bis oben geschafft hat.«

»Natürlich!«, rief der Professor, »weil sich die Bürgerlichen nur über den Mammon definieren. Sonst haben sie nichts vorzuweisen. Waren unsere Dichter reiche Männer? Das Gegenteil ist der Fall. Nehmen Sie Mozart. Das Armenhaus ziert nicht. Die Frauen in den Theatern mussten sich als Huren verdingen, damit sie sich Brot kaufen konnten. Dabei ist das Geld immer da gewesen, lieber Feuchtwanger, nur in den falschen Händen. Wer weiß das besser als Sie.«

»Nun ja«, antwortete der Bankier, »das mag sein, aber das ändert nichts daran, dass es so ist. Die Macht des Faktischen regiert und man kommt leicht unter die Räder, wenn man gegen den Strom schwimmen will. Unsere Majestät stört den reibungslosen Ablauf und das Reich will niemanden dulden, der aus der Reihe tanzt, um es despektierlich zu sagen. Die Regierung Lutz wird einen übertriebenen bayerischen Patriotismus zeigen, um weiter ihre Reichspolitik zu betreiben.«

»Mir gefällt das nicht. Es gab einmal das Römische Reich deutscher Nation. Nichts als ein Wunschtraum und eine Legende war das. Eine Nation ist eine Willenserklärung, mehr nicht. Wir Bayern sind ein alter Volksstamm, das ist etwas völlig anderes. Dazu gehört ein Monarch und nicht ein von einer windigen Regierung eingesetzter winkender August.«

Der Bankier fühlte sich missverstanden.

»Lieber Professor, damit zwischen uns keine Missdeutung entsteht. Ich bin völlig Ihrer Ansicht. Es gibt zum Leben zwei gute Gründe. Einer gehört der Liebe zu einer Frau und ein weiterer der Liebe zur Kunst. Danach beginnt es mit dem, was man die Liebe zu den Nächsten nennt, und das ist, was Sie tun. Der Rest ist Viecherei. Aber die Viecher bilden die Mehrheit.«

Der Professor verstand die zuletzt formulierte Bemerkung nicht sogleich als Scherz und schaute etwas indigniert. Die Dame des Hauses läutete die Teestunde ein und Professor Miller ließ sich zu seinem Zimmer führen, das sich in einem Seitenflügel der Villa befand und ausgesprochen stilvoll eingerichtet war. Der Professor mochte keine Räume, die wie Möbellager zugestellt waren, weil er dann ständig an Möbel stieß. Er kleidete sich dem Anlass gemäß und begrüßte zunächst die Hausherrin im kleinen Salon. Nun war es an der Gemahlin Feuchtwangers, ein Gespräch anzuregen, und sie begann mit der nächsten Nachbarschaft.

»Man sagte, Ferdinand hätte diese afrikanische Krankheit nur sehr mühsam überlebt. Ganz geheilt soll er noch immer nicht sein. Die Mutter hat durchgesetzt, dass ein junges Mädchen aus München eingestellt wurde, damit der Bub nicht wieder nach Afrika flüchtet.«

Professor Miller fand das Thema nicht kommentierbar.

»Malaria ist nicht absolut heilbar.«

An seinem Ton war erkennbar, dass er dieses Thema meiden wollte.

»Wie ich hörte, ist die Kaiserin Sissi drüben in Feldafing. Man erzählte sich, die Kaiserin Elisabeth hasse Wien und schwelge lieber in Erinnerungen an ihre Kindheit.«

Feuchtwanger, der seinen Tee nicht austrank und direkt zum Cognac überging, stellte zwei französische Gläser auf den Tisch und goss ein. Das war das Zeichen für seine Gemahlin, sich dezent zurückzuziehen.

»Ich werde uns ein paar prächtige Renken kaufen«, rief der Bankier fröhlich und seine Frau lächelte freundlich.

»Lassen Sie uns zum Fischer Lidl spazieren, verehrter Professor. Dem Mann springen die prächtigsten Fische wie von selbst in den Kahn.«

Da Professor Miller keinen Cognac trinken wollte, willigte er ein, und so spazierten die beiden Männer am See entlang. Dieses uralte Wasser. Wie viele verlorene Träume mochten in ihm ruhen? Ein Lindenblatt tanzte auf den Wellen als Gruß einer Seejungfrau. Vögel schwebten wie Engel umher und zwitscherten ihre Sphärenmusik. Jetzt wäre der Professor gerne in eine andere Welt eingetaucht und hätte sich der Sommerfrische hingegeben. Doch sie standen bereits vor der Fischerhütte und es roch dort durchaus penetrant. Lidl grüßte kaum. Er hatte zwischen den Fingern ekzemähnliche Male, die längst hätten behandelt werden müssen. Es war eine Frage der Zeit, bis er seine Finger verlor. Der Professor machte ein skeptisches Gesicht und schwieg.

»Gefallen Ihnen die Fische nicht, Professor? Sie werden uns zum Nachtmahle munden, das kann ich Ihnen versprechen.« Er wandte sich dem Lidl zu, der etwas Unverständliches sagte, und Feuchtwanger antwortete ihm. »Lass sie gleich in meine Küche tragen, Lidl. Sonst überlege ich es mir noch.«

23

MAN KLÄRTE DAS FINANZIELLE und Feutchtwanger und der Professor liefen den Seeweg zurück in Richtung des Ortes. Der Bankier sah sich nach allen Seiten um, bevor er etwas sagte.

»Es ist noch nicht lange her, da traf ich den Leibchirurgen Doktor Löwenfeld. Der Geheimrat war außer sich vor Empörung über die Behandlung Seiner Majestät. Er bestätigte mir, dass der König keineswegs geisteskrank sei. Vielmehr habe man ihn ständig in seinen Fantasien und Leidenschaften bestärkt. Schuld an der Misere tragen jene Herren, die in ihrer eigenen Maßlosigkeit und Verlogenheit allem zustimmten, weil sie als Jasager reichlich verdienen konnten. Er beklagte sich sehr darüber, dass man ihn in Bayern nicht mehr zu Wort kommen ließe. Nur eine Zeitung aus Wien wollte sich mit ihm unterhalten. Was sagen Sie dazu?«

Man setzte sich gemeinsam auf einen gefällten Baumstamm und blickte zu den Bergen hinüber.

»Geheimrat Löwenfeld ist schon ganz lange nicht mehr Arzt des Königs. Das muss man wissen. Mir fehlt das Verständnis für all das, was diese Irrenärzte für geisteskrank ausgeben. Gehen Sie einmal in das Münchner Armenviertel in der Au und hören Sie sich an, wie dort gelitten wird. Die Menschen dort schreien vor Hunger. Diese Armen könnte Gudden auch für geisteskrank erklären, aber die zählen nicht. Bisher habe ich in keinem Körper eine kranke Seele gefunden. Der Lateiner sagt, der Bart macht noch keinen Philosophen. Abgewandelt kann man auch sagen, die Behauptungen eines Irrenarztes beweisen noch nichts. Der Menschenkenner besticht durch eine vorsichtige Meinung«, antwortete der Professor.

Kaum standen sie wieder vor der Tür zur Villa, da kam das junge Fräulein und rief nach Professor Miller.

»Der Ferdinand, Herr Professor, er liegt am Boden und windet sich.«

Professor Miller holte seine Tasche und gemeinsam liefen sie zum Haus der Eltern der lachenden Hyäne. Man hätte sich den Wünschen der Familie widersetzen müssen, dachte der Professor. Er untersuchte den jungen Mann gründlich, nachdem er ihn in sein Zimmer hatte tragen lassen. Da war nichts zu finden. Mit ziemlicher Verärgerung betrat er den Salon der Dame des Hauses, die sich bisher dezent im Hintergrund gehalten hatte.

»Meine Verehrung, Gnädigste«, sagte der Professor, »hat sich der junge Mann körperlich übernommen oder ist etwas eingetreten, was ihn höchst verstimmt hat?«

Da man sich vom Krankenhaus kannte, legte der Professor einen gewissen Unterton in seine Worte, der nicht falsch zu verstehen war.

Aus einem der Nebenräume erklang Beethovens drittes Klavierkonzert und es wurde durchaus talentiert gespielt. Der Professor vermutete die jüngste Tochter des Hauses dahinter, und er hatte recht damit.

»Sophie«, sagte Frau von Waldherr, als sie die Reaktion von Professor Miller sah. »Man teilte mir mit, sie wäre nicht unbegabt.«

»Das darf man sagen«, antwortete der Professor höflich.

Mit einer leichten Geste der Hand bot sie ihm einen Stuhl an. Er setzte sich und betrachtete die vielen Bücherschränke. Offenbar war die Dame des Hauses eine belesene Frau.

»Mein Mann ist auf Reisen. Leider hat er es sich in den Kopf gesetzt, dass Ferdinand alsbald zu heiraten hat. Morgen treffen seine Verlobte und ihre Eltern ein, um die Angelegenheit zu manifestieren. Man bringt eine Menge Geld mit und die Familien werden weitere Reichtümer erschaffen.«

Was waren das für Worte? Professor Miller nahm sich etwas von dem angebotenen Gebäck.

»Sie haben es bemerkt, Herr Professor. Ich halte nichts von diesen Verbindungen. Meine Familie hat mich mit Gregor von Waldherr verheiratet, weil ich mich in den falschen Mann verliebt hatte. Er war nicht von Stand und besaß kein Vermögen. Ich hätte mir für meinen Sohn eine andere Welt gewünscht.«

Professor Miller war sichtlich erstaunt über so viel Offenheit und er verstand nun, worunter Ferdinand in Wahrheit litt.

»Bei meiner Hochzeit sagte mir meine Mutter, ›heirate und dann mache, was du willst‹.«

Vor lauter Überraschung über so viel Aufrichtigkeit trank der Professor sogar den angebotenen Likör. Er betrachtete Frau von Waldherr, die so gar nichts Aristokratisches an sich hatte. Sie wirkte eher wie eine gestandene Bauersfrau.

»Wie ich vernahm, ist die Kaiserin in Possenhofen. Nehmen Sie die Geschichte ihrer Schwester Maria. Sie musste mit 15 Jahren diesen Eunuchen Franz von Neapel heiraten, den sie noch nie gesehen hatte. Das Ergebnis war eine Liebe zu einem fremden Offizier, die nicht ohne Folgen blieb. Ist das der Sinn des Lebens für uns Frauen?«

Sie machte eine Atempause, die der Professor nutzen wollte, um zu gehen, aber dann kam sie auf ein Thema, das ihn interessierte.

»Sprechen wir über den König, der sich in großer Not befindet. Meine Familie war in der Nähe, als er aufwuchs und diese Prinzenerziehung verabreicht bekam. Man entfernte ihn von seiner Mutter, weil eine Marie von Preußen keinen bayerischen Prinzen erziehen durfte. Zeit seiner Kindheit blieb er allein, ohne jeden altersgemäßen Spielkameraden. Wenn er etwas spielen wollte, dann musste er das in seinem Kopf tun.«

Sie stand auf, verschloss ihr Fenster zum Garten und schenkte dem Professor einen weiteren Marillenlikör ein.

»Erziehung hieß, ihn dahin zu bringen, dass er an seine hohe Bestimmung glaubte und sich für einzigartig hielt. Zur Askese gehörend ließ man es zu, dass er sich nicht satt essen durfte. Irgendwelche Unterweisung in Gelddingen bekam er gar nicht. Er würde einmal König werden, warum sollte er sich um Gelddinge kümmern? Und heute beschimpft man ihn, weil er so wurde, wie er ist.«

Sie atmete durch und fasste sich wieder.

»Verzeihen Sie einer dummen Frau, Herr Professor. Ich will nicht, dass mein Sohn ein unglückliches Leben lebt.«

Professor Miller betrachtete Ferdinand nun mit anderen Augen. Offenbar hatte ihn sein Vater wie einen Kronprinzen aufwachsen lassen. Aber er wollte sich nicht in die Familienangelegenheiten einmischen.

»Sie können der Familie seiner Verlobten in meinem Namen ein Telegramm schreiben. Teilen Sie mit, Ihr Ferdinand sei noch geschwächt und es müsse jede Aufregung vermieden werden.«

Professor Miller machte einen kleinen Spaziergang, nachdem er sich von der dankbaren Frau von Waldherr verabschiedet hatte. Die feinen Herrschaften gingen nicht mehr zu Fuß. Man fuhr in modischen Einspännern oder großen Kutschen umher. Auf der Straße traf er nur auf Fischer, Dienstboten und kleine Händler, was ihn absolut nicht störte.

Dass sie ihn erstaunt und merkwürdig ansahen, bemerkte er nicht. Schließlich fand er einen Barbier, von dem er sich rasieren ließ, und lief dann den Weg zurück, der zur Villa der Feuchtwangers führte. Dabei geriet er auf Nebenwege und befand sich plötzlich in einer dicht bewachsenen Bucht am See. Da stand er dann und lauschte der Gleichmäßigkeit des anschlagenden Wassers. Das wird auch noch sein, wenn sich in 100 Jahren niemand mehr dafür interessiert, was in unseren Köpfen vorging, dachte der Professor.

Ich verneige mich und höre die Natur. Einen Dank für den Anblick der Berge. Ihr Atem weht herab und erfüllt unsere Herzen. Man spürt von überallher die wärmende Sonne und ihr Licht ist nicht das Gegenteil von Finsternis, ihr Licht ist unser Brot. Und die Dunkelheit ist die abendliche Geschichtenerzählerin, wenn das Holz im Kamin brennt und ein wohltemperiertes

Klavier die Sinne fein eingestimmt hat auf die Worte der großen Dichter. Was ist nur mit den Menschen, dass sie so undankbar gegenüber ihrem Leben sind? Es fehlt ihnen jedes Maß und es mangelt ihnen an Demut.

Professor Miller sah einem großen Karpfen direkt in die Augen. Der schwamm sehr nahe am Ufer und sein Leib streckte sich zur Hälfte aus dem Wasser. Die Ausformung des Mauls, das sich in kurzen Abständen öffnete und wieder schloss, vermittelte den Eindruck, als würde der Karpfen sprechen. Vielleicht erzählte er von den Tiefen des Sees und seinem Leben darin? Der Professor hätte nicht sagen können, woher der Entschluss sein unerwartetes Motiv hatte, aber nun war es für ihn endgültig klar, dass er mit seiner Familie nach Straßburg übersiedeln und Bayern verlassen würde.

»Danke, mein Freund«, sprach er zum Karpfen und machte sich auf den Weg. Dabei entdeckte er, dass an seiner rechten Hand die Arzttasche fehlte. »Du lieber Gott!», rief er entsetzt aus. Es gab nur zwei Varianten, wo er sie vergessen haben könnte. Zunächst vermutete er die Tasche neben dem Stuhl im Salon der Frau von Waldherr, denn dort war er am heftigsten abgelenkt gewesen. Oder aber sie stand neben dem Barbierstuhl, was die Angelegenheit nicht erfreulicher machte. Schnell lief er zurück und sah das kleine Fräulein seiner lachenden Hyäne mit der Tasche am Tor warten. Sie reichte ihm einen Briefumschlag, den er mit der Tasche an sich nahm, knickste und rannte davon. Frau von Waldherr hatte ihn weit über die vereinbarte Summe entlohnt, und so erleichtert gestimmt betrat der Professor schließlich das ihm in der Villa Feuchtwangers zur Verfügung gestellte Gästezimmer. Erst in diesem gediegenen Zimmer merkte er, dass er auf den Teppich tropfte. Die Schuhe und seine Strümpfe waren völlig durchnässt, also musste er beim Karpfen im Wasser gestanden haben. Kopfschüttelnd trocknete er die Füße mit einem seiner größeren Schnupftücher ab und legte sich danach auf das Bett, um etwas zu ruhen. Neben dem Bett befand sich ein Bücherregal, und er griff aufs Geratewohl nach einem der Bücher und schlug willkürlich eine Seite auf, die er aber nicht lesen konnte, denn seine Brille lag zu Hause in seinem Zimmer auf dem Schreibtisch. Doch er wusste sich zu helfen. In seiner Arzttasche befand sich eine Lupe und so konnte er die Zeilen doch noch entziffern.

›Dieses menschliche Herrscherrecht übt er aus in der Kunst des Scheins.‹

Wer hatte ihm diese Zeile zugespielt? Erschreckt schlug er das Buch zu.

Das war Schiller: ›Über das Schöne und die Kunst‹. Aber warum hatte er danach gegriffen? In der Kunst des Scheins war der König aufgewachsen und sie hatte man ihn gelehrt. Auch die Regierung übte die Kunst des Scheins aus. Nichts war so, wie es zu sein schien. Weil die Menschen die Lüge kannten, glaubten sie, etwas über die Wahrheit zu wissen. Dabei war das Wort Wahrheit in seiner Wurzel nichts anderes als Glaube und Hoffnung. Alle Menschen hofften, wenn sie etwas erfuhren, dass es die Wahrheit war. Wenn ein Mensch einen Vogel fliegen sah und alle anderen Menschen neben ihm nicht, wer kannte dann die Wahrheit? Aber er selbst, wie verhielt er sich, wenn es um die Wahrheit gegenüber den Patienten ging? Es war keine Lüge, wenn er die Wahrheit mied, denn im Gesicht der Patienten konnte er lesen: ›Sage sie mir nicht!‹ Vielleicht war es so, dass die Menschen mit dem Glauben und der Hoffnung leben konnten, an der Wahrheit aber verzweifeln würden. Wenn aber die Menschen die Wahrheit nicht wollten, dann durfte die Regierung zu ihrem Schutz auch lügen. Was ging ihm nur so alles durch den Kopf?

Man hatte gewollt, dass der König den Schein wahrte, aber das hatte er nicht getan. Von höchster Stelle erfuhr er einmal, wie der junge König sich in die Akten gestürzt hatte und das schwere Amt lernen wollte, aber bereits damals hatten sie von ihm verlangt, er solle den Schein wahren, mehr nicht.

Professor Miller schloss die Augen. Bis zur Abendtafel durfte er noch ruhen und dort würde er darum bitten, ihm keinen Fisch zu servieren. Von nun an wollte er nie mehr Fisch essen. Kaum hatte er die Augen geschlossen, klopfte es an die Tür. Bankier Feuchtwanger machte es sehr dringend und er schien sich über etwas zu freuen.

»Ein Telegramm aus Füssen!», rief er, »nichts ists mit Luitpold. Seine Majestät befindet sich weiterhin im Schloss Neuschwanstein. Die Regierung lügt. Ein guter Freund beantwortete mir soeben meine Anfrage.«

Der Professor teilte die Euphorie seines Gastgebers nicht. Er sah darüber hinweg, dass Feuchtwanger so einfach hereinspaziert war, ohne dass er ihn dazu aufgefordert hatte, aber die Regierung Lutz würde keine Plakate an den Wänden anbringen, ohne sich nach allen Seiten abgesichert zu haben.

»Sie sagen nichts, Herr Professor? Das sind doch gute Neuigkeiten.«

Der Professor stemmte sich aus dem Bett und schüttelte schläfrig den Kopf.

»Vorher sprach ich mit einem Karpfen.« Er lächelte fein. »Es gibt Taten, die Täter bis zum bitteren Ende zu kaschieren suchen. Glauben Sie mir!«

24

Der Diener Mader rannte über den Flur. Der König hatte ihm befohlen, die alte Reitpeitsche aus dem Stall zu holen, mit der er früher den einen oder anderen Schlag geführt hatte. Mader war froh, dass es ihn diesmal nicht treffen würde. Außerdem sollte Graf Dürckheim, der sich zu privaten Erledigungen auf seinem Besitz in Steingaden befand, sofort vor dem König erscheinen. Mader kam aus den Stallungen und hörte, wie sich die immer zahlreicheren Landleute verabredeten, dass ein Teil von ihnen nach Hohenschwangau ziehen wollte, um diese Münchner Räuberbande in Stücke zu hauen, während die anderen vor dem Schloss bleiben sollten. Mader traf den König vor seinen Gemächern und reichte ihm die Reitgerte. Dieser nahm sie und ging zurück in seine Räumlichkeiten.

»Sie wollen mich lebendig begraben«, äußerte der König ganz ruhig und blieb mitten im Raum stehen. »Willst du etwas sagen?«

Mader nahm seinen ganzen Mut zusammen.

»Das Landvolk marschiert nach Hohenschwangau und wird die Kommission in Stücke hauen, Majestät.«

Der König bewegte sich und ging langsam auf einen Stuhl zu, weil er nicht mehr sehr lange stehen konnte.

»Bring mir etwas gegen meine Zahnschmerzen. Ich will keinen Bruderkrieg und kein Blutvergießen in meinem Bayern. Graf Dürckheim soll Bismarck und Freiherrn Franckenstein telegrafisch informieren. Es muss einen anderen Weg geben.«

Mader hatte sich zurückzuziehen, und er verschloss die Tür leise. Er glaubte nicht an den friedlichen Weg, denn schon in der Bibel stand es geschrieben: ›Auge um Auge, Zahn um Zahn‹. Er verstand die ganze Angelegenheit überhaupt nicht. Wie konnte es tatsächlich jemand wagen, gegen die gottgewollte Ordnung vorzugehen? Er erinnerte sich an die Worte Seiner Majestät von vor ein paar Tagen, als der König an der Tafel saß und plötzlich sagte, es würde immer einen Judas geben, der seinen Herrn beim ersten Hahnenschrei verriet. Die Lakaien hatten sich erschreckt angesehen und Mader hatte sich gedacht: Da ist einer unter uns, der ihn verraten wird. Majestät weiß, was er sagt, einer von uns wird ihn also verraten. Und Mader hatte sich geschworen, dass er es nicht sein würde.

Was der Diener Mader nur ahnte, sollte tatsächlich passieren, denn die Regierung brachte den Lakaien Mayr dazu, zu schwören, dass der König schon lange verrückt gewesen sei. Niemand fragte danach, woher der Lakai Mayr das Wissen nahm, um das beurteilen zu können. Es wurde einfach zur Wahrheit erklärt, und gleichzeitig bemühte sich die Regierung Lutz, die Stimmung im Volk gegen den König aufzubringen. Erneut liefen die Gerüchte durch die Gassen, die Königinmutter habe es mit ihren Dienern getrieben, also seien die Söhne Ludwig und Otto gar keine Wittelsbacher. Auch wurde es als Tatsache ausgegeben, dass der König seine jungen Burschen vergewaltigen würde und überhaupt schon immer ein Homosexueller gewesen sei, was im katholisch denkenden Bayern einer persönlichen Vernichtung gleichkam. Der Pöbel nahm diese Nachreden begierig auf, und schon bald wurde aus den Gerüchten eine Tatsache.

Graf Dürckheim hatte sich das auf seinem Besitz anhören müssen, nachdem er aus Reutte zurückgekehrt war, wo er die Telegramme aufgeben musste, weil die Regierung das in Bayern verhinderte. Sein Freund erzählte, wie stark inzwischen der Einfluss der Regierung auf die Presse war. Eine andere Meinung wurde nicht mehr geduldet. Dürckheim hatte den Freund angesehen und um dessen Meinung über die Gründe gebeten.

»Es ist nicht so, dass alle hinter dem Lutz stehen«, sagte der. »Vor einiger Zeit hatte es eine heftige Auseinandersetzung mit dem Freiherrn Franckenstein gegeben und der nannte Lutz, wegen dessen verleumderischer Aussagen ihm gegenüber, quasi einen Lügner, der sich nicht entblöde, falsche Behauptungen aufzustellen. Freiherr von Soden hat übrigens bestätigt, dass ›die Wahrheiten‹ des Herrn Lutz Lügen waren.«

»Worum ging es dabei?«

»Es ging um die Debatte über weitere Kredite für den König und Lutz hatte behauptet, man hätte auf den Rat des Präsidenten der Reichsräte hin eine Vorlage ausgearbeitet. Die Wahrheit ist aber, dass man weder jemals mit dem König gesprochen, noch einen Rat des Präsidenten bekommen hatte.«

»Ein Ministerpräsident, der lügt.«

»Ja.«

Die Männer gingen hinüber zu den Stallungen und Dürckheim zeigte seinem Freund seine frisch eingerittene Fuchsstute. Sofort wurde ein Ausritt beschlossen und es ging quer über den Besitz derer von Dürckheim. Sie schossen wie verspielte Kinder über die Wege und ließen die Pferde laufen. Bei einer Köhlerhütte hob Graf Dürckheim den Arm. Es war genug. Er wollte die junge Stute nicht überfordern. Als der schwarz gefärbte Köhler die hohen Herren sah, verschwand er lieber schnell in seiner Holzhütte. Die Männer waren allerdings sofort wieder bei ihrem Thema, sodass sie den Köhler kaum wahrgenommen hatten. Der scharfe Geruch verbrannten Holzes machte die Anwesenheit an diesem Ort nicht gerade verlockend.

»Und warum das alles?«, fragte Graf Dürckheim.

»Nimm das seltsame Gebilde dieses Deutschen Reiches. Wenn sie die Zeit des Heiligen Römischen Reiches deutscher Nation zurückhaben wollten, dann mit Wien und nicht mit den Lutheranern in Berlin. Preußen wollte Österreich ausdrücklich nicht im neuen Deutschen Reich haben. Das ist der erste Geburtsfehler. Der zweite ist, dass alle Staaten in das Reich gezwungen wurden. Entweder hat man gegen sie Krieg geführt oder man hat sich die Staatsführungen gekauft. Das ist kein Deutsches Reich, das ist Preußen mit ein paar Kolonien. Die Geschichte Preußens wird neu geschrieben, nicht die eines Deutschen Reiches.«

Graf Dürckheim nahm den Gedanken auf.

»Lass es so sein, mein Freund. Dann hat das Ganze keine große Überlebenschance. Was will man dann mit der Maßnahme gegen Seine Majestät erreichen?«

»Was fragst du? Dir ist die Antwort doch bekannt. Da ist einmal Wien, also Österreich im Hintergrund und zum anderen Frankreich. Beiden Ländern steht der König näher als Berlin. Außerdem ist da noch die Aussicht auf gute Geschäfte mit dem Reich. Und eines darfst du nicht unterschätzen, man hat gemeinsam Krieg gegen Frankreich geführt, das verbindet.«

Das schien in der Tat ein schwerwiegendes Argument zu sein. Er selbst war ein Militär und wusste daher, wie dort gedacht wurde. Graf Dürckheim setzte sich zurecht, ließ die Zügel schleifen und sah den Freund an.

»Warum muss der König unbedingt für verrückt erklärt werden?

Hofsekretär Bürkel betont auch heute noch immer wieder, er habe den König nur in seinen Wünschen, was seine Bauten betraf, als jemanden erlebt, der das Maß für die Wirklichkeit verloren habe. Das galt aber nie für Gespräche über Kunst, Literatur und Theater, bei denen der König nicht nur seine gediegene Belesenheit gezeigt habe, sondern geradezu bezaubernd und ein guter Zuhörer gewesen sei. Ich erlebe das ebenso. Der König ist eine ungewöhnliche Persönlichkeit.«

Graf Dürckheim hielt an und schaute auf die Felder, in denen die Wildschweine wieder einmal heftigst gewütet hatten. Er würde verhindern müssen, dass seine Pächter erneut auf eigene Faust zur Jagd gingen.

»Das ist es aber«, stimmte der Freund zu. »Der König ist außergewöhnlich und genau das kann der Gewöhnliche nicht ertragen.«

Graf Dürckheim nickte ihm zu.

»Kain erschlug seinen Bruder Abel, weil der ein prächtigeres Feuer entzündete und er selbst ein elender Stümper blieb.«

»Du darfst dir die Lage in München nicht so vorstellen, dass sie dort alle wie selbstverständlich gegen den König agieren. Es besteht durchaus ein heftiges Misstrauen gegen Lutz und vor allem auch gegen diesen Irrenarzt Gudden. Freiherr Franckenstein hatte mit den Prinzen gesprochen und die Söhne Luitpolds befürworten diese Irrentheorie auch nicht. Übrigens hat der Polizeiminister Feilitzsch bereits im Winter versucht, diese Idee von Gudden vom Tisch zu bekommen. Leider bestehen sie alle, auch Franckenstein, auf den Rücktritt seiner Majestät, zumal er selbst es bereits häufiger angeboten hatte. Aber sie streiten untereinander.«

»Auf Kosten Seiner Majestät. Und wenn der König sich weigert, ist er verrückt«, sagte Graf Dürckheim.

»Der Lutz steckt in einem ziemlichen Dilemma, denn seine Vorlage für den Landtag wird dort abgewiesen werden. Die Finanzlage des Königs ist sozusagen Familiensache und betrifft den Landtag gar nicht. Hinzu kommt, dass ihn zahlreiche Politiker gegen Franckenstein austauschen wollen und der hat, im Gegensatz zu Lutz, deutlich gesagt, er würde auf jeden Fall erst einmal mit dem König reden wollen.«

Die Herren kehrten zu den gräflichen Stallungen zurück und Graf Dürckheim bemerkte die Blicke des Freundes.

»So schnell verliebt, mein lieber Alwin? Ich kenne dein Augenspiel, seit wir zusammen unseren Militärdienst begannen.«

»Ich bin durchschaut.« Alwin lachte und reichte seinem Freund die Hand.

»Alfred Graf Eckbrecht von Dürckheim-Montmartin, Euer untertänigster Diener Alwin bittet um den Huf dieser wunderschönen Prinzessin.«

Die Männer scherzten gemeinsam und Graf Dürckheim schlug ein. Unter den Edlen sprach man nicht über Geld. Alwin würde den Preis für die Fuchsstute selbst bestimmen und Dürckheim würde damit zufrieden sein. Doch schnell wurden die Gesichter wieder ernst.

»Lutz wollte handeln, bevor er alles verspielt hat. Indes ist auch Franckenstein ein uneingeschränkter Befürworter der Reichsidee. Für ihn gibt es zum Reichstag in Berlin keinerlei Wahlmöglichkeit. Er hält den König für einen Vertreter der Idee einer absoluten Monarchie und das ist mit dem Selbstbewusstsein des heutigen Bürgertums nicht mehr vereinbar.«

Graf Dürckheim war bedrückt.

»Damit bleibt die Abdankung des Königs ohne Gegenvorschlag. Einziger Unterschied bleibt der, dass Franckenstein nicht an einen verrückten König glaubt, während Lutz mit dem wahnsinnigen Monarchen hausieren geht.«

»Sage Seiner Majestät deutlich, dass er über die Grenze gehen muss, sonst ist er verloren.« Alwin hatte das eigentlich Unsagbare endlich ausgesprochen.

Graf Dürckheim betrat sein Haus und wurde mit der Nachricht konfrontiert, der König wünsche ihn sofort zu sehen.

»Du siehst, der Lutz lässt keine Zeit verstreichen«, sagte Alwin.

Die Männer umarmten sich und Dürckheim machte sich auf den Weg zum Schloss Neuschwanstein.

Mader lief in gehörigem Abstand hinter dem König. Der stand inzwischen im Freien und betrachtete das Baugerüst am hinteren Teil des Schlosses. Immer noch war sein Neuschwanstein nicht zu Ende gebaut. Er lief zurück und betrat den Thronsaal, der auch noch nicht fertig gestellt worden war. Alles blieb Stückwerk.

Irgendwo schnatterten Gänse. Tauben flogen auf und Krähen lärmten. Jetzt also hatten sie ihn dicht umlagert und wollten ihn zum Sklaven machen. Welch ein unziemliches Verhalten gegenüber einem König. Er wollte sein Testament ändern. Einmal hatte er Elisabeth versprochen, sein Land Bayern ihrem Rudolf zu vererben. Aber Elisabeth hatte ihm zu verstehen gegeben, dass das Gesindel rund um den Kaiser weder sie noch ihren Rudolf mochte. Das Geschrei der Vögel störte. Der König ging zurück und hatte eine Entscheidung getroffen. Doch es wurde Nacht, bevor er zur Tat schritt.

»Bringe mir den Wachtmeister der Füssener Gendarmen.«

Mader eilte über den Flur und lief zum Tor hinab. Der Regen durchnässte ihn, noch bevor er den Mann erreicht hatte. Er rief und Ferdinand Boppeler war sofort zur Stelle. Der Wachtmeister straffte sich und eilte hinter Mader her. Er glaubte an einen Irrtum. Es war gegen halb 2 Uhr nachts und da sollte der bayerische König ihn rufen?

In militärischer Haltung blieb Boppeler stehen und sah, wie Seine Majestät aus den hinteren Räumlichkeiten auf ihn zukam.

»Herr Wachtmeister, geben Sie mir einen Rat, was muss ich tun? Es ist eine Entmündigungskommission gekommen, welche mich für irrsinnig erklärt und mich lebendig begraben will, wie meinen Bruder Otto. Das ertrage ich nicht, bitte geben Sie mir einen Rat. Ich bin ärmer dran wie ein Bettler, der kann die Gerichte in Anspruch nehmen, ich als König nicht.«

Boppeler hatte schon viel Gerede über den König gehört. Vor allem auch über das, was man seine ›cholerischen Anfälle‹ nannte. Was sollte er antworten? Konnte er es überhaupt wagen, Seiner Majestät einen Rat zu erteilen? Dieser schien ihm völlig ruhig, fast in sich versunken zu sein. Er erinnerte sich an das, was er in den letzten Tagen häufig gehört hatte.

»Majestät könnten nach München reisen und vor den Landtag treten.«

Der König hob den Kopf und sah ihn direkt an.

»Nein, ich wahre mein gutes Recht und gehe nicht, ich will sehen, wie und wer mich für irrsinnig erklären kann, wenn ich es nicht bin.«

Der König näherte sich dem Wachtmeister, der immer nervöser wurde.

»Jetzt, Herr Wachtmeister, bitte ich, die ganze Kommission zu verhaften und hierher auf das Schloss zu bringen.«

Der Ton des Königs war schärfer geworden. Boppeler war klar, was das bedeutete, denn die Kommission besaß Papiere mit den Unterschriften der Regierung. Er versuchte, sich zu sammeln.

»Majestät, ein Wachtmeister der Gendarmerie kann eine Verhaftung nur vollziehen, wenn er einen schriftlichen Haftbefehl vorweisen kann.«

Der König nahm die Hände vor seinen mächtigen Leib und machte ein freundliches Gesicht.

»Ich habe keine Vorstellung von einem Haftbefehl, denn ich habe noch niemals einen solchen zu Gesicht bekommen. Da ich annehme, dass dies bei Ihnen völlig anders ist, so bitte ich Sie, einen Haftbefehl anzufertigen.«

Mader brachte die notwendigen Utensilien herbei und rückte für den Wachtmeister einen Tisch zurecht.

Der schrieb im Stehen, denn er konnte sich in Anwesenheit des Königs nicht einfach hinsetzen.

Dem König dauerte das Prozedere zu lange und er unterschrieb den Haftbefehl, ohne ihn zu studieren. Das königliche Siegel machte ihn zu einem Dokument, das Wachtmeister Boppeler als Diener des Königreichs Bayern auswies, der einen Befehl auszuführen hatte. Der war damit zufrieden, denn nun war er für das weitere Geschehen nicht mehr in Obligo zu nehmen.

Der König ging in sein Refugium zurück, während Wachtmeister Boppeler sich auf den Weg nach Hohenschwangau machte.

Als Graf Dürckheim im Schloss die Antworten auf seine Telegramme aus Reutte in die Hand bekam, sah er sich schnell in seinem Entschluss bestärkt, dem König die Abreise nach Tirol dringend zu machen, wenn Majestät nicht nach München fahren wollte. Er hatte den Freiherrn Franckenstein telegrafisch ersucht, sich so schnell es ging in Reutte einzufinden. Dort in Tirol könnte in Ruhe über die bedrohliche Lage gesprochen werden. Obwohl er wusste, dass der König bei Begriffen ›alles für das Vaterland‹ und ›Pflichtbewusstsein‹ zu ketzerischen Bemerkungen angeregt wurde, während sie für Freiherr Franckenstein ein Credo waren, blieb keine andere Persönlichkeit mit Einfluss, die dem König noch helfen konnte. Bismarck, so las er, hatte sich entschlossen abzuwarten und zu schauen, wer aus der Angelegenheit als Sieger hervorging. Freiherr Franckenstein als bayerischen Ministerpräsidenten zu sehen, wäre für ihn allerdings eine mehr als angenehme Lösung.

Auf dem Weg zum Monarchen hörte der Graf, dass

der König den Befehl zur Verhaftung der Münchner Kommission gegeben hatte. Wenn er diese Order bis zur letzten Konsequenz durchdachte, dann gab es nur ein Urteil: Hochverrat, und die sich daran anschließenden Hinrichtungen. Sollte dies das Ziel des Königs sein, dann war mit einer Reise des Fürsten Franckenstein nach Reutte nicht mehr zu rechnen.

Der Wachtmeister Boppeler verteilte seine acht Gendarmen um das alte Schloss Hohenschwangau und verlangte, im Namen des Königs, eingelassen zu werden. Dafür war die Fangkommission alles andere als zugänglich. Man rieb sich erstaunt die Augen und wollte nicht glauben, dass es sich wirklich um einen Befehl des Königs handeln sollte. Man hielt ihn für verrückt und so schien es unmöglich, dass er selbst einen Haftbefehl ausgeschrieben hatte. Crailsheim, Doktor Gudden und die anderen Herren berieten sich und entschieden, dem Ansinnen des Wachtmeisters nicht Folge zu leisten. Man ging gemeinsam zum Tor und wies Boppeler darauf hin, dass man im Auftrag des Prinzregenten Luitpold anwesend sei und der König inzwischen ein ehemaliger König wäre und nichts mehr zu befehlen hätte. Hinter dem Wachtmeister sahen die Herren der Kommission einige Landleute und Holzfäller stehen, die sich in freudiger Erwartung auf eine Prügelei die Hände rieben. Angesichts der allgemein bedrohlichen Situation empfand man es als vernünftig, sich wieder in das alte Schloss zurückzuziehen. In diesem Moment hörten sie die befehlsgewohnte Stimme Boppelers.

»Ich habe Order Seiner Majestät, unseres Königs, alle Männer zu verhaften, die sich Zugang zum Schloss Neuschwanstein verschaffen wollten. Das Schloss Hohenschwangau ist umstellt. Entweder Sie kommen heraus, oder ich komme mit meinen Leuten hinein.«

Zur Manifestierung seiner Forderung ließ er die Gewehre von den Gendarmen durchladen. Nun durchfuhr die Herren der Fangkommission doch ein ziemlicher Schreck. Man schaute sich an und wusste nicht so recht, wie man auf die Drohung reagieren sollte, denn man sah sich absolut im Recht. Andererseits konnte man mit einem Papier und der Unterschrift des Prinzen Luitpold nichts gegen Gewehre ausrichten. Während die Herren noch überlegten, gab Baron Washington zu verstehen, dass ihn die Angelegenheit nicht tangierte.

»Meine Herren«, sagte er, »ich war in Neuschwanstein gar nicht anwesend. Mich betrifft der Haftbefehl nicht.«

Doktor Gudden und die anderen Zivilisten hatten keinerlei Neigung, sich dem König zu stellen. So blieb den hohen Herren nichts übrig, als mit einem Vorschlag auf den Wachtmeister zuzugehen.

»Also gut«, sagte Minister Crailsheim, »drei von uns werden sich stellen. Wir gehen freiwillig mit und wir wünschen, nicht gefesselt zu werden.«

Neben Crailsheim führte Wachtmeister Boppeler noch die Grafen Holnstein und Törring ab, die schnell froh waren, dass sie von Gendarmen umringt wurden, denn sonst hätte es einen blutigen Spießrutenlauf gegeben.

Graf Dürckheim sah zum König hinüber und wartete.

»Es sind manche Erscheinungen da, die wir nicht erklären können. Am Fenster erschien mir ein roter Milan. Dann flog er zu einem Baum hinüber und kehrte noch einmal zurück. Was hat das zu bedeuten?« Der König machte eine Pause. »Was ist mit Reutte, Herr Graf?«

»Majestät, Reutte ist unsere einzige Möglichkeit, mit der Außenwelt in Kontakt zu treten. Die Regierung hat uns alle Verbindungen genommen.«

Der König stützte sich auf eine Stuhllehne.

»Diese Herren sagten doch immer, ich müsse mich häufiger an das Volk wenden, und nun nehmen sie mir jede Verbindung? Ich sage Ihnen etwas, Herr Graf, würde ich nach München fahren, ich liefe in eine Falle.«

Damit war das Telegramm von Bismarck vom Tisch, denn der hatte die Reise als ›Ultima Ratio‹ vorgeschlagen. Graf Dürckheim rührte sich nicht von der Stelle, denn er spürte, dass es schnell mit der inneren Ruhe des Königs vorbei sein konnte.

»So ist es also. Der bayerische König ist gezwungen, sich von Österreich aus an sein Volk zu wenden. Was ist mit Freiherr Franckenstein?«

Mader schlich von hinten an Graf Dürckheim heran und flüsterte ihm etwas zu.

»Majestät, Wachtmeister Boppeler hat die drei Gefangenen Crailsheim, Törring und Holnstein eingeliefert.«

Die Stimme des Königs bebte vor Zorn.

»Wer hat ihm das befohlen? Ich will, dass alle Beteiligten dieser Unverschämtheit festgenommen und in Ketten gelegt werden. Wenn der Wachtmeister meine Befehle nicht ausführt, so soll er ersetzt werden.«

Der König sank ermattet auf den Stuhl und schaute vor sich hin.

Graf Dürckheim zog sich zurück. Auf dem Flur blieb er stehen.

»Mader, wo sind die Herren untergebracht?«

»In den Lakaienzimmern im Torbau«, antwortete er, »aber dort gibt es keine Ketten, Herr Graf.«

Dürckheim winkte ab und begab sich zu seinen Räumen. Inzwischen hatte sich Wachtmeister Boppeler mit seinen Männern erneut auf den Weg gemacht. Noch einmal passierte ihm das nicht, dass die Herren mit ihm schacherten. Diesmal entkam ihm keiner.

Doktor Gudden schaute auf die vielen Gewehre und war empört. Vorsichtshalber sagte er lieber nichts. Anders Baron Washington, der noch einmal laut darauf hinwies, dass er bei der versuchten Ingewahrsamnahme Seiner Majestät nicht dabei gewesen sei.

»Sie können mich nicht arretieren, Herr Wachtmeister, ich war nicht beteiligt und daher trifft der Haftbefehl auf mich nicht zu.«

Diesmal blieb Boppeler unnachgiebig und befahl den Abmarsch. Die Herren fügten sich murrend, bis auf einen. Legationsrat Doktor Rumpler hielt sich versteckt, bis das Kommando mit den Herren abmarschiert war.

Graf Dürckheim fühlte sich in der nun eingetretenen Situation unwohl. Das bedeutete in jedem Fall eine schwere Provokation einer bereits sehr nervösen Regierung Lutz. Denn eines war klar: Die Agenten der Regierung hatten die Vorfälle längst nach München gemeldet. Ihnen standen die Telegrafen uneingeschränkt zur Verfügung.

Graf Dürckheim täuschte sich nicht. Allerdings war es kein Agent, der nach München telegrafiert hatte. Sofort nach der gescheiterten Festsetzung des Königs war es Minister Crailsheim, der an den in München weilenden Kriegsminister Heinleth telegrafierte und die schnelle

Überstellung regierungstreuer Gendarmen forderte und bat, den Oberst des bayerischen Heeres Freyschlag zu informieren. Die gesamte Wachmannschaft im Schloss Hohenschwangau sollte ausgetauscht werden.

25

Wie er es auch wendete, die einzige Möglichkeit, noch etwas zu retten, hieß Reutte und nur dort war eventuell noch eine vernünftige Lösung zusammen mit dem Freiherrn Franckenstein möglich. Dürckheim lief wieder einmal zum König und fand diesen in der gleichen Haltung vor, in der er ihn verlassen hatte.

»Wenn man nur lange genug hinsieht, dann wachsen Gipfel und Himmel zusammen. Wenn dann der Mond daran vorbeizieht, vibriert die Luft.«

»Majestät, auf ein Wort.« Dürckheim wurde unruhig.

»Zwischen den Wolken ruft Gott. Wer hat mir das einmal gesagt? Oder las ich es in einem Gedicht von Elisabeth? Die Kaiserin liebt Heine. Man hat sie deshalb beschimpft. Dunkle Müdigkeit ist in mir, Herr Graf, wenn ich an diesen Beamtenpöbel denke.«

Der König erhob sich und ging zu seinem Bücherstapel hinüber.

»Majestät, mit tiefer Verbeugung, wir müssen hinüber nach Reutte. Hier ist nichts mehr sicher. Auch hat sich Freiherr Franckenstein angesagt.«

»Ich bin müde. Ich kann jetzt nicht fahren. Was soll ich in Tirol machen?« Der König kehrte Dürckheim den Rücken zu.

»Entlassen Sie Lutz, Majestät, und nehmen Sie Freiherr von Franckenstein.«

Doch der König hörte ihn nicht mehr. Er wollte sich auf sein Bett legen, aber er blieb dann doch mitten im Raum stehen. Tief besorgt ging Graf Dürckheim hinaus. Mader meldete ihm, dass die Kohorte mit den restlichen Gefangenen auf das Schlosstor zukam. Bevor Mader hinüberlief, stand wie aus dem Boden gewachsen der König vor ihm.

»Die Tage machen mich elend. So geht es dahin. Ich möchte keine Spiegel mehr in meiner Nähe sehen. Und in der Nacht, wenn ich aufwache, habe ich den Traum vergessen. Vielleicht sollte ich gar nicht auf meine Träume reagieren. Überall lauern menschliche Abgründe. Wie hieß noch gleich der Fotograf aus München, der Hoffotograf König Ludwigs?«

Graf Dürckheim schien es, als würde der König schlafwandeln.

»Majestät, die übrigen Gefangenen sind eingeliefert.«

»Jetzt weiß ich es wieder. Albert hieß er, Joseph Albert, Hoffotograf.«

Der König wandte sich ab und ging.

Im Schlosshof entstand ein regelrechter Tumult. Ein Trupp Feuerwehrmänner mit glänzenden Helmen schickte sich an, die Gefangenen zu malträtieren. Mit erhobenen Fäusten gingen sie vor und wurden von den Gendarmen zurückgehalten. Graf Dürckheim hörte die Rufe des Oberstleutnant Washington, seine Verhaftung beruhe auf einem Irrtum. Dann sah er wie Crailsheim versuchte, dem Bezirksamtmann etwas zu sagen. Wer hatte den Amtmann einbestellt? Als er die beiden Männer kurz tuscheln sah, konnte er es sich denken. Ein Feuerwehrmann drängte sich dazwischen und schrie Crailsheim an, »ich prügele dir deine Augen in den Schädel.« Graf Dürckheim sah den Diener Weber daneben stehen und winkte ihn zu sich. Sie trafen sich auf dem Gang.

»Was hast du da unten verloren? »

»Der Bezirksamtmann hat gebrüllt, alle müssten das Schloss verlassen.«

Graf Dürckheim schüttelte den Kopf.

»Unsinn. Hast du gehört, was Crailsheim ihm geflüstert hat?«

»Es werden 36 Mann Gendarmerie das Schloss umstellen.«

Das war eine klare Androhung von Gewalt. Unterhalb des Schlosses standen die Feuerwehrleute und das Landvolk zur Abwehr bereit. Nur ein Wort und man würde aufeinander schießen. Die Zeit für eine Entscheidung des Königs war überreif. Als er in das Vorzimmer eintreten wollte, sah er Wachtmeister Boppeler.

»Ich habe keine Seele, die meinen Schmerz mit mir teilt. Wäre es doch nur vorüber.« Die Stimme des Königs klang entmutigt.

Dürckheim winkte Boppeler hinaus und sah den König an. Er war blass und wirkte unentschlossen.

»Der Wachtmeister sprach von einer Abordnung Gendarmen des Kriegsministers. Ich will nicht, dass meine Treuen abgeschossen werden.

Bin ich ein gemeiner Verbrecher, dass man mich von Gendarmen jagen lässt?», rief der König.

»Majestät, noch lässt es sich richten. Es ist angeschirrt. Majestät können sofort abfahren.«

Der König setzte sich und stand gleich wieder auf.

»Graf Dürckheim, ich will nicht, dass meinetwegen Blut fließt. Ich will nicht, dass meine Bayern aufeinander schießen. Ich werde meinen Abschied nehmen und zurücktreten, sagen Sie denen das.«

Graf Dürckheim straffte sich.

»Es ist zu spät, Majestät. Prinz Luitpold hat sich zum Regenten ausrufen lassen und alle Minister im Amt bestätigt. Der hiesige Bezirksamtmann hat es den Feuerwehrleuten zugerufen, als sie die Minister verprügeln wollten. Man kann nicht davon ausgehen, dass Freiherr von Franckenstein eine Gegenregierung installieren wird. Lassen Sie uns abreisen, Majestät, und von Reutte aus eine Gegenproklamation ausrufen.«

Der König schwieg. Graf Dürckheim hatte zu gehen. Er lief die Treppe hinab und wusste eigentlich gar nicht, warum er das tat. In ihm bohrte die immer stärker werdende Gewissheit, dass sie alles falsch gemacht hatten. Er hätte doch wissen müssen, dass ein König, der die Kriege von 1866 und 1870 schon nicht haben wollte, in seinem eigenen Land jede Gewaltanwendung ablehnen würde. Aber einen Aufstand hatte ein Herrscher noch nie ohne Blutvergießen zerschlagen können.

Dürckheim fragte sich, wie lange er es ertragen könnte, wenn man ihn dermaßen bedrängte und ihm dabei ständig suggerierte, er wäre verrückt. Wie lange konnte ein Mensch das aushalten? Er hatte seinen König gesehen und er wusste, wie er litt. Das alles hatte die Ausmaße einer Kesseljagd angenommen, bei der das Wild von Treibern umzingelt und in eine Mulde abgedrängt wurde, damit es die Jagdherren von den Rändern her bequem abschießen konnten.

Der König hatte die Fenster geöffnet und lehnte sich weit hinaus. Welch ein einmaliger Ausblick hinab in die Schlucht der Pöllat.

»So bezaubernd und einzigartig», hatte er einmal zu Elisabeth gesagt, »dass die Welt dort nur göttlich genannt werden darf.« Sein Vater Maximilian war es, der die Familie immer wieder in diese herrliche Bergwelt geführt hatte. Der König war in Gedanken bei seiner Mutter Marie, nach der die Hochbrücke über die Pöllat benannt worden war. Sie war eine ausnehmend gute Bergsteigerin. Unter ihm lagen der Alp- und der Schwansee, glänzend wie die schwarzen Augen der Mutter Erde. ›Nie sollst du mich befragen‹, hatte der Schwanenritter Lohengrin von seiner Elsa gefordert. Er war der Sohn des Roten Ritters Parzival. Das war auch seine Herkunft, die Welt des Wolfram von Eschenbach, die Gralshüter und die Schwanenburg, nur deshalb und dafür wurde einer wie er König. Nicht wegen dieser abgefeimten Gesellschaft mit ihren hündischen Kerlen, die daherschwatzten, als könnten sie die gottgegebene Welt verwalten wie einen Bauernhof und sich gleichzeitig hinaufschwingen in die luftigen Höhen der Edlen und von Gott Bestimmten. Nichts waren sie, gar nichts. ›Perlen vor die Säue‹ wäre eine Kränkung der Tiere.

Noch weiter hinaus. Fast konnte er die Winde greifen, die um seine Burg spielten. Die Gnade der Mutter Erde lag über diesen Bergen, und sie würden immer sein, heilig und unnahbar, und mit göttlichem Segen blühen.

Fast war sie fertig gebaut, seine Schwanenburg. Bald war es 20 Jahre her, als er die Befehle zum Bauen gegeben hatte. Die Männer am Bau hatten ihn geliebt, denn er gab ihnen das Recht auf eine Zahlung von Lohn, auch wenn sie krank waren oder sich an der Baustelle verletzt hatten. Sollte jemand zu Tode kommen, so hatte er es bestimmt, dann bekam dessen Familie eine regelmäßige Auszahlung wie eine Rente. Fabrikanten und Geldleute hatten sich über diese soziale Ader ihres Monarchen empört gezeigt, allerdings nur hinter vorgehaltener Hand.

Drüben flog er wieder, der rote Milan. Der König hob seine Hand ein wenig, als böte er sie dem Vogel an. Sie hatten ihm distanzlosen Umgang mit dem Pöbel vorgeworfen und es ihm angekreidet, dass er sich dem Landvolk gegenüber freundlich zeigte und mit ihnen, diesen doch so feinen Herren, nichts zu tun haben wollte. Keiner der Bauern hatte ihn jemals betrogen oder angelogen, so wie sie es getan hatten. Er brauchte nur an seine Pläne für die Burg Falkenstein bei Pfronten zu denken, deren Baubeginn sie ihm bestätigt hatten. Nichts davon war wahr, keinen einzigen gemauerten Stein hatte es gegeben. Alles Lüge. Er hätte niemals so nachgiebig sein dürfen. Köter brauchten eine kurze Leine und eine strenge Hand. Wenn er sich an das am Plansee bei Reutte geplante chinesische Schloss erinnerte, dann war gerade seine Nachgiebigkeit der Grund gewesen, dass es nicht entstanden war.

Der Kaiser von China war der Sohn des Himmels. Gott setzte die Menschen auf die Erde und er bestimmte, wer ein Sohn des Himmels wurde und wer nicht. Jetzt hetzte ihn die Meute, die er selbst gefüttert hatte. Er flüsterte: »Ich schaue zurück. Noch immer fürchten sich die Tauben, und die Schwalben finden ein Nest zwischen den Steinen. Es sind die Toten, die nicht mehr träumen.«

›Ein Mut, der an den Seinen zum Verräter wird, ist gut fürs Höllenfeuer und ist ein Hagelschlag für allen hohen Wert und Adel.‹ So schrieb es Wolfram von Eschenbach in seinem ›Parzival‹. Der König lächelte.

Gegen 14 Uhr brachten die Lakaien Weber und Mader dem König das Frühstück, so wie es jeden Tag geschah. Diesmal aber erschraken sie zutiefst, denn der König wollte sich eben aus dem Fenster stürzen. Mader rannte über den Gang, um Graf Dürckheim zu rufen.

Der königliche Bezirksamtmann Bernhard Sonntag schritt über den Innenhof und zeigte einem jeden, dass er eine wichtige Person war.

Er ließ sich zu den Eingesperrten bringen. Während Graf Holnstein sich nonchalant gab und Graf Törring die Nase hoch trug, war Doktor Gudden empört.

»Sie«, rief er, »wissen Sie denn nicht, wer ich bin? Lesen Sie endlich mein Gutachten. Es gibt eine vererbte Geisteskrankheit zu bekunden. Ganz typisch dafür sind die Scheu vor Menschen und diese Sucht nach Einsamkeit. Kein normaler Mann will ständig allein sein. Der König halluziniert und fantasiert. Seine Kopfschmerzen sind so auffällig wie seine Schlaflosigkeit, die Fettleibigkeit und eine bewiesene Kurzsichtigkeit.«

Der Bezirksamtmann wollte etwas sagen, doch Gudden schnitt ihm das Wort ab.

»Seine Aggressivität gegen die Lakaien und der gleichzeitige vertraute Umgang mit dem Pöbel, auch die Freundlichkeit gegen das Landvolk, das ist alles auffällig. Die kränkende Art gegen regierende Personen und seine Abneigung gegen seine Pflicht zu regieren, all das hat mich zu einem eindeutigen Ergebnis geführt. Der König gehört weggesperrt und nicht ich.«

Bezirksamtmann Sonntag zeigte ein unbeeindrucktes Gesicht.

»Meine Herren, Sie sind frei. Eine entsprechende Anordnung der Regierung liegt mir vor. Ich möchte Ihnen dringend raten, einzeln und in gehörigem Abstand Neuschwanstein zu verlassen. Für Ihre Sicherheit kann ich allerdings nicht garantieren.«

Als der Minister Crailsheim im Schlosshof stand, kehrte der Diener, den er bestochen hatte, aus Hohenschwangau zurück. Er hatte ihm einen Zettel zugesteckt, der an den Legationsrat Rumpler gerichtet war und wo er geschrieben hatte: ›Höchste Eile tut not, wir sind in höchster Lebensgefahr. Der König hat befohlen, uns zu töten. Schicken Sie so schnell wie möglich Hilfe.‹ Nun erschien das doch recht albern gewesen zu sein und Crailsheim hätte dem grinsenden Lakaien gerne eine Watsche verpasst.

Doktor Gudden erregte sich erneut.

»Da lässt uns der König gefangennehmen und wir müssen von Hohenschwangau zu Fuß hierher laufen und nun zwingt man uns, den ganzen Weg erneut zu Fuß zu gehen. Es ist empörend.«

Graf Holnstein zeigte einen Zettel herum.

»Hier ist der Beweis. Der König schrieb, man möge uns mit Stricken binden und bis aufs Blut auspeitschen.«

Die Herren verließen eilig die Burg und liefen die Bergstraße hinab. Ein junger Bursche saß in einem Baum und drohte Gudden mit der Faust.

»Werft den Schandbuben in die Pöllatschlucht!«, schrie der Bursche.

Doktor Gudden zog es vor, still und mit eingezogenem Kopf das Weite zu suchen. Unterhalb des Schlosses standen überall Grüppchen mit drohender Haltung. Graf Dürckheim saß auf seinem Pferd und man schaute sich ins Gesicht. Törring und Holnstein waren wieder obenauf. Die anderen, froh, unbeschadet davongekommen zu sein, liefen weiter. Grußlos gingen die Herren an Dürckheim vorbei. Der kannte jeden persönlich. Sie waren kein Grußwort wert.

An der Wegbiegung traute sich Doktor Gudden nicht mehr weiter.

»Herr Bezirksamtmann, im Angesicht drohender Gefahr bitte ich Sie inständig, mich hier nicht allein zu lassen. Nehmen Sie mich in Ihrem Wagen mit nach Füssen, ich bitte sehr.«

Der Kutscher drehte sich zum Bezirksamtmann Sonntag und der reichte Gudden wortlos eine Zigarre. Mehr an Verachtung gegenüber dem schlotternden Arzt erlaubte ihm sein Amt nicht. Dann fuhr er einfach davon.

Auf der gesamten Wegstrecke gab es Beschimpfungen und Drohungen. Jemand aus der Gruppe sagte, kurz bevor sie Hohenschwangau erreichten: »Er wird uns verfolgen lassen.« Wer hatte das ausgesprochen? Man versammelte sich und wurde wieder unruhig. Was wäre, wenn der König von ihrer Befreiung hören und ihnen seine Gendarmen hinterherschicken würde? Aus der Unruhe entstand Panik und man entschloss sich, mit einem vierspännigen Jagdwagen zu fliehen. Crailsheim, Törring, Holnstein, Washington, Doktor Gudden und Doktor Müller drängten sich zusammen und man raste in hohem Tempo zur Bahnstation Peißenberg, die fast 60 Kilometer entfernt lag. Immer wieder erschrak die Gruppe, wenn sich irgendwo Reiter zeigten. Das ganze Land schien eine einzige Bedrohung zu sein. An die von ihnen zurückgelassenen vier Irrenwärter verschwendete niemand einen Gedanken. Man hatte ihnen gesagt, sie sollten sich irgendwie nach München durchschlagen, und waren davongerast. An der Bahnstation Peißenberg wartete Legationsrat Rumpler und sah erstaunt auf die aufgeregten Herren. Holnstein, der sich während der Gefangenschaft so salopp gab und noch scherzen wollte, nachdem man ihm seine Uniform abgenommen hatte, stand am Bahnsteig mit falsch zugeknöpfter Jacke. Er dachte nicht an irgendeine unbekannte Person, der er diese Demütigung heimzahlen würde. Da war jemand vor seinem inneren Auge, der seine Wut noch spüren sollte.

Graf Dürckheim hatte darauf geachtet, dass niemand aus der Bevölkerung die freigelassenen Herren belästigte und war dann zurück zum Schloss geritten, wo ihn Mader in heller Aufregung empfing. Sofort eilte der Graf in die Gemächer des Königs und fand ihn bei seinen Büchern.

»Ich sagte bereits einmal, keine sieben weißen Elefanten bringen mich nach München zurück.«

Der König hatte kaum geschlafen und bewegte sich steif und unsicher. Graf Dürckheim schaute auf die geschlossenen Fenster.

»Ich habe angeordnet, den Verrätern die Augen auszustechen und ihnen die Haut abzuziehen. Hat es gewirkt?«

»Aber Majestät!«, rief Graf Dürckheim überrascht.

»Es lebe der König, sollen sie in ihren letzten Minuten rufen.«

Der Graf wusste nicht, was er von diesen Worten halten sollte.

»Doktor Gudden ängstigte sich sehr«, sagte er.

Der König kam näher, was sonst gar nicht seine Art war.

»Der Lakai Mader erzählte, man habe einen schriftlichen Auftrag von mir gefunden, in dem ich diese Befehle gegeben haben soll. Glauben Sie, dass ich die Anordnung zur Tortur gegeben habe?«

»Niemals, Majestät«, bekräftigte der Graf.

»Aber die Herren werden es glauben machen!«

Dessen war sich Graf Dürckheim allerdings auch sicher. Sie würden sich in München als Helden darstellen, die sich aus einer Todesbedrohung befreien konnten.

»Es ist seltsam«, sagte der König leise. »Einst glaubte ich, mir einen Adlerhorst zu schaffen, nun lebe ich in einem Taubenschlag. Alle Welt bricht über mich herein. Da ging ich im Morgenrock umher und schon stand die Baronin Truchseß in meinem Zimmer und fuchtelte mit dem Regenschirm und rief, sie wolle mich beschützen. Bin ich hier in einem Tollhaus? Ich wollte gerne darüber lachen, wenn es nicht so traurig wäre. Morgen kommen diese Sozialdemokraten und legen mir eine Bombe unter das Bett. Wie steht es um meine Sicherheit, Graf Dürckheim?«

Der König wankte, griff mit beiden Händen ins Leere, stolperte zurück, fiel in einen Stuhl und blieb wie ohnmächtig sitzen.

Graf Dürckheim schaute auf die Tannhäuserbilder und sammelte sich.

»Was beabsichtigt man mit mir?«

Leichenblass saß der König vor ihm und Dürckheim antwortete.

»Majestät, jede Intrige bricht zusammen, wenn das Volk den König sieht und ihm zujubeln kann.«

»Die Luft in der Stadt bekommt mir nicht.«

Der König versuchte, sich zu erheben, unterließ es aber schnell wieder. Er rückte seine Kleidung zurecht und schaute auf seine Hände.

»Dürckheim, ich bin müde und sehe schlecht aus.«

»Majestät, ein Wort an das Volk und alles ist vergessen.«

»Dürckheim, Sie wissen, das Ganze ist eine Geldsache. Würde ich denen ein paar Millionen auf den Tisch legen, dann hielte mich niemand mehr für verrückt.«

Graf Dürckheim versuchte noch einmal, den König zu beeinflussen.

»Man wird in wenigen Stunden versuchen, die Freiheit Seiner Majestät zu beenden. Entweder nach München oder nach Reutte, Majestät. Der Wagen ist angespannt und die Treuen werden gut achtgeben.«

Aber der König willigte nicht ein.

»Mein Leben gehört nicht diesen Tagen.«

Der Graf ging hinaus und sah, wie der Diener Mader einen Laufburschen die Treppe hinabstieß. In die für Graf Dürckheim noch unbekannte Situation hinein, reichte Mader dem Grafen ein Telegramm des Kriegsministers, das jener sofort las. Bestürzt lief der Graf zurück und reichte es dem Monarchen.

»Sie müssen das entscheiden, Majestät.«

Graf Dürckheim nahm den telegrafischen Befehl des Prinzregenten Luitpold aus der Hand des Königs zurück. Der forderte ihn auf, sofort in München zu erscheinen, andernfalls drohe ihm die sofortige Anklage wegen Hochverrats.

»Dürckheim, telegrafieren Sie meinem Onkel, dass ich Sie bei mir wissen will. Sie wissen, wie gerne ich Sie bei mir habe.«

Damit beendete der König das Gespräch und begab sich in sein Schlafgemach. Aus Vorsicht begleitete Dürckheim ihn bis zu seinem Bett. Der König legte sich wortlos nieder und schloss die Augen. Seine Majestät lag unter einem überreich geschnitzten Baldachin in seinem Prunkbett und schlief nicht. Dürckheim sah es an seiner Atmung. Dennoch zog er sich langsam zurück und beauftragte Mader damit, in Hohenschwangau das Telegramm an den Prinzregenten Luitpold aufzugeben und auch auf die Antwort zu warten.

26

Es war an einem dieser klaren, hell leuchtenden Tage gewesen, als er mit einer Schar Reiter in einem Tal der Alpen unterwegs gewesen war, als man plötzlich einen riesigen Hirsch gesehen hatte. Im ersten Moment hatte Graf Dürckheim an einen Irrtum geglaubt, aber als sich das Tier nicht bewegte, sondern lediglich sein mächtiges Geweih gegen den Himmel hob, erkannte er in ihm die Inkarnation des Adels der Natur. Alle Blicke richteten sich auf das edle Tier, das sich in dieser einsamen Gegend wie in archaischer Zeit bewegte. Die Männer schwiegen. Niemand kam auf die Idee, zur Waffe zu greifen. Seither hatte Graf Dürckheim nur mehr ungern an Jagdgesellschaften teilgenommen. Zumeist hatte er sich auf das Zuschauen beschränkt, wenn ein Pflichttermin unumgänglich war. Wenn er dann die anderen beobachtete, wurde ihm bewusst, wie sehr die Männer sich bemühten, richtig in Szene gesetzt auf die anderen zu wirken. Es war nichts Endgültiges dabei. Alle waren bereit, sich sofort zu verändern, wenn es der eigenen Inszenierung diente. Ganz anders war sein Jagdaufseher. Er mochte diesen ruhigen Mann, der ständig unterwegs war und der die Unendlichkeit des Landes liebte und darüber sprach, dass sich hinter jeder Bergwand ein Tal verbarg. Manchmal aßen sie gemeinsam eine karge Mahlzeit in einer Jagdhütte und nachts fanden sie mit den Sternen zurück zu ihren Häusern. Einmal hatte der Aufseher auf eine Kutsche gezeigt und gesagt: Niemand kennt sie, niemand wird ihnen begegnen. Eines Tages werden sie vom Erdboden verschwunden sein. Die Erde und die Pflanzen bleiben und sie werden sich nicht daran erinnern, dass es einmal Menschen gab. Für einen Mann vom Lande, hatte er gedacht, waren das ziemlich ungewöhnliche Gedanken.

Graf Dürckheim blickte vor sich hin. Die Erinnerung hatte ihn in seinem Inneren tief berührt. Was heute angeblich so schrecklich wichtig und absolut unabwendbar war, hatte morgen bereits keine Relevanz mehr. Aber danach lebten die Menschen nicht. Er ging langsam den Gang zurück und hatte mit einem Mal böse Vorahnungen. Er war in Gedanken bei Gudden und seinen Begleitern, die ihm wie kleine Kinder erschienen, die unbedingt recht haben wollten und ihren Willen durchsetzen mussten.

Wie hatte der König einmal zu ihm gesagt: »Sie sind in ihren Herzen so unglücklich, dass sie ständig beweisen müssen, dass die Glücklichen allesamt verrückt sind. Sie gönnen mir meine Musik und meine Schlösser nicht, weil sie nicht lieben können. Die Schönheit betäubt den Schmerz darüber, dass wir durch das Tal der Tränen wandeln müssen auf dieser Erde. Sie glauben, sie seien die besseren Menschen, weil sie des Nachts schlafen. Und ihre Hilflosigkeit dem Leben gegenüber nennen sie Pflichterfüllung.«

Graf Dürckheim ging die breitere Treppe hinauf und richtete seinen Blick auf die wartenden Diener. Wer von denen würde für Seine Majestät sein Leben geben?

Der Diener Mader hatte genau gesehen, wie Nachrichten an den König vernichtet wurden. Überhaupt hatte Mader zusehen müssen, wie sie hier bereits so taten, als gäbe es den König gar nicht mehr. Das Telegramm des Grafen wurde in der Telegrafenstation auch nur angenommen, weil es direkt an den Prinzregenten Luitpold gerichtet war. Sie schrieben Mader die Antwort auf und grinsten dazu blöd. Er rannte, weil es ihm gut tat. In der Nähe der Telegrafenstation saßen drei Gendarmen auf ihren Pferden und schauten ihn feindselig an. Als er die Straße zum Schloss hinauf erreichte, ging es ihm besser.

»Sie lassen das Telegrafenamt bewachen«, sagte Mader. »Dazu gibt es eine absolute Postsperre durch Prinzregent Luitpold. Es gab Order an die Telegrafenstation Hohenschwangau, alle Post zu vernichten, die an den König gerichtet ist.«

Graf Dürckheim nickte und nahm das Telegramm entgegen. Wäre Majestät ein Militär, er hätte die Station überrennen lassen und aller Welt berichten können, wie man in Bayern mit einem König umging.

»Ich bin dermaßen übermüdet, dass ich nicht mehr schlafen kann.«

Der König lag angekleidet auf seinem Bett und hatte die Augen geschlossen. Graf Dürckheim hielt die Antwort auf das Telegramm in der Hand und erwiderte nichts. Er legte das Papier an das Fußende des Bettes und ging wieder hinaus. Neben der kleinen Kammer stand der Diener Weber und verbeugte sich.

»Am Tor steht ein Ziegenhirte und bittet um ein Gespräch, Herr Graf.«

Dürckheim, nicht gerade entzückt über die Störung, wollte ablehnen, doch dann kam ihm die Angelegenheit doch etwas kryptisch vor. Also lief er hinunter und sah den Hirten mit wenigen Ziegen neben dem großen Tor warten. Trotz der Erdfarbe im Gesicht erkannte er den Mann auf den zweiten Blick. Es war der Adjutant des Generals Lehner.

»Es heißt, Majestät wollen nach Reutte kommen. Ich soll von Herrn General Lehner ausrichten, dass Kaiser Franz Joseph eine Anwesenheit des bayerischen Königs in Tirol für nicht wünschenswert hält. Dieses wurde dem Prinzregenten Luitpold bereits mitgeteilt.«

Das also auch noch. Dürckheim war empört über diesen feigen Verrat, ließ sich aber nichts anmerken.

»Man nennt das wohl die höhere Diplomatie«, äußerte der falsche Hirte und es klang ziemlich abfällig. »An der Straße wartet Gendarmerie. Sie müssen mich davonjagen lassen, Graf, sonst machen wir uns verdächtig.«

»Sind wir das nicht bereits?« Dürckheim sah ihn an.

Der Mann grinste breit und schüttelte den Kopf.

»Die Fürstin zu Wehen war so freundlich und lieh mir einige Ziegen. Ich war bei ihr, um im Namen des

Generals zu kondolieren. Der Fürst zu Wehen ist vor ein paar Tagen von uns gegangen. Jetzt werde ich die Tiere wieder zu ihr bringen.«

Da war ein guter Freund gestorben und sie hatten es nicht einmal bemerkt. Es hatte den Anschein, als stürben die Edlen langsam aus. Der Graf stieg die Schlossstraße hinauf und versuchte, für sich zu einer Entscheidung zu kommen. Der Befehl des Kriegsministers war mehr als eindeutig und ohne jede Kompromissbereitschaft.

Obwohl der gesamte Raum gänzlich verdunkelt worden war, hatte der König das Gefühl, als würde ihm das Licht direkt in den Kopf scheinen und seine Gedanken blenden. Jetzt war es schon so weit gekommen, dass er nicht einmal mehr ungefährdet eine Kutschfahrt unternehmen konnte. Vielleicht sollte er versuchen, an irgendetwas Hübsches zu denken. Er könnte liegen bleiben und nicht mehr aufstehen.

›Zieh hin, Wahnsinniger, zieh hin!
Verräter sieh, nicht halt ich dich!
Ich geb' dich frei,– zieh hin! zieh hin!
Was du verlangst, das sei dein Los.
Hin zu den kalten Menschen flieh,
vor deren blödem, trüben Wahn der Freude Götter
wir entflohn tief in der Erde wärmenden Schoss.‹

Der Gesang der Venus klang zum Tannhäuser hin. Der König hörte die Stimme, aber ihm fiel der Name der Sängerin nicht ein. Tannhäuser war ein bayerischer Ritter und nichts anderes. Wie edel könnte sie sein, die Welt, wenn nur die Reinheit der Seelen siegen würde.

Der König wagte sich zu dieser Stunde nicht mehr hinaus. Er schaute nicht, er schlief nicht, er konnte die vielen Stimmen nicht mehr hören. Wie lange würde es noch dauern, bis ihn erneut diese heftigen Kopfschmerzen plagen würden? Es war bald Pfingsten. Das war nicht irgendein Fest. Er dachte an den Mond, der für ihn eine Armada aus mächtigen Wolken beleuchtet hatte. Wann war das? Dieses schleimige Gesindel in München wollte ihn ausgerechnet an Pfingsten zur Strecke bringen. Sicher glaubten sie, dass es den Menschen nicht auffallen würde, weil die in den Kirchen waren, wenn man ihren König verschleppte. Pfingsten, das war der 50. Tag nach Ostern und die Zeit des Heiligen Geistes. Möge er über die Menschen kommen. Über die Preußen würde er nicht kommen, das bestimmt nicht. Wie heftig hatte er sich stets verbiegen müssen gegenüber Bismarck. Und gedemütigt hatte er zugesehen, wie schwach sein Bayern gegen das säbelrasselnde Reich war. Preußen würde in Zukunft Europa mit Kriegen überziehen, bis eines fernen Tages eine größere Macht dem Preußenadler die Flügel stutzte.

Graf Dürckheim trat ein und machte sich bemerkbar. Der König veränderte seine Haltung nicht.

»Ich will und kann einem verdienten Offizier und treuen Mann wie Ihnen, lieber Graf, nicht das ganze zukünftige Leben verderben, weil ich Sie bei mir behalten will. Ich weiß sehr wohl, was geschieht, wenn Sie nicht in München erscheinen. Ein Kriegsgericht ist kein Spaß.«

»Majestät, ich bleibe selbstverständlich.«

»Lassen Sie nur! Gehen Sie, machen Sie sich für die Reise fertig und sagen Sie mir dann adieu.«

Dürckheim war Mitte 30. Das war kein Alter. Der König betastete sein Gesicht. Er war 40 Jahre alt. Was wäre aus ihm geworden, wenn er sich immer gefügt hätte? Von der Geburt an hatte er sich fügen müssen. Damals hatte er sich für immer geschworen, als König würde er sich niemals mehr unterordnen. Dann hatte er es wieder getan und diesen dummdreisten Deppen zum Deutschen Kaiser werden lassen. Da hatten sie ihm alle applaudiert und er hatte nur daran gedacht, dass er soeben das Todesurteil für sein Freies Bayern unterschrieben hatte. Er erinnerte sich, wie er vor dem Krieg gegen Frankreich an den französischen Botschafter de Cadore gerichtet, gesagt hatte: »Bismarck will aus meinem Königreich eine preußische Provinz machen. Es wird nach und nach so kommen, ohne dass ich es verhindern kann.« Daran, wie sich der Weg seines Lebens hätte ändern lassen, wenn er sich immer nur gefügt hätte, will er nicht denken. War es damals zum Bruch mit den Deutschtümlern und vielen seiner Bayern gekommen, weil er die Siege der bayerischen Armee an der Seite der Preußen nicht bejubeln wollte? So viele mussten sterben, wie konnte man als Mensch so etwas fröhlich feiern? Nein, er verachtete die Kriegerkaste und hatte ihnen das gezeigt. Fürst Hohenlohe hatte damals prophezeit, dass die Bürokraten die Monarchie verraten würden, um sich mit Preußen gut zu stellen und die Soldaten wegen ihrer Feldkameradschaft mit dem Reich ebenso. Nun also wollten die gleichen Herren ihren Verrat an Bayern vollenden und ihn auf dem Altar eines nebulösen Deutschen Reichs opfern.

Als Graf Dürckheim sich anmelden ließ, stand der König in seinem Arbeitszimmer.

»Es gibt zwei Dinge zu tun, Graf Dürckheim. Wir müssen der Proklamation meines Onkels Luitpold widersprechen und Sie müssen mir Gift besorgen, damit ich in letzter Instanz selbst über mein Leben entscheiden kann.«

»Majestät, das dürfen Sie nicht von mir verlangen!« Graf Dürckheim war aufgewühlt. »Auch kenne ich keinen Ort, wo man solche Dinge bekommen kann.«

Der König stand bei seinem Schreibtisch und schaute sich um, als würde er etwas suchen.

»Es gibt Apotheken und ähnliche Etablissements. Dürckheim, ich weiß nicht, was diese Herren mit mir vorhaben. Soll ich mich ihnen ohne jede Möglichkeit einer Entscheidung meinerseits ausliefern?«

Dürckheim hatte keine Vorstellung davon, was man gegen einen König wagen würde, während der König an seinen Bruder Otto dachte.

»Gehen wir an die Arbeit.«

Während der König Papier zur Hand nahm und sich in Position setzte, blieb Dürckheim einfach stehen.

Der König betrachtete die Tannhäuserbilder in seinem Arbeitszimmer und geriet ins Grübeln.

›Ich wanderte in weiter, weiter Fern, da, wo ich nimmer Rast noch Ruhe fand.

Fragt nicht! Zum Kampf mit euch nicht kam ich her. Seid mir versöhnt, und lasst mich weiterziehn.‹

Es wurde still und auch die Natur schien dem Wunsch des Königs nach absoluter Lautlosigkeit entsprechen zu wollen. Es träumte der Himmel zwischen den Wolken, und an den Felsen warf der Wind sein Wehen weich über das Gestein. Nichts war friedlicher als der Gedanke an die Nacht und die zarten Schatten des fernen Paradieses.

Nur gab es diesen Frieden nicht, denn noch unsichtbar für den König näherten sich 30 Gendarmen aus dem Schwäbischen und aus München mit vier Offizieren und eindeutigen Befehlen.

»Ich werde meinen treuen Bayern mitteilen, dass ich körperlich und geistig gesund bin. Man hat das Volk über meinen Gesundheitszustand getäuscht, um hochverräterische Handlungen vorzunehmen. Ich erwarte von meinen auf mich vereidigten Beamten, ehrliebenden Offizieren und jedem braven Soldaten, die mir ihre Treue geschworen haben, in diesen schweren Stunden an ihren Heiligen Eid zu denken, mir treu zu bleiben und mir gegen die Verräter beizustehen. Prinz Luitpold und alle Minister sind als Hochverräter zu bekämpfen. Auch von der Deutschen Nation und ihren Fürsten erwarte ich, dass man es nicht duldet, wenn ein deutscher Fürst durch Hochverrat verdrängt wird.«

Dürckheim las das Geschriebene noch einmal laut vor und sah, wie der König wegen der letzten Passage litt. Wieder ein Kompromiss, wieder Worte, an die er selbst nicht glaubte. Aber es ging um alles und da waren historische Realitäten nur als akademische Erörterungen zulässig.

Der König wollte seinen Aufruf in hoher Auflage über das Land streuen lassen, doch jede Meinungsäußerung seinerseits gefährdete die Absichten der Minister. Man konnte auf keinen Fall mehr zurück. Das ganze System, auf das man das Reich aufgebaut hatte, geriet in Gefahr und natürlich auch die Existenz der Regierung Lutz. Was könnte es Bedrohlicheres geben als Äußerungen des Königs, die in der Bevölkerung auf fruchtbaren Boden fielen und das ganze fragile Gerüst des

Doktor Gudden zusammenbrechen ließ. Inzwischen hatte man bereits Abstand von der Idee nehmen müssen, den König nach Linderhof zu bringen, weil die dortige Gegend für die Regierung zu unsicher war. Man musste damit rechnen, dass der König befreit wurde.

Die Erklärung des Königs traf die Regierung Lutz in nervöser Gereiztheit und veranlasste den Polizeiminister Feilitzsch zu den schärfsten Maßnahmen. Allerdings stiftete man zunächst einmal Verwirrung mit der Verlautbarung, die Gegenproklamation sei die Tat von Anarchisten, um dann zu sagen, es sei das Machwerk eines üblen Fälschers. Wie breit die Anhänglichkeit an den König noch war, bewies die Tatsache, dass seine Erklärung bis nach Franken gekommen war. Als das Bamberger Journal die Gegenproklamation von König Ludwig II. druckte, wurde die gesamte Auflage der Zeitung sofort beschlagnahmt. Sämtliche bayerische Journalisten wurden mit Gefängnisstrafen bedroht, würden sie eine Äußerung des Königs publizieren. Lutz und seine Minister machten aus einem bis dato konservativliberalen Königreich einen Polizeistaat. Und man tat das, was bisher am wirksamsten und besten war: Man log das Volk an und machte weiter Propaganda der übelsten Art.

Viele Menschen glaubten daher, dass die Mitteilung des Königs ein Werk der Anarchisten war, die gegen die Monarchie vorgehen wollten. Doch die Totengräber der Monarchie saßen in der Regierung und glaubten sich im Recht. Man ließ nur zu gerne darüber erzählen, dass Friedrich Wilhelm IV. von Preußen wegen einer Gehirnerkrankung abgelöst werden musste, weil sich damit die Linie weiterführen ließ zu Marie von Preußen, der Mutter des Königs. Die Geisteskrankheit wurde als

Erbkrankheit der Hohenzollern kolportiert, worüber man sich in Bayern gerne das Maul zerriss.

Von all den Machenschaften und Widrigkeiten erfuhr der König in seiner Isolation nichts. Jetzt war sein Leben so geworden, wie er es bisher empfunden hatte, das eines Gefangenen nämlich. Graf Dürckheim musste schweren Herzens Abschied nehmen. Er tröstete sich damit, dass er die Dinge in München eventuell noch regeln konnte, um dann zu seinem König zurückzukehren. Als die Männer sich verabschiedeten, da wussten sie nicht, dass es ein Lebewohl für immer sein würde.

Während der König nun in seiner Einsamkeit verharrte und aus einer inneren Erregung heraus begann, Dokumente zu verbrennen, besetzten die Gendarmen der Regierung alle Schlüsselpositionen auf Neuschwanstein. Innerhalb kürzester Zeit würden die einheimischen Gendarmen nach Hause geschickt und die aufgebrachten Landleute verjagt werden. Aus einem Impuls heraus, rief der König nach seinen Dienern und erklärte, dass er einen Spaziergang machen wollte. Vielleicht wäre das eine Möglichkeit, seine Unruhe zu besänftigen und die Nervosität zu beseitigen. Er betrat einen Balkon und schaute auf das Gebirge und hinunter in die Schlucht. Höhen und Türme aus Steinen, das Licht barg keine Ruhe, verschwenderisch fein war nur die Nacht. So viel war verloren.

Wie geschwätzig war der Tag, vertraulich beruhigt die Nacht. Unter ihm war das Wasser, mit ihm der dunkle Tag und die Gegenwart ohne den Duft des Lebens.

Der Diener Weber blieb im Gang stehen, Mader drückte sich am Treppenabsatz herum, sodass der Lakai Mayr den Befehl verkünden musste.

»Majestät, ein Spaziergang ist verboten.«

Der König drehte sich um und hob erstaunt den Kopf.

»Mayr, ich will zum Alpsee, Schwansee oder zur Pöllat gehen. Ich muss meine Gedanken ordnen und die frische Luft wird mir bekommen.«

Der Diener hatte sich inzwischen der neuen Macht unterworfen und war daher keck geworden.

»Majestät, es ist verboten. Majestät bekommt keine Erlaubnis dazu.«

Der König, bereit, sich empört zu äußern, besann sich und blieb ruhig.

»Dann will ich den Bezirksarzt Doktor Pöpf sehen.«

Während der König weiterhin aufgewühlt durch seine Räume schritt, wurde im Schloss aufgeräumt. Seine Getreuen hatten Neuschwanstein zu verlassen und wurden durch Männer der Regierung ersetzt. Die neue Situation sprach sich herum und die Landleute überlegten, wie sie dem König helfen und ihn befreien könnten. Aber da war der Befehl des Königs, kein Blut zu vergießen, und außerdem wusste niemand, ob im Land draußen nicht die Armee auf ihren Einsatz wartete.

Als der Arzt zum König vorgelassen wurde, begegnete er den Lakaien Weber und Mader. Der König hatte sie empfangen, weil sie ihm einen Fluchtplan eröffnen wollten.

»Der Kutscher Osterholzer ist bereit, Majestät. Die Bauern von Hohenschwangau werden dafür sorgen, dass Majestät unbehelligt über die Grenze nach Tirol kommt.«

Der König hatte sie angesehen, einen nach dem anderen, und sich entschieden.

»Will man einen Kampf mit der Gendarmerie? Das will ich nicht. Mein Leben soll vernichtet werden, ich will keine Opfer unter meinen Bayern.

Sollen sie mir die Krone nehmen, bitte, da ist sie. Aber das genügt ihnen nicht. Sie wollen mich vernichten. Mir die Freiheit zu nehmen und mich für verrückt zu erklären, ist unerträglich. Sie treiben mich in den Tod, dieser Landvogt Luitpold und seine Helfer.«

Als Doktor Pöpf eintrat, war der König noch in aufgeregter Stimmung.

»Halten Sie mich auch für einen Narren wie die anderen, Doktor Pöpf?«

Der Arzt hatte einen kranken Patienten erwartet, angesichts der rund um das Schloss getroffenen Maßnahmen.

»Dann sind wir alle Narren, Majestät. Ich finde in meiner langjährigen Praxis selten einen ganz normalen Menschen.«

Diese jesuitische Antwort gefiel dem König.

»Dann bin ich also auch nicht verrückter als alle anderen Menschen.«

Der Arzt nickte und öffnete seine Tasche erst gar nicht.

»Man treibt mich in die Enge. Ich habe seit zwei Tagen nichts mehr zu mir genommen.«

»Das ist nicht wünschenswert, Majestät. Sie sollten sich etwas zu essen bringen lassen.«

Weber öffnete die Tür, ließ den Arzt hinaus und blieb stehen.

»Ich will um 18 Uhr im Sängersaal speisen«, sagte der König.

Als Weber nicht fortging, reagierte der König.

»Nun?«

Weber näherte sich und reichte dem König einen Zettel. Dann schloss er die Tür. Der König fand die Namen seiner Diener Mayr, Stichel und Niggl auf dem Papier und er wusste, was das zu bedeuten hatte. Er ließ den Mayr rufen.

»Mayr, ich befehle, mir sofort so viel Gift zu bringen, wie es möglich ist.«

Der Diener hielt den Kopf oben.

»Unter den momentanen Bedingungen erhalte ich gar nichts mehr aus der Hofapotheke.«

Das genügte dem König um zu erkennen, dass Weber recht hatte. Er ließ ihn zu sich kommen und setzte sich hinter seinen Schreibtisch.

»Ich denke über den Tod nach. Glaubst du an die Unsterblichkeit der Seele?«

»Ja, Majestät.«

»Ich habe viel über den Materialismus gelesen. Er hat nichts Erhabenes. Ich glaube, dass der Mensch mehr braucht, den Glauben an die Unsterblichkeit der Seele und die Gerechtigkeit Gottes zumindest. Sonst bleiben wir wie die Tiere.«

»Ja, Majestät.«

»Man will mich so behandeln wie meinen Bruder Otto, dem jeder Wächter mit den geballten Fäusten drohen darf. Das ist verlorenes Leben. Ich ertrage das nicht.«

Der König erhob sich, lief in seinen Schlafraum und kam zurück.

»Der Hoppe muss mich morgen nicht frisieren. Er kann meinen Kopf in der Pöllatschlucht suchen. Mein Blut wird über alle kommen, die mich verraten haben. Geh jetzt, es ist gut!«

Weber bewegte sich langsam zur Tür und noch bevor er die Klinke in die Hand nahm, räusperte sich der König.

»Mader soll Rum mit Gewürznelken, Cognac und Champagner bringen. Weber, ich gebe dir mein letztes Geld, du hast es verdient und ich brauche es nicht mehr. Hier, ich schenke dir mein Gebetbuch, bete für mich.«

Dazu reichte er ihm noch seine Hutspange und Weber verließ seinen König zu Tränen gerührt. Der König trank wahllos durcheinander und konnte seine Unruhe nicht betäuben. Also ließ er den Mayr kommen.

»Mayr, bring mir den Schlüssel zum Turm, ich will mich hinabstürzen.«

»Aber Majestät, ich fürchte, der Schlüssel ist verlegt, aber ich lasse ihn sofort suchen.«

Welch ein einfältiger Tölpel, dachte der König. Wie sollte er seinen Leib durch das viel zu schmale Turmfenster zwängen können? Der König öffnete die Tür und trat wieder auf den Balkon hinaus. Ein Sprung von diesem Söller wäre dagegen ein Leichtes.

Draußen war es wie im Herbst und der König sinnierte: Atmete der Wind den Duft der Nässe? Und wohin trug er ihn? Die Schöpfung ließ die Ewigkeit erlöschen. Der Zufall war die Stimme der Unendlichkeit. Das Glück lag in der Einsamkeit der Gipfel. Wieder schwebte der rote Milan völlig gelöst durch die Winde. Es war nach Mitternacht. Hatte er etwas gegessen? Der König atmete schwer.

In diesem Augenblick griffen zwei kräftige Kerle nach ihm und warfen den König fast zu Boden.

»Lassen Sie mich los! Was wollen Sie denn?«

Der Lakai Mayr war der soeben eingetroffenen zweiten Fangkommission entgegengestürmt.

»Der König will sich hinabstürzen!«

Sofort geriet alle Welt in Aufruhr und man sauste die Treppen hinauf und drang, ohne lange zu fragen, in die Räume des Königs ein.

Kurzerhand trat Doktor Gudden vor und er musste den Kopf heben, denn der König war deutlich größer als er. Gudden schaute in ein blasses Gesicht.

»Majestät, es ist sehr traurig für mich, aber Majestät sind von vier Irrenärzten begutachtet worden, und nach deren fachlicher Beurteilung hat Prinz Luitpold die Regentschaft übernommen.«

»Ja, was soll denn das heißen?«, fragte der König erregt.

Gudden reckte sich.

»Ich habe den Befehl, Majestät nach Schloss Berg zu begleiten und zwar sofort, noch in dieser Nacht. Wenn Majestät befehlen, reisen wir spätestens um 4 Uhr ab.«

Der König schwankte ein wenig, was die Kommission dem Alkohol zusprach, der offen zu sehen war. Doch Gudden bemerkte, dass der König ruhig und gefasst wirkte, auch sprach er völlig normal und in verständlichen Worten, wenn auch immer mit einem gewissen Unterton.

»Wie können Sie mich für geisteskrank erklären? Sie haben mich bisher weder angesehen noch untersucht.«

»Majestät, das war nicht nötig, das Aktenmaterial war geradezu erdrückend.«

Der König richtete seine Augen auf Gudden.

»Soso.«

»Majestät, ich hatte schon im Jahre 1874 die Gnade einer Audienz.«

»Ich erinnere mich genau«, antwortete der König und Gudden hörte wieder diesen spöttischen Unterton heraus. »Nun, wie lange wird die Kur wohl dauern?«

Gudden wollte sich nicht weiter auf diese Ironie einlassen, denn schließlich war er es, der die Macht in Neuschwanstein in den Händen hielt.

»Majestät, in der Verfassung ist festgelegt, dass die Regentschaft eintritt, wenn der König mehr als ein Jahr an der Ausübung seines Tuns als König verhindert ist. Also wird ein Jahr der kürzeste Termin sein.«

»Großer Gott«, der König hob die Hände, »Prinz Luitpold hätte nicht diesen Aufwand betreiben müssen. Nur ein Wort, dann hätte ich die Regierung niedergelegt und wäre ins Exil gezogen.«

Gudden bemerkte, wie die Männer um ihn herum reagierten und es etwas unübersichtlich wurde, denn der König wirkte alles andere als völlig geisteskrank.

Der König ging auf Gudden zu.

»Nun, es wird wohl rascher gehen, wenn man etwas anderes macht. Es ist ja leicht, einen Menschen aus der Welt zu schaffen.«

Das reichte. Gudden warf die Arme in die Luft und schärfte seine Stimme.

»Majestät, darauf zu antworten, verbietet mir meine Ehre. Meine Kollegen und ich haben das Gutachten auf unseren Eid genommen.«

Der König nahm eine Haarspange, hielt sie gegen das Licht einer Kerze und ließ sie dann einfach fallen.

»Zurzeit werden überhaupt viele Meineide geschworen«, meinte er spöttisch.

Dieser Satz verschlug dem Arzt nun die Sprache. Statt sich einsichtig und vernünftig zu zeigen, gab sich der König aufsässig und machte sich auf seine Kosten einen Spaß. Noch einige solcher Bemerkungen, und die Stimmung im Saal würde umschlagen. Draußen im Gang standen einige Diener, die aussahen, als wären sie einem Handgemenge gegenüber nicht abgeneigt. Gudden wollte die Sache wieder unter Kontrolle bekommen.

»Majestät, ist es nicht wahr, dass Ihr mich und die anderen gestern in Ketten legen und uns die Augen ausstechen lassen wolltet?«

Der König sah auf Gudden herab.

»Sie sind ein Preuße, Doktor Gudden, nicht wahr?«

Während darüber im Gang unterdrückt gelacht wurde, verschlug es dem Arzt die Sprache.

»Ich habe das nicht gesagt«, antwortete der König ruhig, »denn eine edle Himmelsgabe ist das Augenlicht.«

Gudden musste sehr an sich halten, um nicht die Contenance zu verlieren.

»Ich bin ein bayerischer Staatsbürger, Majestät. Alle meine Kinder sind in Bayern geboren.«

Dem König wurde die Angelegenheit lästig und die vielen Männer in seinen Räumen empfand er längst als Zumutung.

»Wie können Sie als Arzt so gewissenlos sein und ein Zeugnis ausstellen, welches über ein Menschenleben entscheidet? Sie haben mich seit zwölf Jahren nicht mehr gesehen.«

Gudden geriet durch diese unerwartete Attacke in Verwirrung.

»Nach Aussagen der Diener habe ich das getan!», rief er laut.

»Ach, nach den Aussagen bezahlter Individuen, die mich für Almosen verraten?« Der König ließ eine kleine Pause verstreichen. »Man hat mir meinen Fernsprecher geschlossen und nun auch die Warmheizung abgestellt. Wie lange, glauben Sie, falls ich wirklich krank wäre, würde meine Heilung unter ähnlichen Umständen andauern?«

Der ruhige Ton des Königs ließ Gudden nun wieder zu Atem kommen, obwohl er der Lage insgesamt nicht traute.

»Das kommt auf Seine Majestät an. Majestät muss sich meinen Befehlen unterordnen.«

Der König öffnete weit die Augen und schaute in die Runde der Männer.

»Ein Wittelsbacher muss nie etwas, merken Sie sich das.«

Der König ließ Gudden stehen und wandte sich Doktor Müller zu, der etwas im Hintergrund stand und nicht recht wusste, was er von alledem halten sollte.

»Doktor Müller, Sie haben doch die Berichte über meinen Bruder Otto an mich geschickt. Ich habe sie immer gelesen.«

»Den letzten am 15. Mai von Fürstenried aus, Majestät.«

Während Doktor Müller noch darüber nachdachte, an welcher Dimension von Verrücktheit er da teilnahm, wankte der König und fasste sich an die Stirn.

»Es ist unangenehm. Ich will mich niederlegen. Warum gehen Sie nicht alle aus dem Zimmer?«

Gudden befahl, dass die Pfleger sich in den Räumen verteilten, und er ordnete die Gendarmen auf dem Flur, damit sie die Diener unter Kontrolle behielten. Es kehrte

Stille ein, die aber nicht lange anhielt, denn der König konnte keine Ruhe finden. Also stand er auf und unterhielt sich mit den Irrenwärtern. Die waren nicht wenig überrascht von der Konzilianz des Königs und der Art, wie er mit ihnen sprach. Er schien sich tatsächlich für sie zu interessieren. Da hatten sie schon ganz andere Verrückte gesehen und der König schien ihnen ein harmloser Kranker zu sein.

Weber kam von den Stallungen zurück und winkte Mader, der sich vorsehen musste, denn die schwäbischen Gendarmen hatten ihn im Auge.

»Sie haben den Osterholzer verjagt. Wenn er nicht sofort verschwinden würde, käme er ins Gefängnis, haben sie ihm gesagt. Inzwischen ist einer von den Feinden der Kutscher.«

Damit war die letzte Möglichkeit, eventuell noch fliehen zu können, dahin, denn ohne einen geübten Kutscher würde man nicht weit kommen.

Gudden sah zwar zufrieden aus, aber ihm waren die Ruhe des Königs und seine freundliche Ansprache an die Irrenwärter nicht geheuer. Es war an der Zeit, diese unsichere Region zu verlassen. Man wollte die ganze Nacht hindurch fahren, um jeder Konfrontation aus dem Wege zu gehen. Er ging in das Arbeitszimmer und sah den König an, der aus seinem Schlafraum kam und auf und ab ging, ohne den Kopf zu heben.

»Ach, der gute Luitpold«, sagte der König und er sprach den Namen mit höchster Verachtung aus. »Wie konnten Sie ein Gutachten abgeben, ohne mich jemals untersucht zu haben?«

Gudden dachte, er hätte darüber bereits ausreichend referiert und hob unwirsch die Augenbrauen.

»Das Obergutachten stützte sich auf das sich aus den Akten ergebende Tatsachenmaterial. Eine persönliche Untersuchung ist nicht notwendig.«

Der König blieb stehen und stützte sich an eine Säule.

»Soll ich mich in Schloss Berg nun immer in solcher Umgebung befinden?«

Er drehte den Kopf und wies auf die Gruppe der Irrenwärter hin, die wartend herumstanden.

»Majestät, das wird ganz davon abhängen, ob Seine Majestät sich beruhigt. Wenn alles einmal wieder unbedenklich sein wird, dann können Majestät sich frei und unbewacht im Schlosspark bewegen.«

Der König schaute auf die Uhr an der Wand. Er hatte die Antwort Guddens sehr genau verstanden. Sie wollten ihn für immer in Schloss Berg wegsperren. Seine letzte Hoffnung war dahin, denn auch Graf Dürckheim war nicht zurückgekommen, um ihn zu befreien. Jetzt war er verloren.

»Fahren wir!«, sagte der König plötzlich.

Das königliche Schlafgemach wurde geöffnet und der König schritt langsam voran. Hinter ihm liefen Gudden, Müller und die Irrenwärter.

Nach einigen Schritten erreichten sie die Oberregierungsräte Kopplstätter und von Müller, die vor einem Modell der Burg Falkenstein warteten. Der König sah sie und erkannte in Müller seinen ehemaligen Sekretär wieder. Alle hatten sie ihren Eid auf ihn abgelegt. Der König verharrte einen Moment, musterte die Männer und warf ihnen einen verächtlichen Blick zu, um dann wortlos weiterzugehen. Mader wartete in einer Nische und schüttelte ganz leicht den Kopf, als der König ihn ansah. Was mochte mit Dürckheim geschehen sein? Der König blieb stehen. Ein Offizier kam auf ihn zu.

»Rühren Sie mich nicht an! Ich kann alleine gehen!«, rief der König empört.

Es war tiefste Nacht und von irgendwoher schlug eine Uhr die 4. Stunde des 12. Juni 1886 an, dem Samstag vor Pfingsten.

Am Abend des 11. Juni um 18.40 Uhr hatten sich am Münchner Hauptbahnhof die Türen eines Zuges geöffnet. Die Passagiere verließen die Bahn und eilten davon. Ein Offizier betrat den Bahnsteig und ließ seine Soldaten Aufstellung nehmen.

»Alfred Karl Nikolaus Alexander Graf Eckbrecht von Dürckheim-Montmartin, geboren am 21. Juli 1850 in Steingaden, Sie sind verhaftet und werden in ein Militärgefängnis überstellt.«

Diese Verhaftung war absolut illegal, das wusste Dürckheim.

27

DIE DICKE KÖCHIN mit den schwarzen Augen schleppte zwei bepackte Körbe in das Haus. Ein neuer Tag war angebrochen. Professor Miller war müde, weil er nichts tat und weil das Wetter üble Laune machte. Der Wind roch nach Wasser. Aber es war nicht der Geruch des Sees, es roch nach Salz, nach Meer. Der Himmel träumte nicht. In der wirklichen Welt gab es keine Träume, ebenso wenig wie es Zufälle gab. Das war doch alles lächerlich. Wie konnte ein Christenmensch an Zufälle glauben, wenn alles von Gott eingerichtet worden war, was das Leben betraf? Auch das Glück konnte es nicht geben, wenn Gott überall die Finger im Spiel hatte. Die Menschen wollten nur nicht glauben, wie lächerlich ihre Wirklichkeit war. Sie stolperten quasi über ihren eigenen Heiligenschein.

Warum nur war er so übellaunig? Professor Miller schaute in den Garten und wünschte sich eine unbeschwerte Heiterkeit herbei. Der Wind hob ein Blatt vom Rasen hoch und ließ es wieder fallen. Das ärgerte ihn. Feuchtwanger wollte dringend einen Fernsprecher in seinem Haus haben. Professor Miller war das vollständig gleichgültig. Er stand im Garten und schaute auf eine Pappel im Regen. Was machte es aus, wenn er selber nass wurde? Ein kurzer Lichtstrahl kam durch die Wolken, und er phantasierte von Farben.

Feuchtwanger eilte um das Haus herum und sah Professor Miller auf der regennassen Wiese stehen.

»Auf ein Wort, Herr Professor, neueste Nachrichten und zwar keine guten!«

Wo war der Mann denn in aller Herrgottsfrühe gewesen? Professor Miller zog ein mürrisches Gesicht. Er hatte kein Bedürfnis mit irgendwem zu reden, auch nicht mit seinem Gastgeber.

»Jetzt haben sie den König tatsächlich gefangen genommen«, sagte der Bankier atemlos und wischte sich den Regen aus dem Gesicht. Dann zog er den Professor in ein Gartenhaus und bestellte im Haus Tee, indem er seine Bestellung einfach laut hinausbrüllte.

»Ich muss doch bitten, und zerren Sie nicht so an mir herum«, sagte der Professor. Was wäre, wenn Gott und die Menschen sich begegnen würden? Es würde nur für eine Seite putzig werden, denn Gott würde sich absolut köstlich amüsieren und für den Menschenhaufen jede Verantwortung ablehnen. Allein schon deshalb, weil sie Tiere aßen und deshalb immer etwas Tierisches an sich behielten.

»Wissen Sie, warum die Menschen so ungern Pferde essen?«, fragte der Professor den sichtbar überraschten Bankier und gab die Antwort selbst.

»Weil sie sonst zu Fuß laufen müssten.«

Darüber konnte er sich köstlich amüsieren. Besonders auch deshalb, weil Feuchtwanger ein völlig entgeistertes Gesicht machte. Nun hatte er am frühen Morgen tatsächlich gelacht und konnte sich wieder dem Ernst des Lebens widmen.

»Also, der König ist gefangen. Woher haben Sie das?«

»Der Lidl hat es mir erzählt«, antwortete Feuchtwanger.

»Aha. Der Lidl also. Und wer ist der Lidl?«

»Herr Professor, Sie sahen ihn bereits, es ist der Fischer drüben vom See«, sagte Feuchtwanger. »Fürst Eulenburg-Hertefeld hat es mir übrigens bestätigt. Er hatte mit seiner Botschaft telefoniert. Er ist Legationssekretär der preußischen Gesandtschaft in München, müssen Sie wissen.«

»Muss ich nicht wissen«, antwortete der Professor.

»Ich bitte Sie, das ist nun einmal eine Tatsache.«

»Ein entzündeter Blinddarm ist eine Tatsache, Verehrtester. Ein preußischer Legationssekretär in Starnberg ist eine Zumutung. Sind Sie nun ein bayerischer Patriot oder nicht?«

Durch die heftige Reaktion des Professors entstand eine unbeabsichtigte Pause, und in die Stille hinein servierte die Vroni den Tee. Sie war eine derbe Person und hatte sich von einem in Starnberg kurenden Offizier ein Kind machen lassen. Der stritt das natürlich ab, wie es in seiner Kaste bei solchen Fällen üblich war, und hatte sich aus dem Staub gemacht. Die Schande lag auf ihrer Seite und Professor Miller fand es sehr ehrenwert, dass Feuchtwanger ihr eine Anstellung gegeben hatte. Nun hatte sie sich dummerweise von einem Gendarmen schwängern lassen, was ihre Lage noch mehr verschlechtert hatte. Offenbar litt sie unter einer Schwäche für Uniformen.

»Die Cäsaren sandten ihre Legationsverwalter hinaus in die Welt. Sie waren die Herren der eroberten Provinzen. Ihr Legationssekretär ist nichts anderes als ein preußischer Verwalter der Provinz Bayern. So sieht man das in Berlin. Die Kartoffelfresser halten sich für Cäsaren.«

Professor Miller unterbrach seine sprudelnde Rede, weil Vroni laut lachte. Er reichte ihr einen Geldschein.

»Kauf dir und deinem Kind etwas zu Pfingsten«, schmunzelte der Professor und die Schwangere bedankte sich mit einem Knicks.

»Halt!», rief Feuchtwanger, als Vroni sich zu gehen anschickte. Sie zuckte zusammen und reichte dem Bankier den Geldschein.

»Das doch nicht«, sagte der. »Was spricht dein Gendarm über Schloss Berg? Erzähle es dem Professor!«

»Man hat ihm verboten, mich zu heiraten«, sagte Vroni.

»Ja. Nein! Das meine ich nicht. Du weißt schon. Los jetzt, rede!«

Vroni zerrte an ihrer Schürze und sah von einem Gesicht zum anderen.

»Er ist nicht beim Schloss. Dort haben sie ihre eigenen Gendarmen. Fonsä sagte, sie wollen einen Bretterzaun um das Schloss ziehen, weil die Sozialdemokraten den König ermorden wollen.«

Professor Miller zeigte sich amüsiert. Entweder war Vronis Gendarm ein ziemlicher Aufschneider oder aber man hielt die Einheimischen mit gezielter Propaganda im Stand der Unwissenden.

»Auch die Hühner, die am lautesten gackern, legen nur ein Ei.«

Vroni verstand kein Wort und war froh, als sie endlich gehen durfte. Das Geld würde ihrem Buben eine Sonntagshose bescheren und zum Pfingstfeiertag konnte sie ein richtiges Wammerl mit Knödeln kochen.

Feuchtwanger zupfte sich am Kinn.

»Was so alles geredet wird im Volk. Um auf Fürst Eulenburg zurückzukommen. Er sprach davon, dass man des Königs Flügeladjutanten Dürckheim verhaftet habe und Fürst Bismarck dagegen interveniert hätte. Das sei nicht rechtens, habe man aus Berlin die Münchner Regierung wissen lassen.«

Professor Miller verzog spöttisch den Mund.

»Natürlich ist es Unrecht. Die Regierung ist nur eine provisorische, solange sie der Landtag nicht bestätigt hat. Aber das Recht, mein lieber Freund, ist immer auf der Seite der Mächtigen. Noch immer spricht das Schwert Recht und nicht Justitia, denn weder geschieht das Recht, noch geht die Welt unter. Es gibt das papierene Recht, aber keine Gerechtigkeit.«

Feuchtwanger war tief besorgt.

»Mir ist es unheimlich, dass der König nur wenige Kilometer von hier interniert wird, und wir haben nicht die Chance, die Angelegenheit wirklich ausforschen zu können.«

Professor Miller sah einer Taube, die soeben eine Feder verloren hatte, beim Fliegen zu.

»Wenn es so kommt, dass man den König abschafft, wird man letztlich das Königreich abschaffen. Dann ist nicht mehr Gott mit Bayern, sondern allerhöchstens noch seine Gnade, und das Königreich Bayern gehört der Geschichte an.«

Professor Miller schmeckte der Tee nicht. Er sah sich in dem großen Salon des Gartenhauses um und sah es als Versteck für den König, der hier auf angenehmste Art leben könnte.

»Finden Sie es nicht eigentümlich, dass ausgerechnet jetzt, wo man den König nach Schloss Berg verschleppt, der Preuße Eulenburg Starnberg sich die zweifelhafte Ehre gibt?«

Feuchtwanger, den die bloße Neugier zur frühen Stunde auf den Weg nach Berg gebracht hatte, wo ihn die Gendarmen abgefangen und zurückgeschickt hatten, nahm sich eine Zigarre aus dem Etui.

»Er sprach davon, dass seine Frau hier zur Kur weile«, antwortete der Bankier, dem an der Anwesenheit des Fürsten nichts verdächtig zu sein schien.

»Was halten Sie von der Idee, wenn wir uns von Ihrem Lidl zum Schloss Berg rudern lassen würden? Oder ist Seine Majestät schon eingeliefert worden?« Professor Miller machte ein spitzbübisches Gesicht.

Auf dem Rückweg von Berg hatte Feuchtwanger denselben Gedanken gehabt.

»Wir müssten uns wetterfest machen, bei dem Regen.

Auch wartet bald der Mittagstisch auf uns. Andererseits muss ich eingestehen, bin ich neugierig wie ein Kind vor der Bescherung zu Weihnachten.«

»Bis zur Mittagstafel werden wir zurück sein«, antwortete der Professor.

Sie hatten die Rechnung ohne den Fischer Lidl gemacht, der überhaupt kein Verlangen danach hatte, sich den Wünschen der beiden Herren zu fügen. Schließlich vermietete er ihnen einen alten Ruderkahn, der nicht sehr vertrauenerweckend im Wasser dümpelte. Da sie jedoch in ihren bisherigen Leben keinerlei Talent für das Rudern bewiesen hatten und der Professor dem freien Gewässer gegenüber eher eine Abneigung besaß, musste eine andere Lösung gefunden werden. Feuchtwanger eilte zu seiner Villa zurück, um den Mann seiner Köchin zu holen. Ein kräftiges Mannsbild, der das Ansinnen des Bankiers gerne abgelehnt hätte, es aber wegen der Anstellung seiner Frau nicht konnte. Währenddessen lief Professor Miller durch den Regen und verwickelte sich wieder einmal in seine Gedanken. Aus einem der schönen Häuser war Klaviermusik zu hören. Franz Schubert, erkannte der Professor, und dazu noch außerordentlich reizend dargebracht. Er blieb stehen und lauschte. Gute Musik verursachte in ihm eine behagliche Stimmung, und er wurde weich und verletzbar. Er lief weiter. In Richtung des Sees schwankten Möwen am Himmel, als würden sie von kräftigen Händen geschüttelt. Als er auf dem Steg angekommen war, stieg er ohne weiter nachzudenken in den schwankenden Kahn und begann mit einem Schüsselchen, das in dem Boot lag, Wasser zu schöpfen. Es war still. Was war das Leben für ihn? Viel Sinn machte es nicht. Letzten Endes starben die Menschen, auch wenn er als Arzt sich noch so viel Mühe gab.

Feuchtwanger kam mit ihrem zukünftigen Ruderknecht über die Wiese, und bald stieß der Kahn ins offene Wasser hinaus.

»Fürst Eulenburg erzählte, dass Bismarck nicht sehr erfreut gewesen sei über die bayerische Art, mit einem König umzugehen. Er habe gefragt: ›Wollen Sie ihn schlachten?‹« Feuchtwanger schüttelte den Kopf und hielt den Regenschirm schräg, sodass das Wasser in den Kahn tropfte. Als der Professor nicht reagierte, setzte er seine Rede fort. »Man habe, so der Fürst, aus München argumentiert, dass das System in Gefahr sei und unter den gegebenen Umständen auch die Reichsidee.«

Professor Miller hielt sich mit beiden Händen fest und fixierte das gegenüberliegende Ufer.

»Es gibt Bayern, Badener, Sachsen, Franken, meinetwegen auch Preußen, aber es gibt keine Deutschen. Wer sind sie, woher kamen sie und wo war ihr Land? Ein Popanz ist dieses Reich. Theodisca lingua soll die alte Sprache einiger Stämme gewesen sein, mehr nicht. Aber sie werden dem bayerischen Volk die Schriftsprache schon so lange einprügeln, bis sie alle glauben, dass sie Deutsche sind.«

Feuchtwanger schaute auf den Alois, der brav ruderte und keine Miene verzog.

»Glauben Sie, die Fürsten wären unter eine Fahne gekrochen, die sich das Preußische Reich genannt hätte? Das hatte sich der Bismarck schon fein ausgedacht mit seinem Deutschen Reich. Man hätte allerdings bereits das Hambacher Geschreie nach Vaterland und deutscher

Einigkeit durch diese versoffenen Studenten mittels der bayerischen Armee beenden müssen. Erinnern Sie sich an 1832?« Feuchtwanger reagierte überraschend still.

»Der deutsche Mai«, antwortete er leise.

»Lassen wir das Thema, es regt mich zu sehr auf«, sagte der Professor. »Es geht ihnen um eine Revolte für ihre eigenen Interessen. Das Großbürgertum will die Macht übernehmen und da stört so ein Ästhet, wie unser König es ist, zumal bei der Ausplünderung des Volkes.»

Nach der Ansprache des Professors kehrte Schweigen ein. Alois ruderte nahe an das Ufer heran.

Aber nichts war zu sehen. Alles war still. Feuchtwanger war der Meinung, dass sich der Professor noch um Kopf und Kragen reden würde, so unvorsichtig wie der war.

Professor Miller zog seine Uhr hervor, die an einer goldenen Kette hing und ließ den silbernen Deckel aufspringen. Leider konnte er das Ziffernblatt nicht genau sehen, da er seine Brille im Gästezimmer des Bankiers hatte liegen lassen. Es war so zwischen 12.15 und 12.25 Uhr, als sie die Fahrgeräusche diverser Kutschen hörten und sehen konnten, wie sie, eine nach der anderen, vor Schloss Berg anhielten. Das Schloss sah mit seinen vier zinnenbewehrten Ecktürmen wie eine Trutzburg aus. und König Ludwig hatte noch einen höheren Turm dazu bauen lassen, den er Isolde nannte.

So ein Bankier ist doch eine andere Rasse, stellte der Professor fest, denn Feuchtwanger hatte ein Opernglas eingesteckt.

»Es waren vier Kutschen«, sagte Feuchtwanger aufgeregt. »Sie sind nicht mehr zu sehen.«

Kurz darauf erschien ein Gendarm am Ufer und

machte sehr eindeutige Handbewegungen. Ehe sich die beiden Herren versahen, ruderte Alois kräftig zurück. Das war es dann. Professor Miller hatte längst genug von dieser Exkursion.

Mader stand an der Ecke zum See und sah, wie sich ein Ruderboot zügig entfernte. Er erkannte einen Mann, der einen Zylinder trug, und fand das ebenso seltsam wie die gesamte Fahrt von Neuschwanstein bis zum Schloss Berg. Jemand hatte ihm gesagt, er sei in der Nähe des Königs nicht erwünscht, weil Majestät den Diener Mayr bevorzugen würde. Das konnte er nun wirklich nicht glauben, denn der König wusste, dass der Mayr zu den Verrätern gehörte. Außerdem stritten die Ärzte im Schloss heftig miteinander. Nur der König hatte auf ihn ruhig, fast gelassen gewirkt, wie er auf seine eigene Art das Schloss besichtigte, so wie er es immer tat, wenn er nach Berg kam. Nachdem er am Tor den altbekannten Gendarmen Sauer freundlich gegrüßt hatte, war der König durch das Schloss gelaufen. Sauer bekam einen hochroten Kopf, denn er war mit einigen Kameraden zuvor in Berg von Haus zu Haus geschickt worden mit dem Auftrag, den Bewohnern zu verkünden, dass es verboten sei, bei Anbruch der Dunkelheit das Haus zu verlassen. Das war ungefähr so wirksam, wie einem Hund zu verbieten, einen Knochen zu kauen. Wenn man den Landleuten etwas verbot, dann bekam man in der Regel die Antwort: »Dann tun mirs gradewegs mit Fleiß.«

Mader beherrschte das, was für einen Lakaien überlebenswichtig war, er konnte sich unsichtbar machen. Die Dienerschaft war angetreten und der König schaute sie nicht an, weil das nicht üblich war.

»Seid ihr anständige Leute oder ist ein Preuße dabei?«, fragte der König.

Als man seine Frage verneinte, stieg er durchs Treppenhaus hinauf in den 2. Stock, wo er sein Arbeits- und ein Schlafzimmer hatte. Diesmal trat er nicht sogleich ein, sondern betrachtete zunächst die Gucklöcher in den Türen und die fehlenden Türklinken.

»Das ist höchst unangenehm«, sagte der König.

Im gleichen Stockwerk hatte Dr. Müller einen Raum, während Dr. Grashey und Dr. Gudden im ersten Stock wohnten. Überhaupt glich das Schloss einem Bienenstock. Neben den normalen Schlossbediensteten, den Dienern und Irrenwärtern, liefen dermaßen viele hohe Herren herum, dass Mader sich gar nicht mehr auskannte. Von den vielen Gendarmen einmal ganz abgesehen. Die standen im Park und reagierten nervös, weil sich immer mehr Boote dem Ufer näherten, und weil auch an der Straße von Berg haufenweise Neugierige herumstanden.

Mader hielt sich verbotenerweise mit dem Diener Schuster im ersten Stock auf, als wieder ein heftiger Streit zwischen den Ärzten zu hören war. Zunächst war es ganz ruhig geblieben. Dr. Gudden saß gemütlich im Sessel und rauchte eine Zigarre, als sein Schwiegersohn Dr. Grashey das Zimmer betrat und den am Fenster stehenden Dr. Müller begrüßte.

»Die maßgebenden Kreise in Bayern sind nun überzeugt, dass der König durch eine Geisteskrankheit daran gehindert ist, die Regierungsgeschäfte pflichtgemäß auszuführen«, sagte Dr. Grashey.

Mader schlich sich näher an die Tür und hörte, wie sich jemand auf einen Stuhl setzte.

»Zunächst einmal wird ihm nicht mehr erlaubt, dass er die Nacht zum Tage macht. Majestät muss zur Ordnung gebracht werden.« Mader erkannte die Stimme von Dr. Müller.

»Der Alkohol muss vollständig vermieden werden«, verfügte Dr. Gudden und merkte an, »ich werde allein mit dem König längere Spaziergänge machen. Wir waren schon im Park und haben auf der Bank geplaudert. Der König war sehr aufmerksam, aber er fragte mich ständig danach, ob man ihm hier nach dem Leben trachten würde. Ich überlege mir, ob ich mit ihm allein nicht einmal eine Ausfahrt machen sollte. Hier ist er schon arg isoliert.«

Mader hörte, wie ein Stuhl kräftig weggestoßen wurde.

»Das stört doch sehr die Behandlung«, rief Dr. Müller laut. »Sie erschweren mir dadurch meinen Dienst. Ich würde das nicht tun. Wenn Majestät geisteskrank ist, dann kann er nur unter Aufsicht von zwei Pflegern ausgeführt werden.«

Nach einer kurzen Pause war die schalkhaft klingende Stimme Dr. Guddens zu hören.

»Sie übertreiben! Außerdem traue ich mir jederzeit zu, mit dem Kranken allein fertig zu werden. Ich bin Arzt und kein Schwarzseher.«

Das saß! Mader war beeindruckt. Der große Chef hatte gesprochen und Dr. Müller hatte zu schweigen.

»Für rettungslos halte ich den Zustand Seiner Majestät nicht«, sagte Dr. Grashey überheblich.

Dann wurde es laut. Dr. Guddens Stimme klang scharf und herrisch.

»Darüber sprechen wir ein anderes Mal. Zunächst einmal werden alle Diener und Bediensteten ausgetauscht und durch vertrauensvolle Lakaien ersetzt. Ich will jedes gesprochene Wort des Königs zu hören bekommen.«

Mader, der keinen ausdrücklichen Befehl zur Anwesenheit hatte, zog es vor, sich in die unteren Räume zu begeben. Dort erfuhr er, dass man den Diener Mayr nach München geschickt hatte. Jetzt wollte er sich noch unsichtbarer machen, als er es schon war. Mader trug Körbe mit Gemüse zum Keller, als hohe Herren aus München eintrafen. Würde man ihn von hier verjagen, dann wäre es aus mit ihm. Er erkannte die Grafen Holnstein und Törring, auch Baron Washington und Baron Malsen, die mit den Ärzten hinunter zum See gingen und sich aufgeregt unterhielten.

Kaum waren die Herren angekommen, waren sie, bis auf Baron Washington, auch schon wieder verschwunden. Mader sah die Gendarmen am See und oben an der Straße nach Berg patrouillieren. Für die Nacht richtete er sich vorsichtshalber ein Lager neben den Weinen und sonstigen Getränken her. Er blieb unruhig. Manchmal schien es ihm, als hörte er Schritte, die vom Schloss zum See liefen und wieder zurückkamen. Fast schon hatte er vergessen, dass ihm den Tag über keine Zeit geblieben war, um etwas zu sich zu nehmen. Er kaute auf einer Karotte herum und spuckte sie gleich wieder aus. Ihn schmerzte sein Magen bereits, wenn er nur an etwas Essbares dachte.

Der Pfingstsonntagmorgen eröffnete einen völlig verregneten Tag.

Mader lief über den Hof zum Park, als ihm einer der neuen Pfleger zuwinkte und ihn in den 2. Stock führte. Zwischen dem Wohn- und dem Schlafraum des Königs befand sich eine Kammer, die von einem Lakaien besetzt war, den Mader nicht kannte. Der Pfleger schob nun ihn auf den Stuhl und verschloss die Tür, und ehe Mader sich versah, hörte er, wie Dr. Grashey das Schlafgemach des Königs betrat.

»Majestät, es ist viertel nach 8 Uhr, Sie ließen mich rufen.«

Das war nun ein Umstand, der für einen Diener zu den Todsünden gehörte, denn niemals durfte er Seine Majestät belauschen. Aber ihm blieb nichts anderes übrig, als sich zu beherrschen und seine Beine festzuhalten, die kräftig zitterten. Denn er musste befürchten, dass er dadurch mit dem Stuhl Geräusche fabrizierte.

»Wie lange soll das hier dauern?«, fragte der König den Arzt ruhig. »Dr. Gudden wich mir aus. Das ist ein Komplott gegen mich und Sie wissen das.«

Dr. Grashey holte tief Luft und legte einen Ton Unverständnis in seine Antwort.

»Jeder trauert über die Erkrankung Seiner Majestät. Im Falle der baldigen Genesung wird die Prinzregentschaft wieder aufhören und Majestät werden wieder den ihr gebührenden Platz einnehmen.«

Der König hüstelte.

»Ich habe mich früher leider zu häufig aufgeregt und auch Schlafmittel habe ich genommen, aber ich bin nicht krank.«

Grashey reagierte hastig und es klang merkwürdig, was er da sagte.

»Man muss sehr regelmäßig leben, auch wenig Alkohol zu sich nehmen, sich in guter Luft Bewegung machen und eine regelmäßige Beschäftigung finden.«

Der König hüstelte wieder, blieb aber gelassen.

»Dann bringen Sie mir meine Bibliothek aus Neuschwanstein.«

»Die Ärzte legen sehr großes Gewicht auf das ruhige Verhalten Seiner Majestät«, sagte Grashey.

»Und warum hat mich vor dem Gutachten niemand untersucht?«

»Weil Majestät keine Ärzte mehr vorgelassen haben«, antwortete Grashey.

»Ich möchte nun aufstehen und den Tag beginnen«, forderte der König.

Mader hörte, wie Dr. Grashey das Schlafzimmer verließ. Dann klopfte es. Zutiefst erschrocken rutschte Mader weiter auf den Boden.

»Komm heraus und hilf mir beim Ankleiden.«

Mader verließ die Kammer und betrat das Schlafzimmer Seiner Majestät in tief gebückter Haltung.

»Und dieser Grashey war auch bei diesem Komplott dabei, dieser Mensch macht einen schlechten Eindruck auf mich. Kennst du ihn?«

»Nein, Majestät. Heut' habe ich ihn zum ersten Mal gesehen«, antwortete Mader.

Der König war noch im Hemd und Mader war bei der Morgentoilette behilflich.

»Dann soll der Friseur Hoppe kommen und der Mayr«, verlangte der König.

»Beide sind nicht in Berg, Majestät«, antwortete Mader wahrheitsgemäß.

Der König drehte sich um und schaute dann, als wüsste er schon, weshalb das so war.

»Dann soll mir der Schneller das Frühstück bringen und du hilfst ihm dabei.«

Während der König über den Flur in sein Wohnzimmer wechselte, winkte Mader dem Schneller, der sofort verstand. Sie servierten beide zusammen und der König setzte sich, wobei er Schneller seine Uhr reichte, die dieser brav aufzog. Unbemerkt schlich Mader vom 2. Stock wieder in das Untergeschoss, weil er sich dort sicherer fühlte. Doch kaum hatte er die untere Treppenstufe erreicht, kam Dr. Gudden, rief nach dem Irrenwärter Hack und griff diesem an den Kragen.

»Ich werde mit dem König um 11 Uhr einen Spaziergang im Park machen und du wirst uns genau nach 400 Schritten folgen. Also zähle präzise und beachte meine weiteren Anweisungen.«

Kaum hatte sich Mader neben der großen Treppe verstecken können, traten der König und Dr. Gudden, mit Schirm, Hut und Überzieher, hinaus in den Park. Mader sah, wie Hack ihnen folgte, und nach kurzem Weg winkte ihm der Arzt zu, sodass er den Zwischenraum noch größer werden ließ. Dann sah Mader nur noch den Hack, und Dr. Gudden war mit dem König verschwunden.

Mader lief zum zweiten Ausgang, griff nach einigen abgelegten Kleidungsstücken und begann sie zu bürsten. Auffällig war nur der, dem keinerlei Tätigkeit anzusehen war, wusste Mader. Niemand schien ihn zu beachten.

Zur Mittagszeit drängte man zum Kavaliershaus am See, das durch einen Laubengang mit dem Schloss verbunden war. Dorthin trugen Diener das Essen für die Ärzte und Baron Washington, der dort Quartier genommen hatte. Mader verschwand in den Lagerraum und drehte die Champagnerflaschen, als eine der Küchenmägde kam und ihn neugierig ansah.

»Bist du einer von den Neuen aus München? Ich sag'

dir was. Wenn unsere Majestät deppert ist, dann möchte ich nicht wissen, was wir dann sind.«

Kurz nach ihr erschienen zwei der Diener vom Kavaliershaus und griffen nach dem Weißwein.

»Hast du es gehört? Der eine da hat gesagt, Majestät seien ein Künstler der Täuschung. Erst ist er freundlich und hinter dem Rücken passiert es dann.«

»Was passiert? Nix passiert. Der Gudden hat gesagt, er will mit Seiner Majestät Kutsche fahren. Was hatte er gesagt, will er für einen Wein?«

28

Es wurde immer dunkler. Überall gab es verschlossene Türen. Jemand sah vom Himmel hinab. Von dort, wo der Wald begann, löste sich eine Person aus der Finsternis. Er lag auf dem Boden und zog sich mit den Unterarmen weiter. Die Person vom Wald stand nun auf offenem Feld. Nun erst bemerkte er seine Nacktheit. Er hielt einen Kamm in der Hand und kämmte sich. Die andere Hand bedeckte seine Scham. Jetzt erkannte er seine Mutter. »Heute wird es ein heiterer Tag werden», sagte sie. »Der Herbst wird kommen und du hast wieder kein ordentliches Schloss an der Tür.« Mader kam zu sich. Er lehnte mit dem Kopf an der Wand, denn er war kurz eingeschlafen.

Mader tauchte wieder auf und wurde auf der unteren Etage erwischt. Schnell saß er wieder in der Kammer zwischen den Zimmern, die offensichtlich bei niemandem der Diener beliebt war.

»Glauben Sie, dass man mich übers Jahr gefangen

halten wird?« Die Stimme des Königs klang ruhig, aber bestimmt.

»Wenn Majestät von seinem Nervenleiden geheilt ist, gibt es keinen Grund, die ärztliche Behandlung zu verlängern.«

»Glauben Sie das?« Der König machte eine Atempause. »L'appétit vient en mangeant. Manche entwickeln beim Essen einen immer größeren Appetit, Herr Zanders. Sie sind doch ein gewissenhafter Mann, Herr Stabskontrolleur, und ich sage Ihnen, Prinz Luitpold wird es so gefallen ganz oben zu sein, dass er mich nie wieder hier herauslässt.«

Der Angesprochene schwieg.

»Wie viele Gendarmen sind im Park?«

»Sechs bis acht, Majestät.«

»Würden sie im gegebenen Falle auf mich schießen?«

»Wie können Majestät so etwas denken? Sie haben gar nicht geladen.«

Mader hörte, wie der König durch den Raum lief.

»Wie spät ist es?«

»Bald wird es halb vier, Majestät.«

»Dann ist die Audienz beendet. Schicken Sie mir Dr. Müller!«

»Sofort, Majestät.«

Mader begann auf seinem Stuhl zu zittern und drückte seine Hände fest auf die Oberschenkel.

Der König hörte auf umherzulaufen, als Dr. Müller eintrat.

»Sind Sie Irrenarzt?«

»Ja, Majestät.«

»Wo haben Sie studiert?«

»In Würzburg, Majestät.«

»Schreiben Sie über mich Berichte an Prinz Luitpold?«

»Dazu habe ich bisher keinen Auftrag, Majestät.«

»Es ist doch leicht, einem Menschen ein Mittel in die Suppe zu schütten, damit er nicht mehr aufwacht.«

Da der Arzt nicht antwortete, blieb es einen Moment still.

»Was kennen Sie denn für Schlafmittel?«

»Es gibt derer viele, Majestät.«

»Sie tragen eine Brille. Sind Sie kurzsichtig?«

»Auf einem Auge, Majestät.«

»So, so. Gudden sagte mir, Sie wollten meine Bibliothek ordnen.«

»Mit Vergnügen, Majestät.«

»Sie bleiben immer hier?«

»Ich werde mit einem noch zu bestimmenden Kollegen monatlich wechseln, Majestät.«

»Wer ist das?«

»Er ist noch nicht ernannt, Majestät.«

»Der wird schon ein Mittelchen wissen, mich unbemerkt aus der Welt zu schaffen.«

»Majestät, die Pflicht des Arztes ist es, zu heilen, nicht aber zu vernichten.«

Dr. Müller hatte seine Stimme erhoben.

»Ihnen traue ich, aber den anderen nicht.«

Nachdem Dr. Müller gegangen war, klopfte der König an die Tür.

»Ich will mein Diner, und bringe mir meinen Operngucker.«

Mader eilte hinunter und sah, wie Dr. Grashey vor der großen Eingangstür in eine Kutsche stieg. Sofort war er wieder im Zimmer des Königs, der am Fenster stand.

»Vor dem Schloss stehen zwei Gendarmen. Gibt es neue Befehle für sie?

Hörte ich soeben eine Kutsche fahren?«

»Dr. Grashey fuhr nach München, Majestät.«

Das Diner wurde aufgetragen, während der König mit dem Opernglas über den See schaute.

»Was geschah sonst noch?«

Mader kannte die beiden Lakaien nicht, die servierten, und er wunderte sich, dass man Spirituosen hereinbrachte, weil Dr. Gudden das ausdrücklich verboten hatte.

»Majestät, ein amerikanischer Reporter sprach mit Dr. Gudden, weil die Bauern von Leoni erzählten, Seine Majestät würden morgen in München sprechen. Dr. Gudden wurde laut und rief: ›Dummes Zeug!‹«

Die Diener stellten einen Becher mit Bier vor den König hin, der einen Löffel vorsichtig zum Mund führte und zu essen begann.

Während des Essens trank der König zwei Gläser Maiwein, drei Gläser Rotwein und zwei Gläser Arrak, und Mader wunderte sich wieder. Nachdem er den Kaffee genommen hatte, stand der König auf und lief ein wenig hin und her.

»Ich bin mit Gudden zu einem Spaziergang verabredet, also bringe mir den Überzieher und den Schirm. Sage dem Doktor, ich wäre dann bereit.«

Mader lief in den ersten Stock und sah, dass Dr. Gudden angekleidet aus dem Zimmer von Dr. Müller kam. Auf dem Rückweg traf er einen der Lakaien, der ihn verwundert ansah.

»Vorher hat der Doktor dem Amerikaner gesagt, er würde die Spaziergänge gerne weglassen, weil das so furchtbar anstrengend wäre, wegen der Fragerei Seiner Majestät.

Als Mader wieder in den zweiten Stock kam, war kein König mehr zu sehen. Also lief er hinunter zum Seitenausgang, wo der Pfleger Schneller wartete, der Seine Majestät und Gudden auf Distanz begleiten sollte.

»Du sollst doch hinterherlaufen«, sagte Mader.

Schneller zuckte mit den Achseln.

»Dr. Gudden sagte mir in der ersten Etage noch einmal, es solle keiner mitgehen. Was denn nun?«

Jetzt verstand Mader überhaupt nichts mehr. War Majestät nun auf einem Spaziergang mit Gudden oder war er noch im zweiten Stock?

Mader fühlte sich müde und lief wieder zu den Vorräten. Unvermittelt bekam er das Gefühl, als sei er völlig alleine, so ruhig schien es ihm im und um das Schloss herum zu sein. Die Gendarmen waren fort, im Kavaliershaus regte sich nichts und im Schloss herrschte völlige Stille. Mader hockte sich auf einen Sack mit Kartoffeln und schloss vorsichtig die Augen. Schlafen wollte er keinesfalls, denn er wollte keine Träume mehr erleben, in denen er nackt vor seiner Mutter stand.

Während er vor sich hindämmerte, war ihm, als vibriere die Erde. Dann schlugen Ruderblätter ins Wasser und er hörte die knirschenden Lederriemen. Als er Geschrei vernahm, war er sich unsicher, ob er im Traum oder in der Realität gewesen war.

Im Schlosspark lief alles durcheinander. Fackeln wurden geschwungen. Ein Gendarm lief den Weg hinab und rief laut:

»Es waren vier Gendarmen im Park, die haben aber niemanden gesehen.«

Wie spät war es? Mader lief dem Küchenchef Hierneis über den Weg.

»Der König ist abgängig«, sagte der und verschwand.

Überall am See leuchteten Fackeln. Von der Straße kamen Leute herab und aus der Seerichtung liefen ihm Suchende entgegen. Woher kamen denn die vielen Menschen? Mader verstand überhaupt nichts mehr. Der König war doch im Schloss. Auf dem Parkweg traf er den verängstigten Pfleger Schneller.

»Wohin rennst du denn?», rief der. »Sei vorsichtig, was du siehst und was du sagst. Nachher kommen wir alle ins Verhör. Die Oberen haben ausgegeben, wer sich falsch verhält, der kommt in die Irrenanstalt nach Haar.«

29

Der Wind wurde lauter in den Bäumen, die tönend aus ihren Ästen und ihren Blättern sprachen. Der verschlossene Himmel machte es schwer zu atmen. Nach der Schneeschmelze füllten sich die leeren Flussläufe, und es raunte ein scheues Flüstern durch das Tal. Aus dem Tal schritt eine düstere Menschenmenge schweigend in die Ebene. Sie trugen schwarze Kleider und Stöcke, auf denen Perücken drapiert waren. Hinter ihnen marschierten Soldaten in zerknautschten Uniformen.

Professor Miller schreckte hoch. Jetzt hatte er schon wieder von dem bevorstehenden Trauerzug für den König geträumt. Es war für ihn noch immer unfassbar. Gleich am Morgen nach der Todesnachricht war er mit Feuchtwanger hinübergerudert zu der Stelle, wo sie den König und Gudden gefunden hatten. Eine Menge Menschen hatten sich auf dem See und an Land aufgehalten und sie beide wussten noch gar nichts.

»Sehen Sie!«, hatte Feuchtwanger gerufen und mit dem Finger gezeigt. »Sie sehen, was nicht mehr da ist?«

»Was reden Sie denn?«, hatte er geantwortet.

»Man hat das Bootshaus bei der Fundstelle abgerissen.«

Das war die erste Sache, die ihm spanisch vorgekommen war. Im Grunde genommen handelte es sich, bei allem Respekt vor dem toten König, um einen Kriminalfall, und dann riss man einfach ein Objekt ab, das angeblich der Ort gewesen war, wo Seine Majestät ein Boot zur Flucht finden sollte? Jedenfalls wurde in Starnberg so geredet. Auch die Tatsache, dass der preußische Graf Eulenburg in Schloss Berg war, als man den König aufbahrte, war mehr als bemerkenswert. Feuchtwanger blieb nun inzwischen vorsichtig, weil Graf Rott zu ihm gesagt hatte, die Juden in München sollten es lieber mit der Regierung halten. Das war mehr als eindeutig gewesen.

Die Gemahlin des Professors klopfte nochmals an die Tür.

»Die Kutsche wartet. Du musst zur Obduktion.«

Professor Miller, der sich wieder in München aufhielt, straffte sich und ließ sich von seiner Frau die Schuhe binden. Morgen wollte er sie nach Straßburg schicken, wo ihm ein Kollege ein Haus besorgt hatte. Er konnte aber nicht in einem leeren Haus wohnen, und für derlei Notwendigkeiten besaß er kein Talent. Also war es die Frau, die das Haus einrichten und ihn dann im entsprechenden Interieur empfangen sollte. Jetzt dachte er daran, wen er fragen konnte, warum, und vor allem auch wer, eine Obduktion des Dr. Gudden untersagt hatte? Das war doch sehr überraschend, wenn man bedachte, wie aufwendig die Obduktion des Königs vorbereitet worden war. Der bayerische König wurde immerhin direkt beschuldigt, einen Totschlag oder einen Mord begangen zu haben. Es bestand, dessen ungeachtet, die Möglichkeit, dass durch eine Obduktion Guddens eine Entlastung des Königs herbeigeführt werden könnte. Wollte man das vermeiden? Der Professor stieg in die wartende Kutsche und drückte sich tief in die Polster. Der Abschied von München fiel ihm schwer. Aber nachdem sich Feuchtwanger im Interesse seiner Bank zurückgezogen hatte, war er sozusagen allein gelassen, und sich für König Ludwig II. auszusprechen, war nicht mehr förderlich. Die Öffentlichkeit war bisher nur spärlich informiert worden, denn es hieß offiziell, der König und Gudden seien ertrunken. Zumindest davon ging der Professor beim König nicht aus, denn der galt als ein ausgezeichneter Schwimmer und das Wasser an der bewussten Stelle im See dürfte ihm kaum bis an die Brust gereicht haben.

Die Regierung mit ihrer Geheimniskrämerei war schuld daran, dass die Gerüchte nur so durch die Gassen Münchens gejagt wurden.

Am frühen Pfingstmontag hatte Professor Miller die Villa Feuchtwanger verlassen und war zu Fuß nach Berg gelaufen. Niemand hatte ihn daran gehindert, sich dem Schloss Berg zu nähern, nur der alte Wachtmeister Gürzl, den er in dessen Münchner Zeit einmal am Zeh operiert hatte, stellte sich ihm in den Weg. Fast hätte er den ziemlich abgemagerten Beamten nicht erkannt, wenn nicht dessen markante Stimme gewesen wäre. Er glich einem vom Wetter gegerbten Baumstamm, dem noch einige wenige grüne Triebe aus der Krone wuchsen. Gürzl verneigte sich respektvoll.

»Ich sage nichts!», rief er, noch bevor der Professor eine freundliche Begrüßung formulieren konnte.

»Nie im Leben sind die beiden Toten an der bewussten Stelle ertrunken, aber ich sage nichts.« Er wischte sich über den Mund.

Professor Miller hielt seinen Schirm so, dass der Wachtmeister unter ihm Platz fand und gleichzeitig näher heranrücken musste.

»Da waren so viele Leute am See, dass man auf dem nassen Boden gar keine Spuren entdecken konnte. Aber sagen durfte man nichts, dann wurde gleich gedroht.«

Der Professor spürte, dass man diesen anständigen Kerl gekränkt hatte und der sich deshalb entsprechend empört zeigte.

»Ich sage nichts, aber sie haben die Leichen in das kleine Bootshaus gelegt und hergerichtet, als würde gleich der Fotograf kommen. Das macht man doch nicht, wenn noch nichts richtig untersucht worden ist!«

Jetzt war der Professor hellhörig geworden.

»Wie meinen Sie das, verehrter Herr Gürzl?«

»Ich sage nichts mehr, man verbrennt sich zu schnell das Maul.«

»Mit mir können Sie doch reden«, gurrte der Professor, so ganz gegen seine ansonsten eher spröde Art.

»Weil sie die hiesigen Wachtmeister weggeschickt haben und ihre eigenen Leute alles erledigen mussten. Und die haben gar nichts festgehalten. Erst haben sie die Toten ins Bootshaus gelegt, dann die Kleider vom Ufer weggeräumt und jedem gedroht, wenn er was Falsches reden würde. Ich sage ja nichts, aber so macht das kein Polizist.«

Professor Miller zog seinen Begleiter in ein kleines Waldstück.

»Sie haben den Ort hergerichtet?«

»Wenn ichs doch sage. Außerdem hat der Amtsarzt aus Starnberg nur einen schnellen Blick auf die Toten werfen dürfen, dann wurden sie zum Schloss gefahren. Und auf seine Verschwiegenheit hat er auch noch schwören müssen.«

Da Professor Miller Gürzl nicht kompromittieren wollte, reichte er ihm die Hand.

»Nichts für ungut, lieber Gürzl, Sie sind ein anständiger Kerl.«

»Ich sage lieber nichts mehr, sonst verschwinde ich noch wie der Adalbert von Fischer.«

Was war das? Der Professor hatte sich noch einmal umgedreht und Gürzl angesehen.

»Was heißt, er ist verschwunden?«

»Na, fort ist er. Wir waren am Liegeort der Toten und der Herr von Fischer zeigte sich äußerst kritisch über die Art, wie man die Sachlage beurteilte und die Toten drapierte. Nun ist er fort, futsch, verschollen. Niemand weiß, wohin, aber ich will ja nichts gesagt haben. Gott befohlen, Herr Professor!«

Der Kutscher ließ die Pferde traben. Der Professor klopfte, denn ihm pressierte es nicht. Er schaute auf die Türme der Ludwigskirche und zählte in Gedanken, wie häufig er während seiner Studentenzeit wohl von der Universität zum Marienplatz gelaufen war. Damals besaß er ein winziges Untermietszimmer beim Viktualienmarkt.

Geläufig und fügsam erschien das Leben, doch man wartete und wartete. Am Ende blieb nur die Dunkelheit als Antwort. Das Sein versank in die immerwährende Nacht. Man wünschte sich, danach ginge es für alle Ewigkeit entlang der Sternenallee zum Altar der Antworten. Warum war mein Leben, wie es war? Aber es war ein Wunsch, nicht mehr. Man schaute zurück und die Bilder aus dem eigenen Leben wurden matter und matter.

Professor Miller rief sich zur Ordnung und dachte weiter nach. Man würde ihn noch mit dem König vergleichen, wenn er so spintisierte. Aber war der Vorwurf gegen den König, er sei nur ein Träumer gewesen, nicht eigentlich gegen den Traum vom Menschsein gerichtet? Von Berg war Miller an diesem Morgen direkt zurück nach Starnberg gelaufen, und während Feuchtwanger nach einem Ruderkahn Ausschau gehalten hatte, war er schnell zu Dr. Magg geeilt, der an der ersten Leichenschau beteiligt gewesen war. Der war allerdings alles andere als gesprächig gewesen.

»Verehrter Herr Professor, ich bin quasi nur dabei gestanden. Wenn einer etwas sagen kann, dann der Bezirksarzt Dr. Heiß.«

Dann hatte er den Professor fort vom Eingang neben sein Haus geschoben und ihn mit seinen leuchtenden Igelaugen angesehen.

»Alle Beteiligten und sämtliche Schlossbedienstete werden von Herrn Ministerpräsident Lutz höchstselbst vereidigt werden.«

»Aber man wird sich doch als Arzt für das Geschehen interessieren dürfen.«

Dr. Magg verzog den Mund und begann zu flüstern.

»Offiziell hat eine wüste Keilerei zwischen den Verstorbenen stattgefunden. Quasi bis zum Exitus.«

Das konnte sich so nicht abgespielt haben, da war sich der Professor sicher.

»Ich bitte Sie, werter Kollege. Majestät war zwei Meter groß und der Gudden ein Zwerg. Ein ziemlich ungleicher Kampf, finden Sie nicht?«

Der Arzt machte ein ernstes Gesicht.

»Am Strand des Sees lagen beider Schirme nebeneinander und der König hatte Mantel und Jacke abgelegt. Ziehen Sie Ihre eigenen Schlüsse. Ansonsten gilt die Staatsräson.«

Nun zeigte sich Professor Miller doch maßvoll verärgert.

»Das Leben in die Waagschale werfen für die Wahrheit, sagte Juvenal!«, rief der Professor in den Garten.

»Na schön, wenn Sie eine Wahrheit hören wollen, von der ja nun bekanntermaßen ein jeder von uns seine eigene hat, dann spreche ich von dem, was ich sah. Die Uhr des Königs war um 18.53 Uhr stehen geblieben, jene des Dr. Gudden erst um 20.06 Uhr. Außerdem muss es eine sehr stille Prügelei gewesen sein, denn weder die in der Nähe patrouillierenden fünf Gendarmen, noch die Fischer und die vielen Ausflügler mit Booten auf dem See oder gar die Neugierigen vom Dorf haben auch nur einen Laut gehört. Fröhliche Pfingsten noch, Herr Professor.«

Und schon war der Doktor in seinem Haus verschwunden. Danach ruderten Feuchtwanger und der Professor zur Fundstelle und sie nahmen zur Kenntnis, dass man das kleine Bootshaus abgerissen hatte. Damit aber nicht genug. An gleicher Stelle fanden sie den preußischen Graf Eulenburg, der sich von einem einheimischen Fischer rudern ließ.

Pfingsten, der 50. Tag und die Ausgießung des Heiligen Geistes über die Menschheit. Unsinnige Gedanken. Inzwischen war es Dienstag nach Pfingsten geworden und um 8 Uhr begann die Obduktion des Königs in der Residenz.

Professor Miller durfte die königliche Residenz nur mit offizieller Begleitung betreten, und erst in dieser eingeschränkten Position wurde ihm bewusst, dass der König tatsächlich tot war.

Plötzlich wusste er, damit wurde das Leben immer gebrechlicher. Wenn er zurückschaute, war sein Leben allzeit ohne eine eigene Perspektive gewesen. Nach seiner verträumten Kindheit hatte es die Pflichten gegeben, mehr nicht. Niemals hatte er gewagt, die imaginären Grenzen des angepassten Bürgertums zu verlassen. Sein Großvater hatte im Alter auf einer Bank gesessen und die Mauerschwalben in ihrem freien Flug beobachtet. Er hatte geahnt, warum der alte Mann so viel Sehnsucht in seinen Augen gehabt hatte. Der König hatte es getan, diesen Schritt in die andere Welt, die des eigenen Willens und der Träume, dafür hatten sie ihn nun bestraft. Professor Miller erinnerte sich an die Worte der Großmutter: ›Setze dich an einen klaren Bach, lausche, und das Wasser wird dir ein Märchen erzählen.‹

Im Innenhof der Residenz traf er auf Kiesmüller, den der Polizeiminister Feilitzsch aus seinem Amt entfernt hatte. Er hatte Lutz und seine Minister als Fremdregierung bezeichnet. Gemeint hatte Kiesmüller die Tatsache, dass Ministerpräsident Lutz aus Unterfranken und Feilitzsch aus Oberfranken stammten. Ausgelegt wurde es ihm, als hätte er beide als Agenten Berlins bezeichnet.

Der Professor ging zwar davon aus, dass Kiesmüller so dachte, aber öffentlich gesagt hatte er es eben nicht.

»Gott sei mit Ihnen, Herr Professor«, sagte der Oberbayer und reichte ihm die Hand. »Man kennt sich.«

Kiesmüller war das, was man ein kerniges Mannsbild nannte, mit einer römischen Nase, die, wie er es immer lachend formulierte, ein römischer Legionär in Noricum vergessen hatte.

»Lassen Sie sich hier nicht einseifen«, sagte er böse.

Jemanden ›einseifen‹ hatte zu den Lieblingsworten des Königs gehört, und die Sätze Kiesmüllers sollten dem Professor zeigen, dass er ihn für einen der Königstreuen hielt.

Auf den Fluren liefen die Menschen durcheinander wie auf einem Markt. Allerdings allesamt still, in sich gekehrt und mit Trauerbekundungen an der Kleidung.

»Unsere fränkischen Brüder sind verschlagen und raffiniert«, stellte Kiesmüller leise fest. »Falls bei der Obduktion etwas gegen ihren Willen formuliert wird, werden sie die Angelegenheit als illegal bewerten. Es werden nämlich weder ein Staatsanwalt, noch eine andere juristische Person anwesend sein.«

In der Tat, empörte sich der Professor, eine solche Handlung war nicht rechtens.

Obduktionen ohne die Anwesenheit einer juristischen Person wurden als nicht durchgeführt angesehen. Mit den ›fränkischen Brüdern‹ meinte Kiesmüller natürlich Lutz und Feilitzsch. Er lächelte gequält.

»Haben Sie gehört, wann die Uhr Seiner Majestät stehen geblieben ist?«

Der Professor nickte.

»Es hieß um 18.53 Uhr.«

»Dr. Müller sagte aus, der Spaziergang habe um 18.25 Uhr begonnen, Wachtmeister Schäfer sprach von 18.40 Uhr und der Gendarm Lauterbach von 18.45 Uhr. Einzig Dr. Müllers Zeit passt zu einem Spaziergang von etwas mehr als einem Kilometer, wenn man die angebliche tätliche Auseinandersetzung einberechnet. Müller war aber im Schloss und konnte von seiner Position aus den Beginn des Spaziergangs gar nicht sehen. Der Gendarm Lauterbach hatte Schlosswache. Wenn dessen Angaben stimmten, dann müsste der König wie ein junges Fohlen gerannt sein und sich kopfüber in den See gestürzt haben, um die Zeit einzuhalten. Der Gendarm Klier patrouillierte ab 18 Uhr auf dem Seeweg und der hat auch gar nichts gesehen. Der Gendarm Rasch befand sich nach 18 Uhr auf der Südseite am See, also fast direkt an der bewussten Stelle, und der hat ebenfalls nichts gesehen. Der Gendarm Lechl kam vom Seeweg mit verschmutzter Uniform zurück und der hatte schon überhaupt niemanden gesehen.«

Professor Miller bemerkte, dass sie weiterhin von den zwei schwarz gekleideten Herren beobachtet wurden.

»Woher wissen Sie das?«, fragte er.

»Meine Kameraden sind noch im Dienst«, antwortete Kiesmüller und er setzte seine Rede fort. »Wenn vier im Dienst befindliche Polizisten nichts gesehen haben, dann haben sie nichts gesehen oder sie durften nichts sehen. Majestät wird wohl kaum auf allen Vieren durch das Unterholz gekrochen sein.« Er machte eine Verbeugung. »Nicht ›einseifen‹ lassen, Herr Professor.«

Das war allerdings eine sehr mysteriöse Sache. Niemand hatte angeblich den König und Gudden gesehen. Die waren doch nicht wie Ariel der Luftgeist durch den

Äther geschwebt. Den Professor überkam das ungute Gefühl, sich viel zu tief in einen Sumpf zu begeben, aus dem es vielleicht keinen Weg mehr heraus gab. Die Gendarmen mussten lügen, das war klar, die waren Beamte.

Am Horizont zeigte sich kein Licht, die Täler verbargen sich unter dichtem Nebel. Unschuldig waren das Land, die Felder und der Adler, dessen Augen ruhig geblieben waren. Unter dem Übermaß seiner Furcht ergriff Klarheit den Geist. Nachdem der Abstieg aus dem Berg gelungen war, hatte er lange in einer Wiese gelegen und geweint. Damals hatte er sich dazu entschieden, Arzt und somit ein Helfer für die Menschen zu werden.

Professor Miller stieg eine Treppe hinauf und sah zwei Lakaien zusammenstehen, von denen der eine plötzlich kreidebleich wurde und zu wanken begann. Der Professor eilte hinzu und fing den Stürzenden auf, setzte ihn an ein schnell geöffnetes Fenster und knöpfte dem Mann die enge Kleidung auf.

»Sage mir deinen Namen!«, rief der Professor und bekam sofort eine Antwort.

»Mader«, antwortete der Mann, »königlicher Lakai.«

Es war offensichtlich, dass es sich um eine vorübergehende Unpässlichkeit gehandelt hatte, und Professor Miller schickte sich an, den Mann ausruhen zu lassen, als dieser ihm etwas zuflüsterte.

»Sie haben den Gumbiller aus der Isar gefischt.«

Dem Mann schien diese Mitteilung sehr wichtig zu sein, denn seine Augen begannen zu flackern und sein Unterkiefer zitterte.

»Wer war der Gumbiller?«, fragte der Professor.

Mader sah ihn an, als müsste er das doch wissen.

»Gumbiller hat Seine Majestät aus dem See geholt und nun haben sie ihn …« Er brach den Satz ab und starrte vor sich hin.

Man rief die befugten Herren zum Beginn der Obduktion, und Professor Miller, der ebenfalls zugelassen war, schaute in die Runde. Tatsächlich befand sich weder ein Staatsanwalt noch eine andere Amtsperson im Raum. Der König lag nackt vor ihm. Der Professor betrachtete den Körper sehr intensiv. Bis auf harmlose Kratzspuren an den Knien gab es keine äußeren Verletzungen. Nach Faustschlägen zeigten sich üblicherweise Spuren auf der Haut und an den Knöcheln, aber der König zeigte völlig reine Hände. Professor Miller bemerkte sehr wohl, dass seine Anwesenheit mit kritischen Blicken zur Kenntnis genommen wurde, aber erst lächelte er Professor Rüdinger zu und dann grüßte er mit einer Verbeugung den Dozenten Dr. Rückert. Sie beide würden die Obduktion durchführen. Leibarzt Dr. von Schleiss begrüßte Miller direkt, und schnell waren die anwesenden Herren der Meinung, er wäre wohl von einem der Amtsträger einbestellt worden, so wie die anderen anwesenden Ärzte auch. Professor Miller wunderte sich allerdings darüber, dass an einer solchen Obduktion der Außenminister Crailsheim und der Obersthofmeister Graf zu Castell teilnahmen. Nein, er wunderte sich eigentlich nicht, denn diese Obduktion fand quasi unter den Augen der Regierung statt, und daher ahnte er bereits, wohin der Hase laufen sollte. Zunächst verlief alles so, wie er es von seiner Tätigkeit her kannte. Professor Miller zweifelte nicht an der Befähigung der obduzierenden Ärzte. Auf der Brust waren bräunliche Verfärbungen zu sehen, die eindeutig von den Wiederbelebungsversuchen herrührten. Man behauptete, deshalb sei auch kein Wasser mehr in der Lunge. Ansonsten gab es kaum feststellbare Anomalien, bis auf das verheerend schlechte Gebiss. Der König musste unter Zahnschmerzen gelitten haben, war Professor Millers Meinung. Man entnahm das Herz. Es wurde in einer Urne nach Altötting gebracht. Aber zu schnell verließ man den Torso und wandte sich dem Kopf zu, wobei laut gesagt wurde, der Kopf sei im Verhältnis zum Körper sehr klein und etwas asymmetrisch. Professor Miller, der erwartet hatte, dass die Herren sich zu einer Todesursache hinarbeiteten, sah, wie die Anwesenden alle Konzentration auf das entnommene Gehirn legten. Es ging ihnen darum, das zu beweisen, was die Herren Gudden, Müller und Grashey beurkundet und beschworen hatten. Das also war ihr Auftrag. Grashey stand ihm direkt gegenüber und schaute seinen Kollegen ungeduldig auf die Finger. Professor Miller musste sich sehr zusammennehmen, um nichts zu sagen. So wie er es sah, war der König nicht ertrunken, aber sie schlossen es dennoch nicht aus. Das Herz blieb auch ohne Befund. Alles normal, Klappen intakt, ebenso Aorta und Pulmonalis. Die herznahe Arterie war unbeschädigt, und einzig die Fettauflagerung auf dem Herzen wäre zu beachten gewesen. Damit hielten sich die Herren aber nicht weiter auf, sondern sie öffneten den Schädel, schnitten am Kopf herum, vermaßen, berechneten Durchmesser, und legten das Gehirn auf die Waagschale. Niemand sagte etwas zu der von Dr. Müller festgestellten Leichenstarre. Wenn der König um 23.15 Uhr bereits in diesem Zustand gewesen war, dann konnte er wohl kaum um 19 Uhr verstorben sein, da man bei einer Leichenstarre mit sechs bis acht Stunden

Distanz rechnete. Als Professor Miller verstand, dass er weder eine Todesursache erfahren, noch irgendeine Analyse zu den Widersprüchen der Zeitabläufe am See hören würde, schlich er sich davon und versuchte, sich seinen heftigen Zorn im Englischen Garten abzulaufen.

›Heureka!‹ werden sie rufen, das Gehirn bewies, der König war verrückt!, dachte der Professor und war sich nun endgültig sicher, dass man seitens der Regierung alles dafür tun würde, sich selbst ins rechte Licht zu setzen. Sie werden sich auch für die Totenstarre eine Erklärung zurechtbiegen.

30

Die mittägliche Stunde war angebrochen. Wie viele Täler musste jemand durchlaufen und wie viele Berge überwinden, um die Wahrheit ans Licht zu bringen, während das Gerücht und die Lüge bereits überall angekommen waren, so wie der Hase vor dem Igel. Das Wissen erblindete vor Scham, wenn die Weißkittel ihre Eitelkeit befriedigten. Er kannte sich aus und wusste, dass die Ärzte nicht zugeben würden, dass sie sich geirrt hatten. Also wurde das bewiesen, was zu beweisen war. Natürlich im Interesse des Großen und des Ganzen, für das Königreich und den Erhalt des glorreichen Systems. Wäre er nicht ein gebildeter und wohlerzogener Mann gewesen, er hätte ausgespuckt.

Der mondbemalte Nachthimmel war ein Trugbild des Schattens der Ewigkeit. Die Sterne waren wie Fahnen, die sich im Wind bewegten. Weiße Statuen saßen auf kostbaren Pferden. Der Fluss lag ausgetrocknet in der Ebene und darüber ging die Welt unter, als sei ein schweigsamer Abend ein guter Grund. Schroffe Gebirge aus eiskalter Nacht. Rätselhafter Schlaf, gespaltene Nächte, sinnlose Schatten auf einer blühenden Wiese, die im ersten Frost erfroren war. Jemand übte auf dem Cello. Alles starb, und jemand hoffte Cello spielend darauf, dass auf der anderen Seite des Tals die Sonne schien und es eine Liebe gab, für die es sich zu leben lohnte.

Als Professor Miller erwachte, da musste er sich zunächst orientieren. Die Schwester holte den Arzt und so erfuhr er, dass man ihn wegen eines Zusammenbruchs und eines rätselhaften Fiebers behandelt hatte und noch jetzt pflegen musste. Nun läge er schon sehr lange, sagte der Arzt, und der Trauerzug für den König wäre bereits Vergangenheit. Majestät sah aus wie eine Wachsfigur, erzählte der Oberarzt. Wenige Tage später begann der Professor zu laufen, und bald darauf wagte er erste längere Spaziergänge.

»Unsereiner geht zur Arbeit und die feinen Leute gehen spazieren«, hörte er an einem frühen Morgen die Milchfrau sagen. Er lief hinüber in den Englischen Garten und spürte, dass ihn jemand verfolgte. Als er sich umdrehte, sah er einen Bettler, der ihn gierig anstarrte.

»Verschwinde!», rief er.

»Herr Professor, untertänigst, ich weiß nicht mehr weiter.«

Diese Worte ließen ihn kehrtmachen, und nach genauerem Hinsehen erkannte er den Lakaien, der ihm an der Treppe der Residenz in die Arme gesunken war.

»Kerl, dich kenne ich!«, rief der Professor.

»Mader. Ich war ein Diener Seiner Majestät in Schloss Berg.«

Der Professor lief noch ein Stück und setzte sich dann auf eine Bank. Er winkte Mader zu, der sich aber nicht setzen wollte.

»Warum bist du so abgerissen?«, fragte er.

Mader schwankte ein wenig, war aber nicht betrunken.

»Ich muss mich verstecken.»

»Verstecken? Wieso musst du dich verstecken?«

Jetzt zögerte der Diener und knetete seine Hände. Da weit und breit kein Mensch zu sehen war, wagte er zu antworten.

»Weil die anderen tot sind.«

Professor Miller verstand nicht recht, worum es dem armen Kerl ging, aber es schien sehr wichtig zu sein.

»Wer ist tot?«

Mader versuchte sich zu straffen und Haltung anzunehmen, so wie man es von einem Diener einem Herrn gegenüber verlangte.

»Die Schlossdiener waren mit mir auf der Etage Seiner Majestät. Wir haben uns noch sehr gewundert, weil Seine Majestät keinen Alkohol haben sollte; und da trank er zum Mahle plötzlich dann doch ein Bier, Maiwein, eine Flasche Roten und Arrak. Dann hieß es, der König sei mit Dr. Gudden spazierengegangen. Aber er war doch noch drinnen. Er hatte einen hellen Überzieher über dem Arm und am See lag später sein dunkler Wintermantel.«

Professor Miller sprang erregt auf.

»Hast du das zu Protokoll gegeben?«

»Gott bewahre. Die Regierung hat den Dienern Goldstücke geschenkt, die eine Aussage unterschrieben haben, aber das war alles nicht wahr. Wenn ich jetzt etwas sage, bin ich auch tot.«

Was erzählte der Mann denn da? Professor Miller sah ihn an.

»Was hat das zu bedeuten: Dann bin ich auch tot?«

Mader kam näher heran.

»Weil der Schlossdiener Härtinger tot ist und der Diener Schuster auch. Man hat sie in die Irrenanstalt gebracht und dort sind sie gestorben. Und der Leibwächter Larose, der Ludwig mit dem großen Maul, der überall herumerzählte, dass er auch im Schloss war, ist ebenso tot.«

Der Professor kramte in seiner Jacke nach Geld, während ihm der Bericht Maders durch den Kopf ging. Demnach müsste der König ziemlich betrunken gewesen sein, wenn er diese Menge an Alkohol zu sich genommen hatte. Er konnte das Gehörte gar nicht glauben.

»Wann genau wurde dem König das Essen aufgetragen?«

»Ganz genau um 16.30 Uhr. Das war Seiner Majestät wichtig.«

Professor Miller reichte Mader einige Geldscheine.

»Wann genau beendete der König sein Diner?«

»Das war eine Viertelstunde vor 18 Uhr, weil um 18 Uhr der Spaziergang stattfinden sollte. Härtinger sagte, Dr. Gudden warte bereits im ersten Stock.«

»Und von da an habt ihr den König nicht mehr gesehen?«

Mader reagierte nervös.

»Nein, ganz bestimmt nicht. Von uns hat niemand gesehen, dass Seine Majestät und der Doktor das Schloss verließen.«

Wie sollte ein dermaßen betrunkener Mann in kaum zehn Minuten das Ufer des Sees erreichen? Professor Miller wollte hartnäckig nachfragen, doch er verstand die Angst des Mannes vor ihm. So gab er Mader auch noch sein restliches Geld.

»Versuche, dich irgendwie mit der Eisenbahn über die Grenze davonzumachen«, empfahl er.

Mader machte große Augen und steckte das Geld unter sein Hemd.

Professor Miller besuchte den Bankier Feuchtwanger, mit dem in der bewussten Angelegenheit nicht mehr zu reden war. Feuchtwanger zeigte ihm einige anonym zugesandte antijüdische Pamphlete und der Professor verstand die Zurückhaltung. Also regelte er seine finanziellen Geschäfte und ließ sich eine Straßburger Bank empfehlen. Dann kam er auf die Villa des Bankiers in Starnberg zu sprechen, und kaum hatte er seine Bitte ausgesprochen, sich dort noch einige Tage zu erholen, bekam er schon den Schlüssel. Sofort ließ er dem Kiesmüller, der ihm vom Bauernhof seiner Familie in Penzberg geschrieben hatte, wo er nun im Ruhestand lebte, eine Nachricht zukommen.

Schnell war alles Berufliche geregelt. Seine Nachfolge war bereits vonstatten gegangen, als er im Fieber lag. Hatte man mit seinem Ableben gerechnet? Somit konnte er die Stadt zunächst ungestört verlassen.

Kiesmüller erwartete ihn vor der Villa Feuchtwanger und sie saßen sich im Salon gegenüber, wo der Professor den Bericht des Mader nacherzählte und dazu ergänzte.

»Das würde zu der Leichenstarre passen, Herr Kiesmüller.«

Der Angesprochene holte einige Notizen aus seiner Jacke.

»Einmal davon abgesehen, dass die Regierung Truppen in Bereitschaft gehalten hat, falls es zu Aufständen gekommen wäre, hat die Justiz unter Feilitzsch brav mitgespielt. Anton Memminger, der Herausgeber der ›Unabhängigen Bayerischen Landeszeitung‹ bekam wegen Ministerbeleidigung zwei Monate Gefängnis und der Schriftleiter des Münchner Blattes ›Franta‹ wegen unbotmäßiger Berichterstattung gar vier Monate. Außerdem wird bei allen Kritikern versucht, ihnen ihre Existenzen vollständig zu ruinieren. Jeder Zweifel an der offiziellen Todesversion wird rigoros verfolgt.«

Kiesmüller wies mit dem Zeigefinger zum See hinüber.

»Wie anders erging es da jenen, die brav mitspielten und sich jede Menge Geschichten über den Tod des Königs ausdenken durften. Der Fischer Lidl, Sie kennen ihn, bekam so viel Geld von der Regierung, dass er sich zur Ruhe setzen konnte. Angeblich für seine Verdienste bei der Bergung der Toten. Wie ich hörte, soll der sogar Bürgermeister werden.«

Professor Miller blieb tief nachdenklich, weil ihm einige Dinge plötzlich sehr plausibel zu sein schienen.

»Wenn Seine Majestät während des Diners verstarb, was dann?«

»Dann hätte sich die Leichenstarre erklärt«, antwortete Kiesmüller.

Das war nicht sein Gedanke, auch wenn die Schlussfolgerung richtig war. Professor Miller meinte etwas anderes.

»Während der Obduktion und auch bei anderen Gelegenheiten habe ich nie darüber reden hören, welche Medikamente Seine Majestät zur Besserung seiner angeblichen Erkrankung bekommen hat. In Verbindung mit der großen Menge Alkohol wäre eine totale Wirkung zu erwarten gewesen. Während der Obduktion wurde eine halbleere Blase vorgefunden.«

»Wie das?« Kiesmüller rutschte im Sessel herum.

»Na ja, das ist doch nur möglich, wenn Seine Majestät noch im Schloss austreten war, denn bei dem Tempo, das er erreichen musste, um zu der vorgegebenen Uhrzeit am See zu sein, kann er kaum Wasser abgeschlagen haben.«

Vom nahen Kai hörte man das Schiff, das zur vollen Stunde von Starnberg aus den See befuhr.

»Muss nicht«, sagte der Professor. »Das kann im Wasser oder während der Wiederbelebungsversuche passiert sein. Aber verraten Sie mir Ihre Theorie, Kiesmüller.«

Der ehemalige Kriminaler, vom abfahrenden Schiff angelockt, trat an das große Fenster und schaute hinaus.

»Merkwürdig ist, dass alle Gendarmen, aus welchen Gründen auch immer, das Schloss aufgesucht hatten. Zur Todeszeit befand sich offenbar niemand von ihnen im Dienst. Beispiellos ist es auch, dass der Gendarm Georg Klier von der Regierung viel Geld bekam und man ihn wohl davon ›überzeugte‹, nach Amerika auszuwandern. Den Gendarmen wäre es möglich gewesen, die Leiche des Königs auf kurzem Weg durch den Schlosspark zum Ufer zu tragen.«

»Eingerollt in den großen Wintermantel, von dem der Mader sprach«, sagte der Professor. »Dann muss am Ufer beim Nebenweg nur noch ein Boot mit einem erfahrenen Führer warten und die Angelegenheit ist geschafft. Bleibt die Frage, warum dann Gudden starb?«

Ein Entenpaar landete elegant auf dem Wasser und unterhielt sich quakend, während ein Schwan sich belästigt fühlte und das Weite suchte.

»Der Doktor war, wie ich vernahm, ein Mann, der sich selbst sehr hoch einschätzte. Wie würde er reagiert haben, wenn man ihm die Sache aus der Hand nimmt? Es ist doch wahrscheinlich, dass die anderen Ärzte davon ausgingen, dass er sich geirrt hatte. Ein paar Fausthiebe und ein Schlag mit dem Ruder genügten doch bei dem alten Mann.«

»Aber warum?«, fragte der Professor.

»Weil ein lebender König immer der König bleiben würde. Und die Hochverräter bleiben immer Hochverräter. Sie mussten befürchten, dass der König eines Tages als ein gesunder Mann nicht mehr festgehalten werden konnte, und dann? König Ludwig konnte nachtragend sein.«

Der Professor stand auf und ging nun auch zu dem großen Fenster, um zum See hinüberzuschauen. Die Antwort reichte ihm noch nicht.

»Eine plausible These«, sagte er. »Doch die Tat verlangt Täter und Helfer.«

Kiesmüller sah auf die Starnberger Kinderfrauen, die ihre Schützlinge brav spazieren fuhren, während deren Mütter wahrscheinlich beim Tee saßen und ratschten.

»Vorauseilender Gehorsam«, äußerte Kiesmüller überzeugend. »Die Helfer sind recht schnell bei der Hand, wenn man sich ganz oben einschmeicheln kann.«

Professor Miller nickte. So war der Mensch eben.

»Und die da oben unternehmen alles, um die Geschehnisse immer undeutlicher und rätselhafter werden zu lassen.«

Kiesmüller kehrte zu seinem Sessel zurück.

»Herr Professor, ich habe viele Fälle zu bearbeiten gehabt und es gab immer eine Erkenntnis: Jeder Täter versucht, seine Tat zu verschleiern. Dazu gehört es auch, eventuell Komplizen aus dem Weg zu räumen.«

»Dennoch. Alles Gesagte bleibt Theorie«, antwortete der Professor.

»Schon«, räumte Kiesmüller ein. »Aber wenn Sie diese Theorie öffentlich äußern, sind Sie ein toter Mann, Herr Professor.«

Dem konnte der Professor, in Erinnerung an die inzwischen Verstorbenen und Verschwundenen, nur nickend zustimmen.

»Wollen sie ihn schlachten? Das hatte Bismarck gefragt?«, sagte er.

Aber über Bismarck wollten sie beide nicht sprechen.

Am Abend machte Professor Miller einen einsamen Spaziergang. Dabei musste er ständig daran denken, wie präzise die Diener, die Ärzte und die Gendarmen die Uhrzeiten angegeben hatten. Die müssen ja dauernd auf die Uhren geschaut haben, stellte er bei sich fest und lachte bitter.

Man ging auseinander und jeder von ihnen wusste, dass die Welt sich nicht zurückdrehen ließ. Der Professor war inzwischen fest davon überzeugt, dass der König nach dem Diner gestorben und von den Gendarmen später zum See gebracht wurde, wo der Lidl mit dem Boot gewartet hatte. Alles das, was später entdeckt wurde, war nichts als eine schlechte und schäbige Inszenierung.

Epilog

ENDE DES SOMMERS des gleichen Jahres kehrte Professor Miller noch einmal von Straßburg nach München zurück. Er saß im Zug und erinnerte sich daran, wie er vor einigen Wochen in die andere Richtung gefahren war und sich mit vielen Fragen wegen des Todes seines Königs zermürbt hatte. Er war mit leichtem Gepäck in den Zug gestiegen und sah sich in seinem Abteil mit einem schmalen Mädchen konfrontiert, das mit einer Zeitung beschäftigt war. Bei näherem Hinsehen stellte er fest, dass es kein Mädchen war, sondern eine sehr ranke Frau, die sich von Kopf bis Fuß in Schwarz gekleidet hatte.

»Professor Miller«, hatte er sich kurz und knapp vorgestellt, bevor er sich hinsetzte.

»Effie van Webber«, hatte sie geantwortet, »auf der Reise nach Paris.«

Er hatte noch gedacht, dass sie bestimmt keine Holländerin war. Damit war die Konversation trotz der langen Bahnfahrt beendet gewesen. Sie hatte gelogen, denn sie wollte nach Amerika. Amanda war das ganze Leben gleichgültig geworden

Bevor der Zug anfuhr, starrte die gesamte Zeit über ein hässlicher Kerl in das Abteil. Professor Miller fühlte sich belästigt, unternahm aber nichts und wartete auf die Abfahrt.

Vogl hatte dem fahrenden Zug nachgesehen und eine Wut gehabt, dass er das Weib fahren ließ. In Herrsching, als seine Tante einen Boten zur Kaiserin Elisabeth geschickt hatte, weil der König auf dem Weg zum Schloss Berg vorgefahren war, da hatte er sie gesehen. Deshalb hatte er den Boten nicht gemeldet und sie hatten ihn hinausgeworfen, weil er die Kaiserin nicht anständig überwacht hatte. Er hätte das Weib längst umbringen sollen.

Mader hatte sich seit Tagen am Bahnhof aufgehalten, ohne den Mut zu finden, in einen der Züge einzusteigen. An diesem Tag hatte er es getan, denn er hatte sie, Effie, gesehen. Egal wo sie hinfuhr, er würde ihr folgen und ihr Diener sein.

Vom Bahnhof aus hatte sich Professor Miller direkt zur Bank fahren lassen, weil sein Haus nun verkauft war und er noch einige Papiere zu unterfertigen hatte. Er stieg die Treppen hinauf und wurde in der Halle von Feuchtwanger herzlichst begrüßt, der ihn sofort in sein Büro führte, wo als Überraschung Kiesmüller auf ihn wartete.

»Da sind wir alten Königstreuen also wieder einmal beisammen«, äußerte er und lächelte fast ein wenig verlegen.

»Ich kann noch immer nicht Seiner Majestät die letzte Ehre erweisen. Mir werden die Beine schwach, wenn ich mich der Gruft nähere«, antwortete ihm der Professor, ein wenig ungehalten über den Bankier, dem offensichtlich seine Geschäfte wichtiger waren als die Treue zu seinem König. Doch der spürte den Missmut des Freundes und reichte ihm einige anonyme Briefe, die sich im antijüdischen Gossenjargon nur so übertrafen. Der Professor verstand und änderte seine Haltung.

Während Feuchtwanger eine gute Flasche Weißwein öffnete, übernahm er zugleich das Wort.

»Sie fühlen sich sehr sicher im Sattel, die Herren der Regierung, und lassen lieber den alten Luitpold als Königsmörder beschimpfen«, erzählte er.

»Selber schuld«, sagte Kiesmüller. »Übrigens ist inzwischen auch der Gendarm Lauterbach tot. Man erzählt, ein Arbeitsunfall habe ihn dahingerafft. Die restlichen Gendarmen sind übrigens alle nach Franken versetzt worden.«

Am Nachmittag lief Professor Miller noch einmal durch die alten Gassen und nahm Abschied von seiner Stadt. Das war dann doch eine sehr traurige Angelegenheit. Fluch, oh Fluch, liegst jetzt über dieser Stadt. Sie haben ihren König verspottet und sind ihm trauernd gefolgt, als sie ihn von Berg hierher gefahren hatten. Da war es zu spät.

Rot und grau der Himmel, ein September mit Regen. Alles bewegte sich.

Menschen in ihren Narrenkostümen. Das Lied vom launischen Gott war zu hören. Sie kamen, sie gingen. Sie schmeichelten, sie logen. Dabei hatten sie einen König, der so gerne geliebt hätte, der so gerne mit ihnen gewesen wäre, aber sie waren es, die ihn nicht wollten. Die Liebe ist eine Parodie. Eine Parodie auf das Leben. Sie reden vom Verzaubertsein und hassen den Zauberer, wenn er den Vorhang hebt und sie im Spiegel ihre Visagen sehen müssen. Fliege, unschuldiges Herz, fliege. Einstmals waren die Rosen rot und der schöne König ein Schwanenritter.

Professor Miller musste sich beeilen, sein Zug würde nicht warten.

Er wischte sich seine Traurigkeit aus dem Gesicht und verlachte lauthals seine alte Stadt.

Feuchtwanger hatte zum Abschied Freiherrn von Franckenstein zitiert: ›Es ist eine Tragödie, dass unser geliebtes Bayern von Männern regiert wird, die eigentlich für das, was sie ihrem König angetan haben, hinter Schloss und Riegel gehören.‹

ENDE

Reale Personen

Alfred Graf Eckbrecht von Dürckheim-Montmartin
Adjutant des Königs

Georg Arbogast Freiherr von und zu Franckenstein
Bayerischer Abgeordneter im Reichstag

Dr. Max Schleiß von Löwenfeld
Leibarzt König Ludwig II.

Philipp Graf Eulenburg-Hertefeld
Preußischer Botschaftssekretär in München

Professor Dr. Bernhard von Gudden
Irrenarzt

Dr. Franz Karl Müller
Assistent von Gudden

Dr. Hubert Grashey
Irrenarzt

Dr. Johann Freiherr von Lutz
Vorsitzender des bayerischen Ministerrats

Max Freiherr von Feilitzsch
Polizeiminister

Friedrich Krafft Freiherr von Crailsheim
Staatsminister

Maximilian Graf von Holnstein
Verbindungsmann zu Bismarck

Karl Theodor Freiherr von Washington
Oberstleutnant

Weitere Krimis finden Sie auf den folgenden Seiten oder im Internet:
www.gmeiner-verlag.de

GÜNTHER THÖMMES
Das Erbe des Bierzauberers

421 Seiten, Paperback.
ISBN 978-3-89977-788-8.

BRAUER, TOD UND KAISER Fünf weite Bierreisen durch das Heilige Römische Reich, vier ermordete Bierbrauer, drei mächtige Herzöge und zwei Habsburger-Kaiser liegen auf dem Weg zu einem Gesetz, das die Jahrhunderte überdauern sollte: das Reinheitsgebot für Bier.

Auf seiner Reise durch die wichtigsten Bierstädte des 15. Jahrhunderts ist der »Kaiserliche Bierkieser« Georg den Geheimnissen seiner Zeit auf der Spur: Was bedeutet Kaiser Friedrichs mystisches Rätsel AEIOU? Gab es bereits im Mittelalter bewusstseinserweiternde Drogen? Und wer hat die Brauer aus vier verschiedenen Städten ermordet?

Ein epochaler Mittelalter-Krimi um Habsburger, Wittelsbacher und das liebe Bier.

FRANK KURELLA
Der Kodex des Bösen

377 Seiten, Paperback.
ISBN 978-3-89977-790-1.

DIE HÄUPTER DES HEILIGEN Neuss 1288. Der zum jungen Mann gereifte Marcus gerät in den Verdacht, die Reliquie des heiligen Quirinus aus dem Münster der Stadt Neuss gestohlen zu haben. Er hält gerade den sterbenden Priester, der die tatsächlichen Diebe überrascht hat, in seinen Armen, als zwei weitere Geistliche auftauchen. Mit letzter Kraft spricht der Sterbende einige rätselhafte Worte, die auf die Hintergründe des Raubes hinweisen, bevor Marcus die Stadt fluchtartig verlässt.

Auf seiner abenteuerlichen Reise, die ihn schließlich mitten in die Schlacht von Worringen führt, kommt er einem unglaublichen Geheimnis auf die Spur …

GMEINER

Wir machen's spannend

BETTINA SZRAMA

Die Giftmischerin

324 Seiten, Paperback.
ISBN 978-3-89977-791-8.

DER ENGEL VON BREMEN Die Hansestadt Bremen im frühen 19. Jahrhundert. In ärmlichen Verhältnissen aufgewachsen, intelligent und schön, sehnt sich die junge Gesche Margarethe Timm nach Glanz und Reichtum. Um dieses Ziel zu erreichen, ist ihr jedes Mittel recht. Frühzeitig bestiehlt sie ihre Eltern und beginnt, skrupellos und heimtückisch alle zu töten, die ihrem Erfolg im Weg stehen. Manche ihrer Opfer pflegt sie dabei bis zum Gifttod aufopferungsvoll – als „Engel von Bremen".

Der erste historische Kriminalroman über Gesche Gottfried, Deutschlands berühmteste Serienmörderin.

UWE KLAUSNER

Die Kiliansverschwörung

421 Seiten, Paperback.
ISBN 978-3-89977-768-0.

DER RAUB DER KILIANSRELIQUIEN Würzburg am Main, Anno Domini 1416. Ein unglaublicher Frevel eerschüttert die Stadt: Ausgerechnet fünf Tage vor Kiliani, dem höchsten Feiertag der Diözese, werden die Reliquien der drei Frankenapostel Kilian, Kolonat und Totnan gestohlen. Und tausende von Pilgern befinden sich bereits in der Stadt. Die Lage droht zu eskalieren, sollten die Reliquien nicht bis zum Fest des heiligen Kilian am 8. Juli wieder auftauchen.

Berengar von Gamburg, der Vogt des Grafen von Wertheim, ist per Zufall Zeuge eines Gesprächs zwischen Dieb und Auftraggeber geworden. Er wird mit der Lösung des Falls beauftragt. Dabei kann er sich der Unterstützung eines ebenso treuen wie scharfsinnigen Freundes gewiss sein: Bruder Hilpert, Bibliothekarius zu Maulbronn und einer der führenden Köpfe des Zisterzienserordens.

GMEINER

Wir machen's spannend

Das neue KrimiJournal ist da!

2 x jährlich das Neueste aus der Gmeiner-Krimi-Bibliothek

KRIMI Journal
Nr. 9 www.gmeiner-verlag.de Die Zeitung für Krimifreunde 2/2008
Gefangen im Narrenreich
Ein neuer Fall für Lübecks klügste Hebamme
Manfred Bomm
Krimi-Jubiläum
Die Spur des Henkers
Von Krimipreisträgerin Sabine Klewe
Bestseller im Frühjahr 2008

In jeder Ausgabe:

- Vorstellung der Neuerscheinungen
- Hintergrundinformationen zu den Themen der Krimis
- Interviews mit den Autoren und Porträts
- Allgemeine Krimi-Infos (aktuelle Krimi-Trends, Krimi-Portale im Internet, Veranstaltungen etc.)
- Großes Gewinnspiel mit ›spannenden‹ Buchpreisen

ISBN 978-3-89977-950-9
kostenlos erhältlich in jeder Buchhandlung

Ihre Meinung ist gefragt!

Mitmachen und gewinnen

Als der Spezialist für Themen-Krimis mit Lokalkolorit möchten wir Ihnen immer beste Unterhaltung bieten. Sie können uns dabei unterstützen, indem Sie uns Ihre Meinung zu den Gmeiner-Krimis sagen!

Senden Sie eine E-Mail an gewinnspiel@gmeiner-verlag.de und teilen Sie uns mit, welchen Krimi Sie gelesen haben und wie er Ihnen gefallen hat. Alle Einsendungen nehmen automatisch am großen Jahresgewinnspiel teil. Es warten ›spannende‹ Buchpreise aus der Gmeiner-Krimi-Bibliothek auf Sie!

GMEINER

Wir machen's spannend